女子大で『源氏物語』を読む

古典を自由に読む方法

木村朗子
kimura saeko

青土社

女子大で『源氏物語』を読む　もくじ

はじめに　7

第一回　『源氏物語』を読むための基礎知識　11
『源氏物語』を読む前に／凡例から学ぶ古典の基本／世界の文学史のなかの『源氏物語』／『源氏物語』の著者は女性だという驚き／ジェンダーについて／作者と作品／英訳と現代語訳

第二回　光源氏誕生秘話――「桐壺」巻その一　34
あたらしい物語世界へと広がる『源氏物語』／光源氏物語前史／光源氏誕生

第三回　母の死と幼き恋――「桐壺」巻その二　55
女の嫉妬はこわい／桐壺更衣の死／「蓬生」――荒れた庭があらわすもの／「長恨歌」と『源氏物語』／いよいよ光源氏登場／藤壺の登場

第四回　語り手と語りの構造――「桐壺」巻その三〜「帚木」巻その一　79
光源氏の元服と新婚生活／青年光源氏の恋／「雨夜の品定め」／中の品への視線

第五回　『源氏物語』のフェミニズム批評――「帚木」巻その二〜「空蝉」巻　104
光源氏はじめての恋の冒険／紀伊守との密約／『源氏物語』はレイプ小説ではない／光源氏と少年愛／空蝉の容姿／女を取り違える

第六回　女性像をめぐる論争――「夕顔」巻　147

夕顔の女との出逢い／死後の世界と阿弥陀信仰／光源氏か頭中将か／光源氏が夕顔に惹かれる二つの理由／不吉な予兆／名のること／物の怪出現

第七回　形代を求めて――「若紫」巻その一　184
誰が夕顔を殺したか／霊を信じていたか／光源氏、北山へ／若紫の発見

第八回　禁忌を犯す――「若紫」巻その二　199
若紫への執心／藤壺の宮との逢瀬／藤壺のゆかり

第九回　妄想の恋――「末摘花」巻　218
中の品の女を求めて／女房中務の君／末摘花との逢瀬／末摘花の容姿／勘違い末摘花

第十回　同じ女を愛する父と息子――「紅葉賀」巻　252
朱雀院行幸の試楽／藤壺出産／源典侍との情交／藤壺立后

第十一回　女の欲望――「花宴」巻～「葵」巻その一　282
谷崎潤一郎『夢の浮橋』／花見の出逢い／朧月夜との再会／女のうらみをかうべからず／葵の上の妊娠

第十二回　呪われる源氏の運命――「葵」巻その二～「賢木」巻　314
若紫と光源氏／六条御息所の懊悩／生霊出現／葵の上の死後／紫の上との新枕／桐壺院の遺言／朧月夜と藤壺と／朧月夜との密通発覚

あとがき　345

女子大で『源氏物語』を読む　古典を自由に読む方法

はじめに

『源氏物語』ってそんなにすごいの？　本当におもしろいの？　と思っている方、断言します。すごいです、おもしろいです。

それなら読んでみようと思った方には、まずは現代語訳で全巻いっきに読破することをオススメします。現代語なのですから、現代小説を読むように楽しみながら読み進めることができるはずです。そしてそこまでは誰でもひとりでできるでしょう。

大学で『源氏物語』を読むとなれば、ひとりではなかなか手がつけられない古典語原文にぜひ挑戦したいところです。日本の中学、高等学校の国語科教育を受けた方なら、『源氏物語』の原文にすでに触れていることでしょう。ことによると、もうすっかりうんざりしてしまっているかもしれません。難しかった、わからなかった、という苦い思い出だけが残っているかもしれません。でも、千年も前に書かれた古典語なのですから、難しくて当たり前、わからなくて当たり前です。私たちにとって古典語はほとんど外国語と同じですから、文法を学び、辞書を引きながらでないとすんなり読めるはずがないのです。しかも、専門家ですら、どのように読めばいいのかわからないところ、研究者同士で解釈がわかれているところなどがあるのですから、手こずるのも無理もないことです。

それでも、いや、それだからこそ、原文で読むことに読みの喜びと発見があるのです。現代語訳にしろ、英語訳にしろ、翻訳というのは、読みと解釈の過程を経てはじめて生み出されるものですから、わかりにくいところも、解釈がゆれているところも、全体の雰囲気やニュアンスでさえも、翻訳者によって、すでにある一つが選び取られ、決定されているのです。読者は、その翻訳者の読みに基本的に従わざるを得ないのです。つまり、原文が持っていた曖昧な箇所、意味のとりにくいところは、すっかり整理されてしまって、読者の介入するすきがほとんどないのです。反対に原文を読むときのわけのわからなさこそが、あらたな発見の可能性のあるところなのです。

とくに『源氏物語』の文体のおもしろさは、視点が次々に移っていくところにあります。近年の現代小説には、この方法を意図的に使ってあたらしい文体を創ろうとする動きがあります。一人称小説で書き出されているのに、途中から三人称小説になるとか、一人称で書かれているのに、三人称客観小説の文体で描写するとか、そうした人称移動のある実験的な文体で書かれた作品が増えていて、移人称小説（渡部直己『小説技術論』）と名づけられています。人称が固定しているのが当たり前の小説が、どういうわけか、次第に『源氏物語』の原文に似たような文体を選び取っているというのは、なんとも奇妙な事態ではないでしょうか。小説の最先端が古典文学に似ているとは。こんな現代小説が主流になれば『源氏物語』がむしろ読みやすくなっていくかもしれません。このように、古典語の文体は、現代小説のヒントも含んだ興味深い素材として読むこともできるでしょう。本書の副題を「古典を自由に読む方法」としているのは、原文を読むことで、ああでもないこうでもないと悩みながら読み進めることが、読みの自由を手に入れることになるからです。

＊

本書は、二期制の大学の半期科目、要するに半年間の講義をそのまま収録したものです。大学の講義で、とりわけ女子大学で『源氏物語』を読むことにどのような意味があるのでしょう。『源氏物語』を女性目線で読むことになるわけですが、実はこれは『源氏物語』が書かれた当時の読みの環境にもっとも近いのではないかと思うのです。『源氏物語』は摂関政治下の後宮で生まれた物語です。書き手も宮中に仕えている女房でしたし、後宮に集う多くの女性たちがもっとも熱心な最初の読者でした。つまりもともと『源氏物語』は女たちの物語だったのです。原文には、光源氏の浮気なふるまいについて、たびたび語り手のツッコミが入ります。まるで女同士で感想を言い合うような調子で、辛口の源氏評がさしはさまれるのです。現代の読者たる私たちも女性なら思わず共感したくなるようなことばです。本書には、講義の後に学生たちに書いてもらったコメントを載せていますが、彼女たちの思いのままの感想は語り手の批評に実によく似ています。講義の内容とそのあとの学生たちのコメントを、『源氏物語』本文がもっている、物語世界に語り手の批評が付される構成のアナロジーとして捉えると、当時の後宮でもきっとこんなふうに女たちはわいわい読んでいたにちがいないと思えてきます。

八十人を超える受講生たちのすべてのコメントを載せることはできませんでしたが、私と同じ意見のものばかりを選んだわけではありません。たとえ私と見解が違ってもそのまま載せてあります。私の読みはそれとして読者には読みの自由があると考えているからです。ただし、私は、すべての読みは正しいとか、誤読は存在しないという立場はとりません。外国語を勝手に文法を度外視して読むことができないように、明らかな意味の取り違えや誤りは存在すると考えています。ですから、ここでいう読みの自由とは、無軌道な読みを許すという意味ではないのです。ただ間違いをきっかけとしてでも、頷けないところや引っかかるところがあれば、そこをとっかかりにして、自分で調べ、考えを深めるきっかけになると考えています。

もう一つ、大切なこととして、本講義では『源氏物語』を日本文学史のなかに閉じ込めずに、世界文学の巨大な星座の一つとして読むようにこころがけています。それが、現代に生きる私たちが『源氏物語』を読むことの意義にもつながってくると思うのです。たとえば、現代の移人称小説と『源氏物語』の関係を考えながら読むのでもかまいませんし、翻訳論の視点で読むのも面白いでしょう。本講義では、とくにジェンダー論、セクシュアリティ論、クィア・リーディングなどのフェミニズムの論点を切り口に読んでいます。現代の問題を論点とすることで、古典文学を過去の遺物としてしまうのではなく、私たちの生きている現代社会を照らすような読み方をしたいと思うのです。

*

最後に、本書に引用した原文について説明しておきましょう。教室で学生たちとは、新日本古典文学大系『源氏物語』（岩波書店）を読んでいました。第一回講義の凡例の説明のところでよくわかると思いますが、この本文は、初読では読みにくいものです。したがって、本書では、新日本古典文学大系の本文に漢字をあてたり、ふりがなをふったりして、読みやすくしてあります。本講義では、「桐壺」巻から「賢木」巻までのちょうど新日本古典文学大系の第一巻を読んでいます。

さあ、いよいよ講義をはじめましょう。『源氏物語』が書かれた当時の女たちのささめきに耳をすませながら、愉しく読み進めていきましょう。

第一回　『源氏物語』を読むための基礎知識

『源氏物語』を読む前に

みなさんが現在、『源氏物語』を読めることは、ちょっと感動してもいいくらいの奇跡です。なんといっても書かれたのが千年前！　それがここまで伝えられてきたのです。千年前というとまだ、印刷技術がありません。もちろんコピー機もありません。当時読まれるためにも、そして現在に伝えるためにも、誰かがせっせと手書きであの大著を書き写さなければなりませんでした。そうやって本文を書き写した人たち、時代を超えた幾人もの書写者たちのおかげで、『源氏物語』はいまに伝わっているのです。

よく知られているように『源氏物語』は紫式部が書いたものですが、紫式部がいつ生まれていつ亡くなったのかはわかっていません。そもそも、紫式部というのはいわゆる「あだ名」みたいなもので、彼女の本当の名前すらわかっていません。なぜでしょう。

もちろん女性にも定子《さだこ》、彰子《あきこ》などの名前はありましたが、ある時代までは歴史的人物でも伝わっていないことが多いのです。逆に男性の名前はなぜわかるのかというと、役職に就いた記録に残っているからです。女性の場合はそういうものがない上に、もともと父親の名前を冠してだれそれの娘という言い方で表されることが普通だったのです。

たとえば『更級日記』を書いた人は、菅原孝標女《すがわらたかすえのむすめ》と伝えられています。孝標の娘だということさえわかれば、名前に言及する必要はないと考えられていたのです。このようにして女性の名前は天皇の后にでもならない限り、記録に残らないことが多い。そういうわけで、紫式部は、本名すら分からないのに有名という、ちょっと不思議なことが起こっているわけですが、個に対する意識も、現代とはだいぶ異なっていることが名前の例からもわかると思います。『源氏物語』はたまたま作者が知られていますが、多くの物語は作者が誰なのかわかっていません。現在、書店にいくと本はたいがい作家別に並べられていますが、平安時代には、そうした個としての作家性が希薄だったといえます。

紫式部自身が書いた『源氏物語』の原本、彼女の自筆原稿はこの世に存在しません。もちろん、今後、どこかから見つかる可能性がないとは言えないのですが、現状では存在は確認されていません。

これから、みなさんと読んでいく『源氏物語』の本文は、岩波書店の新日本古典文学大系のものを使います。ここでは新大系本とよぶことにしましょう。新大系本は、もともと手書きのものから活字に起こしてつくられたものですが（この作業を翻刻とよんでいます）、元になった手書きの本が作られたのは室町時代です。『源氏物語』が書かれたのはもちろん平安時代ですよね。作品が成立した平安時代から室町時代までの間に、この本がどのような状態だったのかはわかりませんが、室町時代に整えた時点ですら、紫式部の直筆の本文が参照されたのではなく、すでに写本として伝わったものを利用して作られました。しかも手書きでコピーしているといろいろな書き間違いなども起きます。それらも含みこんだ上で、『源氏物語』の決定版のかたちをとりあえず整えたわけです。ですから、作者自筆の原本がどのようなものであったかは、たどることができません。私たちは、いろんな人の手を渡ってきたどこかの段階のものを読むほかないのです。

『源氏物語』はたいへん人気のあった作品で、完成したてのころからしきりに写本が作られたとみえて、おびただしい数の写本が伝わっています。研究者たちは、そのひとつひとつを検証し、似ているものを整理・分類し、写本の家系図のようなものをつくって考えてきました。これはAの流れからきた写本じゃないかとか、こっちはもともとBではないか、というように。こうした学問を書誌学といいますが、手書きの諸写本の研究がまずあって、そこから、活字にして使用するために採用すべき本を選定していったのです。それでもまだ諸本研究の分野は健在で、各本の差異などについてみるべきことが残っているのですから、どれほど途方もないことかわかると思います。

分類は大まかに言って「青表紙本」「河内本」「別本」の三つの系統に分けて考えられています。私たちがこれから読もうとしている新大系本は「青表紙本」をもとにしています。名前の由来は単純で、青い表紙がついていたことにあります。表紙といっているのでわかると思いますが、この本は巻物ではなく冊子のかたちでした。ちなみに、『源氏物語』には物語に絵を付けた「源氏物語絵巻」が伝わっていますが、実はこれが『源氏物語』のなかではもっとも成立年代が古く、平安時代末期のものだといわれています。ですからここに付せられている詞書《ことばがき》が、現存する本文のなかでもっとも古いものだということになります。このように巻物のかたちをとる巻子本《かんすぼん》と冊子本《さっしぼん》と二種類の書物の形態があったのです。

さて「青表紙本」とまったく異なった系統に「河内本」「別本」があります。専門家はこうした系統の本を読むこともあるとはいえ、一般にそんなに読まれている本文ではありません。とりあえず活字におこされているものは「青表紙本」系に依拠しているからです。「青表紙本」の原型をまとめたのは藤原定家です。

藤原定家（一一六二〜一二四一）は小倉百人一首の撰者として有名な歌人です。鎌倉時代、和歌を詠む人は皆『源氏物語』を読んでいました。定家の父親は藤原俊成《としなり》（一一一四〜一二〇四）。同じく歌人ですが、

「源氏見ざる歌よみは遺恨のことなり」と述べたことで知られています。当時、歌人として『源氏物語』を深く読むことは大切なこととされていたのです。だからこそ、定家は『源氏物語』を整えようと考えて、もうすでに様々な写本が存在しているなかから、定家筆の決定版をつくりました。

新大系本巻末の解説によりますと、『源氏物語』は全部で五四帖ありますが、定家筆本として現在残っているのは四冊だけです。この定家筆本の表紙が青かったので「青表紙本」と呼ばれているわけです（実は定家筆本についてもいろいろ議論があるのですが、ここでは端折ります）。

この定家の整理した『源氏物語』をじかに写したと思われるものに「明融本《みょうゆうぼん》」がありますが、これもまた九冊分しか残っていません。これは冷泉家の冷泉明融が作ったものですが、そのうち八冊は定家筆本をそっくりそのまま写し取っているので、明融臨模《りんも》本とよばれています。臨模というのはそっくり写すという意味です。

それとは別に青表紙本の系に「大島本」と呼ばれるものがありますが、こちらは浮舟の一冊が欠けているだけで、五三冊現存しています。いまから読もうとしている新大系本（岩波書店）は、この「大島本」を活字化したものです。

「大島本」は、室町時代に飛鳥井雅康が整えたものです。飛鳥井雅康（一四三六〜一五〇九）の生きた時代には、応仁の乱（一四六七〜一四七七）がありました。京都は火の海となり、たくさんのものが焼けてしまいました。奈良には現在もかなり古い時代の仏像が残っていますが、京都にあまり残っていないのはこの応仁の乱のせいでもあるといわれています。もちろん仏像だけではなくて、本や絵画も焼けてしまいました。こんなことがあったので、『源氏物語』をきちんと自身で書き写して残そうと考えて作られたのが大島本だといわれています。私たちがこれから読んでいくのはこの「大島本」を翻刻したものとなります。
ちなみに、「大島本」という呼称は、大島雅太郎という人が所有していたことに由来します。古文書や古美術、骨董品の類は個人が売買できるので、図書館や公立の機関ではない個人の所有者がいることがままあります。そうした場合は、その持ち主の名前で呼ぶのが習わしとなっています。

凡例から学ぶ古典の基本

まず本文の読み方のルールを確認しましょう。

いづれの御時《とき》にか、女御、更衣《かうい》あまたさぶらひ給ひける中《なか》に、いとやんごとなき際《きは》にはあらぬがすぐれてときめき給ふ有《あり》けり。

たいへん有名な「桐壺」巻冒頭ですね。ふりがなをみると、かっこつきのふりがなとそうでないものが混ざっているのがわかると思います。なぜ二種類のふりがながあるのでしょう。翻刻された本文を読み解くにあたって重要なのは、この本がどのような編集方針で活字化されているのかを知ることです。そこで、本文の前についている凡例をみて確認してみましょう。

一　底本には、古代学協会蔵、飛鳥井雅康等筆本五十三冊（大島雅太郎氏旧蔵。通称大島本）を用いる。それの欠く浮舟巻の底本には、東海大学付属図書館蔵明融本を用いる。

これは、いま説明したとおりですね。底本は「ていほん」あるいは「そこほん」と読まれますが、翻刻の下敷きにした本をいいます。大島本には浮舟巻がありませんので、そこは明融本で補うということです。「〇〇蔵」とあって、それぞれの本の所蔵先が明らかにされています。かつて大島雅太郎が持っていた本は、いまは古代学協会という組織が所蔵しているということがわかります。

二　底本の本文を尊重し、手を加えないことを原則とする。やむを得ず訂正する場合には、その旨を脚注に明記する。他本によって補入する場合は〔　〕によってそれを示す。

これはかなり大事な宣言です。手書きで伝えられたものですから、うっかりの書き落とし、書き間違いなどがあるわけですが、それをなるべくそのまま示しますと言っているわけです。そしてどうしても意味がとおらないところを他の本によって補うときには、〔　〕でくくって示すという説明です。つまり、このかっこをとっていくともともとどのように書いてあったかにさかのぼれるようになっているのです。

古典の翻刻のときには、読者にとって読みやすくするために校訂《こうてい》という作業が行われています。校訂というのは、活字本を作る段階で、さまざまな本を比べて、最善の本文を選ぶ作業です。そうしてできたものを校訂本文と呼びますが、それは結果として、さまざまな本のパッチワークとなり、校訂の段階で、さらに新しい本文を生み出してしまっていることになります。

それに対して、新大系本はとりあえず、これと決めた本を正確に活字におこす方針をとっています。この方針によって、この活字から手書きの状態が復元可能になっていることがまず重要です、次に、これ以上、『源氏物語』のバリエーションを増やさない配慮がなされていることが大切です。

三　翻刻に際しては、現在におこなわれる仮名の字体により、常用漢字表にある漢字についてはその字体を使用する。「む」「ん」の類別は本文のままとする。

「む」「ん」の類別を本文のままとするというのは、「〜せむ」「〜せん」などは、統一をしないで元あったとおりにするということです。

私たちが新聞や公的文書で用いる漢字には制限があることはご存知ですよね。小学校では基本的に常用漢字を学習しているのですが、それは社会生活を送るために必要な漢字として定められたものです。それから、ときどき生まれた赤ちゃんに変わった名前をつけようとして、役所で届け出が拒否されたというニュースを耳にすることがありますが、名前として使うことのできる漢字も制限されています。人名用漢字といって、常用漢字にないもので人名に使ってもいいものがここに補われています。その他、送り仮名のつけ方、カタカナ表記の仕方など、文部省の国語審議会（名称は時代によって変わります。現在は文科省の文化審議会）で全部決められています。それを決める前には送り仮名のつけ方もバラバラで、当て字のしかたもかなり自由だったのです。

四　本文は、次のような方針によって翻刻する。

1　段落を切り、句読点を施す。

2　会話の箇所は「　」でくくり、会話文中の会話は「　」でくくる。

段落を切ること、点や丸をつけること、会話をかっこでくくること。全部皆さんが作文教育で習ってきたことだと思いますが、これも近代以降に新しく作られた書き方の制度です。『源氏物語』の写本には段落もなく、句読点もなくて、現代の私たちにはたいへん読みにくいものです。どこが切れ目かさっぱりわからない。また会話文をかぎかっこでくくってくれているのもありがたいです。

3と4は和歌や手紙文は二字下げにしますというレイアウトの問題なのでおいておきましょう。

5　仮名には必要に応じて漢字を当て、もとの仮名は読み仮名（振り仮名）の形で残す。

宮仕《みやづか》へ

6　漢字には、必要に応じて読み仮名を（　　）にいれて付す。

楊貴妃《（やうきひ）》　引出《（ひきい）》でつべく

つまり、かっこに入っていないほうのふりがなを戻せば、もとの本文に復元できるわけですね。かっこなしのふりがなのあるところはもともと漢字ではなかったということがわかります。ひらがなでいっぱいの文章を私たちは読み慣れていませんから、これも読者への配慮です。

そしてふりがながかっこに入っている場合は、元の本文が漢字で表記されていたところで、私たちへの親切として読み仮名を入れてくれているというわけです。つまり「引出《（ひきい）》でつべく」は、もとの本文では「引いでつべく」だったということです。

7　当て字の類はそのまま残し、読み仮名を（　　）に入れて付す。

夕附夜《ゆふづくよ》（夕月夜）　木丁《きちやう》（几帳）　大正《だいしやう》じ（大床子）　五《ご》（碁）　本上《ほんじやう》（本性）

私たちにとって、漢字は意味を表す表意文字で、仮名が音を表す表音文字なのですが、そもそも当て字というのは、音をあてているので意味と乖離します。当時の人は音重視で表記していましたので、当て字の類が今よりずっと多い。ですから、「夕月夜」など、私たちには意味的に「月」でなくては気持ちが悪いくらいですが、平気で「附く」の字を当てていますし、囲碁のほうの碁にも数字の五をあててしまっているんですね。こうしたところは、そのまま残して、読みを新大系本の編者が補っているということです。こうしてあると、いろんな当て字をしていたということもよくわかって、昔の人がどのように表記していたかもみえてきますね。

8　仮名遣いは、底本のままとし、本文が歴史的仮名遣いに一致しない場合には、（　　）でそれを傍記する。

歴史的仮名遣いというのは、たとえば、「言ふ」「給ふ」などの「ふ」のような表記のことです。これをたとえば「言う」と書いてあったとして、古文の試験でそれを書けば間違いになりますよね。そういった混乱がないように元の本文をなるべくいじらないようにするけれども、正しい歴史的仮名遣いがわかるようにかっこで示してあるということです。

9　語の清濁については、近年の研究成果を参照して、これを区別する。

これは何を言っているのかというと、日本語には清音と濁音の区別がありますね。たとえば「か」と「が」などですが、写本をみると濁音を示していないことのほうが多いです。それで、当時は発音として清音と濁音を区別していなかったのではないか見方もあったのですが、近年の研究で、表記をしていないだけで区別はしていたということが明らかになったので、濁音のところは濁点をつけて示しますよということです。濁点がない状態というのも、ますます切れ目がわからなくなって、私たちにはほんとうに読みにくいものです。

10　反復記号「ゝ」「ゞ」「〱」は底本のままとする。ただし品詞の異なる場合や、漢字を当てた際の送り仮名、同一語の中で上が濁り下がすむ場合は、仮名に改め、反復記号は振り仮名の位置に残す。

春をお《ゝ》くりて
聞《き》き《ゝ》て
おのがじし《ゝ》

ここもたいへん面白いところですね。私たちは「を」と「お」は区別しますから、「を」を反復記号にして「春ををくりて」とすることは絶対にしないのですが、音重視ですからそういうことをしてしまうのですね。あるいは「おのがじし」のところは、もともと濁音を書き分けていないので可能になる反復ですね。

以下、凡例は続きますが、表記に関わる重要なところは確認したのでこのへんにしておきましょう。

こうしてみると新大系本の編集方針とは一言でいって、もとの写本を復元できるようにすることにあるのだとわかります。展覧会などでしかみることのできない手書きの写本の世界に、こうして活字を見ながら少しでも近づけるようにしているのが、新大系本の特徴といえるでしょう。

世界の文学史のなかの『源氏物語』

あらためて『源氏物語』がどのようなものなのかということを、世界的な視野において確認してみたいと思います。参考としてアメリカで出版されている *The New Lifetime Reading Plan* (Harper Perennial, 1998) という本をあげます。一生のうちにぜひ読んでおきたい本を選択し紹介したもので、紀元前二〇〇〇年の作品から現代までの全一三三作が挙げられています。

最初に出て来るのは『ギルガメシュ叙事詩』です。次に、ホメロスの叙事詩『イリアッド』『オデュッセイア』がでてきて、孔子の『論語』をはさんで、ギリシア神話が続きます。見ていくと、韻文詩か演劇ばかりで、なかなか小説はでてきません。この本の二七番目に清少納言の『枕草子』が出てきます。英語では *The Pillow Book* ですが、恋人たちの睦言を意味する「ピロートーク」を連想させて、なんだかニュアンスが違うという気がしてしまいますね。どのように紹介されているかといいますと、まず第一文に「清少納言の人生についてはほとんど何も知られていないのだが、日本でもっとも才たけた書き手の一人だ」といっています。ご存知のとおり、「うつくしきもの」「にくきもの」など彼女の感性でリストアップされたものが並ぶ段や宮廷生活でのちょっとしたエピソードをつづった段などがある随筆です。韻文に対して散文は歴史的にもあとからでてきますから、このリストのなかでもずば抜けて早い時期に突如として現れた散文は世界文学史のなかでも重要な作品といえるわけです。

そして二八番目に紫式部『源氏物語』が出てきます。「日本のもっとも偉大な作品だということに異論があるものはないだろう」とあります。この解説では、意外なことに、『源氏物語』を説明するのにシャーロック・ホームズの話を持ち出しています。『シャーロック・ホームズの冒険』を書いたコナン・ドイルはホームズシリーズの『最後の事件』で、ライヘンバッハの滝にてホームズが死んでしまう話を書きました。主人公が死んだわけですから、ホームズシリーズはおしまいになってしまいますよね。でも、そのあと実は生きていたという設定でシリーズを続けました。『源氏物語』もホームズと同様に、途中で光源氏という主人公が死んで、そのあとその息子の薫が主人公となって話が続くのだという説明をしています。

『源氏物語』は光源氏を主人公として話が展開しますが、途中で光源氏が死んでしまい、しかもその死については書かれずに、こんどは光源氏の息子薫を主人公に新しい物語が展開していきます。薫の物語のはじめに、光源氏が亡くなって寂しいと語られていますから、一続きの世界だということがわかりますが、主人公が途中で死んでしまうというのは、西洋の小説観として奇妙なものに思われたのです。しかも光源氏が死んだあともまだ延々と話は続いていく。それを説明するのにホームズの例をだしているのですが、実は、ホームズも長編小説の途中で死んだわけではなく、ある完結した作品の最後にそういう結末を迎えている。ですからホームズを例に出すというのは、ちょっと見当違いのようでもありますが、こうまでして納得したかったたと考えると興味深い解説といえるでしょう。

話を *New Lifetime Reading Plan* に戻しましょう。『源氏物語』が二八番目に出てきましたが、そのあともなかなか「小説」は登場しません。たとえば、三二番目にチョーサー『カンタベリー物語』が出てきますが、これは日本でいったら説話集みたいなものです。三九番目にシェイクスピアが登場します。しかし、シェイクスピアも演劇です。見ていくと、いわゆる小説というものが出てくるのはかなり後なのです。五一番のダニエル・デフォー『ロビンソン・クルーソー』、五二番にジョナサン・スウィフト『ガリヴァー旅行記』が入っていますが、『源氏物語』と比べるとどうしても子供向けの物語という感が強いですね。

イギリスの女性作家のヴァージニア・ウルフ（ここでは一一一番に入っています）は、一九二五年にアーサー・ウェイリーの英訳『源氏物語』が出版されたときに、さっそく読んで雑誌『ヴォーグ』に感想（『病むことについて』所収）を寄せています。千年も前に、絵画や詩に耽溺し、庭の自然を愛でながら、紫式部が源氏の皇子の人生と冒険を描いたことに驚き、さらに、読者たちは非常に洗練されていたので、物語に注意を引き付けるために珍奇な趣向でおどろかすようなことは必要なかったし、人間の本質への洞察にひたったのだと述べています。このあたりが『ロビンソン・クルーソー』や『ガリヴァー旅行記』との最大の違いといえるでしょう。『源氏物語』の登場人物の複雑な心理描写などは、冒険小説との大きな違いかもしれません。

いま私たちが「小説」と思っているスタイルができあがったのは一九世紀だと言われていますが、『源氏物語』はその一九世紀的小説の要素を備えていると捉えられています。そのように考えると、『源氏物語』は、世界文学史上もっとも早く現れた本格小説として稀有な存在なのです。

ちなみに *New Lifetime Reading Plan* のなかにほかに日本語文学は何が入っているか確認しておきますと、五〇番に松尾芭蕉『奥の細道』、一一四番に谷崎潤一郎『細雪』、一二〇番に川端康成『美しさと哀しみと』、一三一番に三島由紀夫『仮面の告白』『金閣寺』が入っています。これらの作品が選ばれた最大の理由は、英訳があることです。ノーベル文学賞に名前が挙がる作品にも必ず英訳があります。このようにして翻訳があるからこそ世界中で小説が読まれるわけですし、そのようにして広がった小説は、いまや世界文学として相互に影響し合う関係にあります。ヴァージニア・ウルフだって『源氏物語』に影響を受けたかもしれません。

New Lifetime Reading Plan は一九九八年に刊行された本なので少し古いものですが、南米・コロンビア出身のガルシア・マルケスやアフリカ・ナイジェリアのチヌア・アチェベなども取り込んで、欧米中心ではない、世界文学の視野で作品が集められています。これはノーベル文学賞の受賞者の傾向とも一致している考え方です。

『源氏物語』の著者は女性だという驚き

もう一つ『源氏物語』にとって重要なことは、作者が女性だということです。『枕草子』にしろ『源氏物語』にしろ、千年前に女性作家がいたことは世界文学史上、珍しいことでした。世界中どこでもそうですが、文字を操る分野には、まずは男性が出てくるということがあります。

明治時代の日本もそうでした。森鷗外や夏目漱石など海外に留学した東京帝国大学出身の男性達が小説を書き始めて、日本における近代小説を開いた。当時、帝国大学は男子校でしたから、留学できるのも男性が主だったわけです。

それに対していま五千円札になっている樋口一葉がいますが、彼女は大学からではなくて、和歌を学び、平安文学を読む私塾から出てきました。近代文学史は、まずは鷗外、漱石を主流と考え、一葉などは女流文学とか女流作家として差別化してきました。「女流」という言い方には、作家は基本的には男性であって、女性は特殊であるという、markedな存在とするニュアンスを含みますので、現在ではこの言い方を避ける傾向があります。こうしたことは西洋でも同じでした。ところが日本では、千年前に女性作家が次々と作品を書いていたわけですから、世界的にみたときに、日本の女性はなんて知的で文化的なのだろうと驚かれたわけです。

千年前、歴史書などの公的なものは漢字つまり漢文で書かれていました。中国のさまざまな本から学んで、書き言葉がつくられたわけです。平安時代にも大学がありましたが、そこに入学できるのはやはり男性だけ。漢籍を学んだのはすべて男性です。男性にとって上手に漢詩を作れることも重要な教養になっていましたので、『源氏物語』にも光源氏が中国人顔負けの漢詩をつくったというエピソードが書かれていたりします。ですから女性のつくった漢詩文というのはないわけではないですが少ないのです。

一方で、和文というものがあって、和歌や手紙に用いられる文体ですが、これは漢字交じりの平仮名で書かれるものでした。公の古文書や家の日記などは漢文で書かれ、歌を詠んだり手紙を書いたりなどの私的な文書は和文で書かれたのです。もし文学が漢籍的な文体で進んでいったとしたら、女性の書き手は生まれようもなかったのですが、物語は、『伊勢物語』に代表されるように、漢文の世界とまったく異なる和歌的な世界観でつくられたので、女性が参与することが可能であったのです。

『竹取物語』を物語のはじまりと教科書では教えていますが、あれは中国語文献の影響を受けて男性が書いたとされています。しかしその後に発達した物語文学は、宮廷サロンから生み出されていきます。宮廷社会が発展していくと女房たちをたくさん抱えたサロンが形成されます。宮廷の中は一夫多妻的に運営されているので、一人の天皇に多くのお后候補がやってきて、その候補ひとりひとりにたくさんの女房が仕えていたのです。
『枕草子』を書いた清少納言は一条天皇の后、中宮定子のサロンにいた女房です。それで『枕草子』は定子がいかに素晴らしい人かを書き連ねているわけです。その定子のライバルとなる藤原道長の娘・中宮彰子のサロンにいたのが紫式部です。一条天皇は先に入内した定子をたいへん愛していましたので、後から参入してきた彰子側が天皇の気を惹くために紫式部をヘッドハントして『源氏物語』を書かせたとみられています。
ここで注意したいのは、天皇の気を惹きつけるのは姫君自身ではなく、とりまきの女房だということです。サロンを盛り上げるのは、和歌の名手や楽器の名手など選り抜きの文化人たちであって、その人たちは皆、女房として女主人に仕えていたのです。一夫多妻制というと、浮気な男はキライだなどといってみなさんは嫌がると思いますが、そのおかげであれだけ高度な文化が実現できたともいえるのです。

ジェンダーについて

仮名文字の和文の話に戻りましょう。紀貫之という人がいます。歌人です。彼が書いた『土佐日記』という日記があります。その最初の文章はこうです。

男もすなる日記といふものを、女もしてみむとてするなり。

紀貫之は男じゃないの？　と思いますよね。これは紀貫之が女性になりきって、男が書くという日記を書いてみようという設定で著したものです。ですから『土佐日記』は仮名文字で書かれているのです。つまり、紀貫之が紀貫之という男として書いたなら漢文で書かれなければならなかった。男が書く日記は漢文だからです。けれども紀貫之は、女が書くような和文の日記を書きたいと思ったのですね。仮名で書かれた文章は話し言葉と近く、言ってみれば平安時代の言文一致体です。しかも男女を問わず多くの読者に読まれます。

それにしても貫之はなぜ素直に仮名で書き始めることができなかったのでしょう。なぜ女になって書かねばならなかったのでしょう。それは、仮名は女の文字とされていたからです。これをジェンダー化といいます。仮名は女性ジェンダーとして考えられていたわけです。逆にいえば、女性ジェンダーを与えられていた仮名というものがあったからこそ『源氏物語』のような長編小説を女性が書くことができたといえるかもしれません。

ジェンダーという言葉が出たので、ここで少し説明をしましょう。ジェンダーは男女に分けられるものとして考えられています。普通の性別の男女とどのように違っているのでしょうか。女、男という身体的な、より具体的には性器的な区別によって決められた性別をセックスといいます。それに対して、社会的・文化的に決められている性別がジェンダーです。ラテン語系の言語には男性名詞・女性名詞がありますが、あれがジェンダーです。文法規則としての性は、事物それ自体とはまったく関係なく決まっています。たとえばフランス語で自転車をさすのに、bicycletteといえば女性名詞となり、véloといえば男性名詞となるのをみれば、物自体に性があるのではないことがわかるでしょう。このジェンダー概念を援用して、フェミニズムの理論では、人間もいわゆる性別とは別の次元で社会的約束事として決められた女性らしさや男性らしさといった性があるとし、それをジェンダーと呼んだのです。ですからジェンダーは社会や文化によって変化するものとなります。セックスの別はどんな国でも同じように区分できるとして、ジェンダーの女性性と男性性は国ごと、時代ごとに異なるものです。現在の女性らしさと平安時代の女性らしさは違うでしょう。ジェンダーとはこのように可変的なものです。

そのジェンダーで言うと、仮名文いわゆる和文は女性性として捉えられていました。ですから、仮名を使うときには紀貫之のような振舞いが必要になるわけです。それに対して漢文には男性性が付与されています。紫式部は『紫式部日記』のなかで、漢学者の父が紫式部の弟に漢籍を教えているのにぜんぜん覚えず、横にいる自分がすべて覚えてしまったというエピソードを書いています。それでも紫式部は、「一」という漢字も書けないふりをしていたと記しています。それくらい漢字というものは、男性にジェンダー化されていた。その上、勉強しないと学べないものでしたから、漢文が読めるというのは、勉強ができるということをひけらかすことになったのです。

たとえば、枕草子に有名な香炉峰の雪という章段があります。雪の積もった日に中宮定子が「少納言よ、香炉峰の雪はいかならむ」と尋ねたので、清少納言は黙って簾を上げたというエピソードです。白居易の漢詩に「香炉峰の雪は簾をかかげてみる」というのがあって、定子も清少納言もその知識を共有しているのです。紫式部は日記のなかで、「清少納言は利口ぶって漢字を書きちらしているけれども、よく見ればまだひどく足りないことが多い。こうやって人より優れていると思いたい人は、必ず見劣りするものだ」などといって非難しています。白居易の漢詩は男女を問わず、宮廷で誰もが知る知識でしたが、それでも賢いところを見せないほうが女性らしく奥ゆかしいことだったようです。今でもまだ、そういう風潮があるのではないですか。合コンでウケがいいのは、天然ボケなんていわれるちょっと間の抜けた感じの女の子で、頭がいい女は歓迎されないといったふうに。

古典文学を読むうえで、もう一つ心にとめておきたいことがあります。それは書き手、作者の問題です。近代小説に慣れている私たちの頭のなかでは、作品と作家というのは非常に緊密に結びついています。作家が確固たる人物像を持ち、その人物像に作品が付随するという発想があります。

たまたま『源氏物語』はさまざまな遺された資料から紫式部と呼ばれていた人が書いたということが分かりますが、最初に言ったように『源氏物語』にはオリジナル原稿が残っていないわけですから、たしかに紫式部が書いたとわかるような署名入りの原稿が存在するわけではありません。言わば伝承として紫式部が書いたと伝えられているのです。

物語には必ず作者がいます。しかし、その作者というのは、現在私たちが小説家と呼んでいる人たちに抱くような作家像とはぜんぜん違っています。というのも、オリジナルの原稿から私たちが目にする原稿に至るまでには、複数の手が介在しているからです。基本的には、正確に写しとる作業をしているわけですが、一字一句間違いなく写せたかどうかはわからない。すでに意味がとおらないところを独自に判断して埋めたところもあるかもしれません。ですから、現在読まれている本文は、すでに複数の作者の手を経た先にある作品なのです。ここが近代小説とは大きく違うところです。近代小説を読むときにも、小説が作者の意図どおりに実現しているという考え方をしないのがふつうですが、古典作品においては、そもそも作者が特定できないことが多いので、作者がどのような意図をもってそれを書いたかという問いはまったく成り立たないのです。

英訳と現代語訳

『源氏物語』が西洋で「発見」されるのは英訳ができてからです。いまは英語だけではなくて、各国語訳が出ています。つまり、各国語を母語とする人たちのなかに『源氏物語』を古文の原文で読むことができる人がいるということですね。私たちが古典文学を学校の授業でしか触れていない状況を考えると、あまりに文学的好奇心が足りないといえるかもしれません。

イギリスでアーサー・ウェイリーの翻訳（一九二五～一九三三）がでたのが全訳のはじめですが、これも実は完訳ではありませんでした。ウェイリーは物語に進展がなくてつまらないといって鈴虫巻を大胆にカットしてしまったからです。次に、アメリカでエドワード・サイデンステッカーによる英訳が出ました。サイデンステッカー訳（一九七六）はヘミングウェイ調とでもいいますか、短文で訳されていますので、アーサー・ウェイリーのロマンチックな文体に慣れている人には味気ないとも言われています。その後に出たのが、ロイヤル・タイラー訳（二〇〇一）です。これまでの研究成果を踏まえて訳出されています。現在最新の英訳は、二〇一五年に出たばかりのデニス・ウォッシュバーン訳です。ウォッシュバーン訳の特徴は、人物呼称を固有名詞のように固定化しているところでしょう。たとえば頭中将は、次々に昇進してあとの方では内大臣になりますが、物語の最期まで一貫して頭中将と呼ばれ続けて、読みやすいように配慮されています。

次に現代語訳ですが、これはいろいろあります。ひとつ面白いものを紹介しておきます。『ウェイリー版 源氏物語』（平凡社ライブラリー、二〇〇八～二〇〇九年）です。これはアーサー・ウェイリーの英訳から現代日本語に訳し直したものです。古典語原文から英語に訳して、さらにその英語を日本語に訳しているという、ものすごい倒錯ぶりですが、もとが英語だけあって、欧米系の外国人留学生に聞くとこれが一番読みやすいそうです。

ほかに有名な現代語訳を一応挙げておきますと、まず谷崎潤一郎訳があります。谷崎は日本語の待遇表現を取り込んで「です・ます」調で訳しています。話し言葉のように書かれた文章は黙読するには少し面倒な感じがするかもしれません。谷崎は戦中から訳をしていますので、天皇が出て来るお話だけあって戦中版には削除箇所があったため、部分的に読めないところを含んでいました。そういうわけで戦後になって谷崎訳は新訳、そして新新訳と計三回も現代語訳を刊行しています。

つぎに与謝野晶子訳。これは「である」調で書かれていますので読みやすいほうですが、少し古いと感じるかもしれません。

非常に読みやすいけれども大胆に手を入れているのが田辺聖子訳です。『新源氏物語』という題がついているので、田辺聖子風の『源氏物語』といってもいいものです。最大の特徴は、第一巻の「桐壺」の巻がないこと。田辺聖子はたいへんな宝塚ファンなのです。宝塚でも源氏物語を上演していますが、宝塚的世界では当然ながら光源氏が主人公です。ですから、光源氏がバーンと最初に出てこないとはじまらない。ということで、まだ生まれてなかったり赤ちゃんだったりする「桐壺」は省略しています。ただし「帚木」巻のなかにうまく「桐壺」巻のできごとがとりこまれていますから、読むのに困ることはありません。

現代語でどれがお勧めかと聞かれて、私がいつも挙げるのは円地文子訳（新潮文庫）なのですが、現在絶版状態でなかなか手に入りにくいことが問題です。その後に出たものに、瀬戸内寂聴訳（講談社文庫）がありますし、どのように読んだらいいかを示したナビゲーションが入るスタイルの大塚ひかり訳（ちくま文庫）もあります。大塚ひかりは『源氏の男はみんなサイテー』（ちくま文庫、二〇〇四年）などの古典エッセイで知られている方です。

林望の『謹訳源氏物語』（祥伝社）も実直な訳になっています。橋本治『窯変源氏物語』（中公文庫）は、光源氏の一人称語りで語りなおされているのが特徴です。

授業では原文を読んでいきますが、みなさんは気の合う現代語訳をみつけてこの機会にぜひ全巻読破してください。

みんなのコメント❶

● 一夫多妻制は絶対に嫌ですが、そのおかげですばらしい源氏物語ができたと思うと少しだけよかったかなと思いました。「女はバカな方がかわいい」「いい男をめぐって女同士が争う」といった状況は今も昔も変わらないんだなと思って面白かったです。なので今の私たち（特に女子）が読んで「あれは源氏ひどい（笑）」とか「あんなことされてみたーい！」と友達と盛り上がれるんだなと思いました。できるだけ恋愛描写がすてきな現代語訳を読みたいです。

● より多くの子供をもつために一夫多妻制なのだとききましたが、源氏は三人しか子供がいません。一方で愛妻家だと言われている菅原道真は子供がたくさんいたそうです。あらためて、どうして当時は一夫多妻制だったのでしょうか。

● 世界的にみてその時代に女性が心理描写をふくんだ長編小説を書くことは珍しいという話を聞いて、単純に「日本人って世界の先をいっていたんだ」と誇らしく思ってしまったが、実はその背後にはジェンダー問題がかくされていて、世界的にすごいことがあったとしても、素直に「我々の先祖はイマよりもすごかったんだ」というのは適切ではないと思った。

第二回　光源氏誕生秘話――「桐壺」巻その一

あたらしい物語世界へと広がる『源氏物語』

前回、いただいた感想に、「『源氏物語』が書かれた当時は大ヒットだったろうと思う。『源氏物語』のつづきを勝手に考えて書くくらい熱狂的なファンがいたという話をきいたことがある」というものがありました。

今回はこの熱狂的なファンの創作の問題をとっかかりにして進めていきましょう。既存の作品の読者（ファン）による二次創作、ファン・フィクションについては、むしろみなさんのほうが馴染みがあるかもしれません。『源氏物語』にもたしかにそうしたものがありました。

『源氏物語』の途中で光源氏は死んでしまうのですが、死の場面は描かれていません。そのあといきなり光源氏の息子である薫が主人公となる宇治十帖の物語がはじまります。みなさんと読んでいる新大系本には入っていませんが、宇治十帖の前に「雲隠」という巻を入れて一巻と数える本もあります。その場合、「若菜上」「若菜下」の二巻を一巻と数えることで同じく五四帖としています。ただし「雲隠」は、巻名があるだけで中身がありません。空白です。物語の途中で主人公が死んでしまうのも不思議ですが、主人公の最期が描かれないのも奇妙なことかもしれません。いったい光源氏はその後どうなったのか。どのようにしてこの世を去ったのか。そんな読者の疑問に、読者自身が答えをだそうとしたのが、

『雲隠六帖』として知られる六編の物語で、光源氏が、出家して亡くなるまでの物語が創造されています。『雲隠六帖』は室町時代に成立しました。江戸時代につくられた写本ではこの『雲隠六帖』を、現在の五十四帖に加えて、六十帖のかたちで作成されているものもあります。ということは、その六十帖版の写本を読んだ人にとっては『源氏物語』とは『雲隠六帖』を含んだものだったわけです。

光源氏の死後の物語、宇治十帖では、光源氏の息子が主人公になりますが、実はこの薫は光源氏の実の子ではなく密通関係によって生まれた別の男（柏木）の子です。宇治十帖には、薫と匂宮という二人のうつくしい貴公子が出てきます。二人とも浮舟という女性を好きになって三角関係になります。その浮舟が失踪して、川に入水し死んでしまった、ということになります。実際には死んでいなくて浮舟は出家してしまう。薫と匂宮は浮舟が生きていることを知ってコンタクトをとろうとするところで物語は終わります。その後、浮舟と二人の男主人公がどうなったかというのは分からずじまいです。この続きを知りたいと思った読者がつくったのが、『山路の露』です。こちらは鎌倉時代の成立です。

『日本古典偽書叢刊』（現代思潮新社、二〇〇四年）というシリーズの第二巻に『山路の露』『雲隠六帖』が入っていますので、興味のある人はぜひ読んでみてください。このシリーズのタイトルには、「偽書」という言葉が入っています。つまり、『山路の露』『雲隠六帖』は、紫式部の名をかたって書かれた偽の書ということですね。たしかにその通りなのですが、注意しなければならないことは『源氏物語』など古典文学作品は、近代以降の作品にいわれるような、作品の作家性というものは確立していなかったということです。多くの作品の作者がわからないままですし、過去の作品を翻案して新たな作品を生み出していくことは、ごく普通に行われていました。この作品の場合、盗作というわけでもないですし、それほど罪深いわけではありません。偽書のなかには、勝手にお墨付きを捏造するなど、もっと犯罪的なものもありますから。

さて前回、『源氏物語』は世界中で翻訳されているという話をしました。翻訳されて世界中で刊行されている、すなわち世界文学であるということはどういうことか。たとえば『山路の露』とか『雲隠六帖』のような作品が書かれてしまうことの根本にある興味というのは、誰もが持つものです。『源氏物語』を英語やフランス語で読んだ人も当然、同じような疑問や感想を持つわけです。たとえば、ベルギー人の女性作家マルグリット・ユルスナールは「源氏の君の最期の恋」という短編小説をフランス語で書いています。ここには「雲隠」巻の空白を埋める物語、光源氏の最期が描かれています。刊行は一九三八年なのですが、フランス語訳の『源氏物語』は、一九二八年の段階ではじめの九巻分が刊行されてはいますが全巻が刊行されたのは実は一九三八年より後なのです。ただ、アーサー・ウェイリーの英訳は一九三三年にすでに完成していますので、おそらくは英訳で読んで、フランス語で短編小説を書いたということになるでしょう。現在、『東方綺譚』(白水社、一九八四年)という作品集のなかにおさめられています。光源氏は非常にたくさんの女性と関わるわけですが、そのなかでもっともマイナーな花散里という人を主人公に据えたところがユルスナールの読みの深さと慧眼でしょう。出家したあと光源氏は都人との関係を絶ちます。老いた姿を見られたくないからです。山の中で静かに蟄居生活をしていて、そこに訪ねてくる女性とも会いません。花散里は村の女に扮して近づきます。やがて老いた光源氏は目が見えなくなってしまいます。そして最後、光源氏は、息を引き取る間際にこれまでの女性の思い出を語りはじめます。でもそこに花散里の名前はでてきません。そこで彼女は「こんな女性がいたことを覚えていませんか」と声をかけるのですが、光源氏は息をひきとってしまう。そういう悲しいお話です。

もっと最近ですと、二〇〇〇年にアメリカ人の女性作家ライザ・ダルビーが紫式部を主人公にした『紫式部物語』（光文社）を英語で書いています。ダルビーはもともと日本文化を研究していて、日本留学中に芸者文化を知りたいからといって、自ら芸者になってフィールドワークをしたユニークな経歴の人です。『紫式部物語』は、紫式部はどのようにして『源氏物語』を書いたのかをテーマに、物語世界と紫式部の人生が交差する手法で書かれています。物語の最後に、紫式部の娘が公開されずに残されていた最後の一帖、「稲妻」巻を発見します。ここに宇治十帖の続きにあたる浮舟のその後が描かれているのです。薫も匂宮も浮舟の居所をつきとめて訪ねてきます。浮舟は雷に打たれて目が見えなくなっており、それを知った匂宮は興味を失い、会わずに去っていきます。対照的に薫はここぞとばかりに援助を申し出るのですが、浮舟はそれを薫の自己愛にすぎないのだと見抜いて拒絶するという展開です。ユルスナールにしろ、ダルビーにしろ、女性作家ならではの目のつけどころですね。

千年前の日本の古典語で書かれた『源氏物語』を翻訳で読んで、その続きがフランス語や英語で書かれているわけですが、これこそがまさに『源氏物語』が世界文学たる証しではないでしょうか。世界文学というのは、単に世界中に翻訳されて、世界中で読まれている文学というだけではなく、各国の作品に影響を及ぼすようなかたちで存在することも含んでいます。その意味で、『源氏物語』から成ったこれらの作品は、ファン・フィクションとは決定的に異なっているともいえます。ユルスナールの作品もダルビーの作品も、『源氏物語』を読んでいない読者にも読めるものになっていますし、その国の文学にしっかりと根付いた作品になっています。こうした文学状況そのものが世界文学的なのだといえると思います。たとえばノーベル文学賞作家の大江健三郎の作品のなかにはたくさんの外国文学が引用されていますし、村上春樹がアメリカであれだけ読まれている理由のひとつは彼がアメリカ文学の影響を受けているせいもあるでしょう。引用というかたちで明示されなくても、日本語文学のなかに、たくさんの海外文学が潜在しているのです。多くの外国文学が日本語に翻訳されていて、ロシア語がまったくできなくてもトルストイやドストエフスキーの作品を読むことができますし、フランス語ができなくてもバルザックやフローベールの作品を読むことができます。そうしたすべての読書体験を下敷きにして、あたらしい日本語文学は書かれています。同じようなことは世界中で起こっている。世界で翻訳されて読まれている文学というのは、世界のありとあらゆる文学につながっているといえます。『源氏物語』もまた中国文学の影響を受けていますが、『源氏物語』が現在、各国文学に潜在的に与えている影響は、ユルスナールやダルビーの作品ほど明示的でないとしても多大なものと考えてよいでしょう。

光源氏物語前史

さて、いよいよ本編に入って「桐壺」巻を読んでいきましょう。

冒頭の箇所については中学や高校の授業で読んでいるのではと思います。人によっては『平家物語』の冒頭と同じように暗唱しているかもしれません。

いづれの御時にか、女御、更衣あまたさぶらひ給ひける中に、いとやんごとなき際《きは》にはあらぬがすぐれてときめき給ふありけり。

「いづれの御時にか」は、「いつの御代のことでしょう」といった現代語訳になっています。まずはじめに、いつかは定かではない架空の時間が設定されているわけです。女御やら更衣やらが大勢つとめている宮中にそれほど身分の高い人ではないがたいそう寵愛されている人がいた、という形で桐壺更衣が紹介されています。桐壺更衣は光源氏の母親です。

女御《にょうご》と更衣《こうい》とは何でしょう。これはお后候補になる人たちです。当時の婚姻関係は一夫多妻的に営まれていました。天皇のところに参ることを入内《じゅだい》といいます。天皇の住まう御所を内裏《だいり》といいますが、内裏に入るから入内ですね。ただし入内というのは結婚を直ちに意味しているわけではありません。お后候補でさえも、女官としての役職を与えられて参内《さんだい》するのです。こうしたお役目を持った女性たちが内裏につめていて、これを女房出仕《しゅっし》と言います。男性もまた役職名を与えられて官人としてつとめています。貴族社会ですが、放蕩息子のように遊んで暮らしているわけではなくて、官人には官位があって昇進して出世したり没落したりなどがあるわけです。公のまつりごとに携わる男性に官位という序列があるのと同様に、後宮という天皇の私的な寝所エリアに仕える女房たちにも公的な序列があったわけです。女御はなかでももっとも后になる可能性が高い位です。男性の官人の序列でトップクラスにいる人の娘が女御として後宮に入ることになります。ですから、宮中の男女の地位は連動していて、女房が後宮に入ってくる段階で、父親の位を後ろ盾として地位が決まっているのです。女御の下に、更衣、御匣殿《みくしげどの》、尚侍《ないしのかみ》、典侍《ないしのすけ》がいました。こうした職名を持っている人は上臈《じょうろう》の女房と呼ばれているトップクラスの女房たちです。女房たちのなかに上臈・中臈・下臈というように階級差があるのです。

さて桐壺更衣ですが、更衣という字を見ると、私たちはすぐにプールやジムの「更衣室」を思い浮かべますよね。実際、更衣は文字通りに天皇の着替えを手伝う役職です。更衣がなぜそんなに上のほうの位なのでしょうか。天皇の着替えを手伝うということは天皇の身体に触れられるほど側近くに仕えているということですよね。上﨟・中﨟・下﨟と階層化された女房の位というのは、基本的に天皇の身体を中心として遠くなるほど下層となります。たとえば下﨟の女房たちは天皇の顔を見るような側近くにいくことはできません。上﨟の女房たちだけが天皇の側に仕えることができるのです。これは男性の官人も同じです。官位が六位以上の人でなければ清涼殿には昇れませんでしたので、位の高い人しか天皇の側にはいけないことになっていたのです。

天皇の側近くに仕えていれば「初奴《ういやつ》じゃ」ということが起こるわけです。天皇の寵愛を受けやすい女房たちが上臈です。天皇と関係ができて、子供ができて、それが男の子であれば位も上昇して后へと向かう。最初はある意味、従業員のようにして、宮中に入るわけですが、その後、天皇の寵愛を得て后へとのぼっていくというシステムです。平安宮廷においては、現在の天皇家あるいは各国の王室のように、はじめから后として結婚するただ一人の女性というのは存在しないのです。ですから、「女御、更衣あまたさぶら」う女たちがみんな一斉に天皇の寵愛を競っている状態なのです。

さて、この「桐壺」の冒頭で出てきた主人公、桐壺更衣は、ここではまだ誰とも呼ばれていないわけですが、とにかくそれほど高い身分ではない。なぜなら父親が亡くなっていて、父親の地位を後ろ盾とすることができないからです。宮中の女性たちにとっては父親がいないことはたいへんな不利となります。しかし、それでも天皇はこの女性をたいへん気に入っているわけです。

次の箇所をみていきましょう。

はじめより我はと思ひ上《あ》がり給へる御方々、めざましきものにおとしめそねみ給ふ。

私こそは天皇の寵愛を受けるのよ！と思いあがっている女たちは、桐壺更衣をおとしめ、嫉《そね》む。「めざまし」は今でいう「うざい」という感じでしょうか。ムカつくなどと考えてもいいでしょう。

同じ程、それより下臈《げらふ》の更衣たちはまして安《やす》からず。

更衣は一人ではありません。十人くらいいることもあります。『源氏物語』の世界でこのとき更衣が何人いるのかは分かりませんが、それなりの数がいるわけです。また更衣のなかにも位の階層差がありますので、同じ位の更衣やそれより下の位の更衣もまた心穏やかではない。ならば私も寵愛を得られるかもしれないと考えはじめるからですよね。

朝夕の宮仕《みやづか》へにつけても人の心をのみ動かし、うらみを負ふつもりにやありけむ、いとあづしくなりゆき、もの心細げに里がちなるを、いよいよあかずあはれなるものに思ほして、人の譏《そし》りをもえ憚《はばか》らせ給はず、世のためしにもなりぬべき御もてなしなり。

桐壺更衣は朝夕常に天皇のそばにいるので、他の女房たちは憤懣やるかたなしといった具合い。そんな雰囲気のなかで女房たちの恨みを一身に背負うつもりなのでしょうか。「あづし」は病気がちという意味です。恨みを背負ってしまったからこそ病気がちになったという因果関係を語り手は考えているのですね。それで心細げに「里がち」になっているわけです。いまでも、里に帰る、というような言い方をする人がいるかもしれません。その場合の「里」は母親の実家を指しますね。当時の女房たちにももちろん自分の家があります。そこから宮中に部屋（局《つぼね》）をいただいて出勤しているわけです。しかし、必ず里に帰らねばならないときがあります。それは生理のときです。宮中は天皇のいる場所ですから、穢れがあってはなりません。生理になると、血の穢れがあるということで里に帰ります。穢れが理由ですが、それによって女房は生理休暇をとれるわけですね。もうひとつは死の穢れです。ですから、病気になれば里に帰ります。また生理中に里に帰るというこのシステムは浮気のためには非常に便利でした。結局、宮中にいるときは天皇の女としているわけですが、月に一度、里に戻って来るときを待って恋人が訪ねてきたりするのです。生理直後の一番妊娠しやすいときに浮気が行われるわけですから、ここに、密通による出産が起こる一つの要因があるともいえます。

さて、病いに苦しむ桐壺更衣の状態をかわいそうだと思った天皇は、いろんな人が天皇に寵愛の度が過ぎているというのも聞かずに、ますます愛を深めていきます。

上達部《かむだちめ》、上人《うへびと》などもあいなく目を側《そば》めつつ、いとまばゆき人の御おぼえなり、唐土《もろこし》にもかかることの起こりにこそ世も乱れ悪《あ》しかりけれとやうやう天の下にもあぢきなう人のもてなやみぐさになりて、楊貴妃《やうきひ》のためしも引き出でつべくなりゆくに、いとはしたなきこと多かれど、かたじけなき御心ばへのたぐひなきを頼みにてまじらひ給ふ。

上達部や上人は男性の官人です。こういう人たちも、この寵愛ぶりをいかがなものかと憂慮し、楊貴妃の例を出して、その行く末を懸念しています。楊貴妃の例というのは中国の話で、玄宗皇帝が楊貴妃に夢中になり、政務を忘れて国が滅びたという話です。この話は平安宮中には、「長恨歌」という漢詩で知られていました。それを引用することで、官人たちはこのままでは国が滅んでしまうのではないかと憂えているというのですが、さらに言えば、楊貴妃は死んでしまうので、桐壺更衣が死にゆく予兆としても読まれていたでしょう。

しかし天皇の想いは変わらない。桐壺更衣はその天皇の想いを頼りに参内しつづけているのです。

父の大納言は亡くなりて、母北の方なんいにしへの人のよしあるにて、親うち具しさしあたりて世のおぼえはなやかなる御方々にもいたう劣らず、なにごとの儀式をもてなし給ひけれど、取りたててはかばかしき後見《うしろみ》しなければ、こととある時はなほ寄り所なく心細げなり。

亡くなった父親は大納言《だいなごん》でしたが、これはかなり高い地位です。母親も非常に位の高い家の人で、この母親が他の女房にひけをとらないようにあれこれと世話をしています。儀式に参列するときには、あたらしい着物をあつらえたりなど、お金がかかるわけですが、そうした資金を母親が娘のために捻出していたわけですね。しかし大納言たる父の後ろ盾なしには宮中での更衣の立場は弱いので、なにかと心細げであったということです。

光源氏誕生

さて、そんななか物語が急展開します。

先《さき》の世にも御契《ちぎ》りや深かりけむ、世になくきよらなる玉の男御子《をのこみこ》さへ生まれ給ひぬ。いつしかと心もとながらせ給ひて、急ぎ参らせて御覧ずるに、めづらかなる児《ちご》の御かたちなり。

「先の世」とは前世です。前世での縁が深かったためにこの世に二人とないほど美しい男の子が生まれました。これが光源氏ですね。天皇はたいそうな喜びようで、早く見たいと急いで宮中に参らせた、とさらっと書かれていますが、天皇が赤ん坊の顔を見るということは当時ほとんどありませんでしたので、これはかなり異例のことです。

出産は、血の穢れがありますから里でします。そこで生まれた子を育てるのは産んだ母親ではありません。乳母《めのと》と呼ばれる別な女房です。母親は赤ん坊にお乳をあげません。乳母が乳を与えるのです。つまり乳母は他人の子に乳をあげる人として雇われるわけです。なぜでしょう。入内した女性たちというのは次々と天皇の子供を産むことを求められています。お乳をあげていると次の妊娠はできません。ですから、乳をあげないことで母乳を止めて、早く次の妊娠・出産態勢に入るようにするわけです。ところで、乳母にお乳がでるということは、同じくらいの時期に乳母も子どもを産んでいなければなりません。同じころに子を産んだ人を雇って、自分の子と主人の子とを両方母乳で育ててもらうのです。このようにして一緒に育った子は、乳母の子ということで乳母子《めのとご》と呼ばれます。『源氏物語』では「空蝉」あたりから登場する惟光《これみつ》という従者が光源氏の乳母子にあたります。「夕顔」の冒頭のところで惟光の母親が病気になったので光源氏が見舞いにく場面がありますが、なぜ従者の母親を見舞うかとえいえば、この人は光源氏にとって育ての母にあたっているからなのです。光源氏には三人ほど乳母がいますが、光源氏は惟光の母がとくに好きだったようです。

さて、母親の里で生まれた子は、ある程度の年齢まで里で育てられます。わんわん泣いたり、粗相をしたりしない年頃になってからようやく父親に会いに内裏に参るのです。ですから、このように早く見たいからといって赤ん坊のうちに内裏に連れて来させるというのは極めて特異な扱いをしているといえます。

一の御子は右大臣の女御の御腹《はら》にて、寄せ重く、疑ひなき儲《まうけ》の君と、世にもてかしづききこゆれど、この御にほひには並び給ふべくもあらざりければ、おほかたのやむごとなき御思ひにて、この君をば、わたくし物《もの》に思ほしかしづき給ふこと限りなし。

光源氏は天皇の第一番目の子ではなかったわけです。別に第一皇子がいるのですね。右大臣の娘である弘徽殿女御《こきでんのにょうご》が第一皇子を産んでいます。ちなみに左大臣と右大臣だと左の方が上の位です。ということは、ここには左大臣に先立って右大臣の娘が皇子を生んだ状況が暗に示されているわけです。桐壺更衣の身分を考えれば、右大臣の娘が産んだ第一番目の男子が東宮になることはわかりきっているのですが、なにしろ光源氏は赤ん坊のころから段違いに美しい。天皇の桐壺更衣に対する異常な寵愛ぶりをみていたら、不安がつのってくるのでしょう。弘徽殿女御は桐壺更衣はもとより光源氏を疎ましく思うようになります。自分の息子よりも愛されているのですから、それは当然ですね。

はじめよりおしなべての上宮仕《うへみやづか》へし給ふべき際にはあらざりき。おぼえいとやむごとなく、上衆《じやうず》めかしけれど、わりなくまつはさせ給ふあまりに、さるべき御遊《あそ》びの折々、何事にもゆゑある事のふしぶしには、まづ参《ま》うのぼらせ給ふ。

桐壺更衣に話が戻ります。桐壺更衣はトップクラスの宮仕えをするような位ではないけれども、天皇の寵愛が深いからいつも側にいるのです。ここで出てくる「御遊び」というのは、音楽会です。月が綺麗に出たから、月見をしながら合奏でもやろうか、といって琴や笛の上手な人を呼び出して音楽会をする。こういうときに天皇は桐壺更衣を連れて出るというのです。もともとそういうところに連座すべきは弘徽殿女御なのにもかかわらずという含みがあります。

ある時には大殿籠《おほとのごも》り過《す》ぐして、やがてさぶらはせ給ひなど、あながちに御前《おまへ》去らずもてなさせ給ひしほどに、おのづから軽《かろ》き方《かた》にも見えしを、この御子生《む》まれ給ひて後は、いと心ことに思ほしおきてたれば、坊にもようせずは、この御子の居たまふべきなめりと、一の御子の女御は思《おぼ》し疑《うたが》へり。

「大殿籠る」というのは寝るという意味です。天皇の寝所へは、入内してきた女たちが順番に召されるのが通例です。女が局から天皇のいるところに参って、明け方には自分の局に帰ります。この場合、寝過ごして、桐壺更衣を局に戻さず、そのまま仕えさせたこともあるという話です。正式なしきたりが守られず、儀礼を重んじていないのは、身分の低いものに対する扱いにもみえます。つまり桐壺更衣は身分の低さゆえに、気安い扱いをされている、だから気にすることはない。そう弘徽殿女御は思っている。しかし光源氏が生まれてからは、これは違うのではないかと思いはじめる。もしかすると、光源氏を東宮にするつもりではないかと訝るわけです。

人より先に参り給ひて、やんごとなき御思ひなべてならず、御子たちなどもおはしませば、この御方の諫《いさ》めをのみぞ、なほわづらはしう心苦しう思ひきこえさせ給ひける。

弘徽殿女御は桐壺更衣より先に入内しています。位も高いです。子供もたくさんいます。そんな弘徽殿女御の苦言は、天皇にとってもっともわずらわしく、心苦しいことなのです。

かしこき御陰《かげ》を頼《たの》みきこえながら、落としめ疵《きず》を求め給ふ人は多く、わが身はか弱くものはかなきありさまにて、なかなかなるもの思ひをぞし給ふ。

桐壺更衣は、身分の裏付けがなく、ただ天皇の庇護を頼りに宮中に君臨しているのですが、それゆえに何かと粗さがしをする人も多く、そのストレスで病いがちになり、辛い思いをしています。

ここで主体がまた桐壺更衣に戻っていることに気づきますね。原文には主語に相当するものがほとんどでてきませんが、一つ前は天皇の視点で語られ、こんどは桐壺更衣の視点に移っていて、主体がめまぐるしく入れ替わっています。この点が原文の読みにくさの原因のひとつです。

もうひとつは人物呼称の問題です。たとえば私たちはいま主人公を便宜上、光源氏と呼んでいます。しかし、これまで読んできた文中には光源氏とは出てきませんね。今後も、光源氏が光源氏と呼ばれることはほとんどなく、そのときに就いている役職名、中将、大将などといった呼称で出てきます。役職名で示されるということは、昇進するたびに呼称が変わるということです。最初に読んでいた箇所と後の方では呼び方が変わっているので、途中をぱっと開いて読み始めるといったい誰を指しているのかよくわからないということが起こります。ですから、現代語訳の多くは、すべての主語を補って、役職名も人物名に直して訳されています。当時の人にとってみれば、頭から読んでいるわけで、そんなに混乱することではなかったと思います。それに当時の読者と異なって、私たちの物語の登場人物の名前への執着は非常に強い。たとえば藤壺という人が出てきます。このあと桐壺更衣の死後に後妻として入ってくる人ですが、源氏最愛の人として非常に重要な人物です。でも藤壺というのは桐壺と同じく局(部屋)の名前なのです。藤壺の死後、別な人が藤壺という部屋を与えられれば、その人の呼称になってしまうのです。これは現代の読者にとっては非常に困惑するところです。なぜこういったことが起こるのでしょう。

平安時代の人々も男女を問わず名前を持っていました。けれども基本的には名前を呼ぶことはないのです。これは、実は私たちにもある程度、共有できる感覚ではないでしょうか。日本語の会話の場合、二人称を呼びにくいということがあると思います。友達と話をしているときに相手を「あなた」とはなかなか呼びにくい。そこで「○○ちゃん」「○○さん」など、相手の名前で呼ぶわけですが、この「○○ちゃん」という呼称もなるべく呼ばないようにしているということはありませんか。「ねえねえ」とか「あっ」とか声をだして相手の注意を引いて話はじめたりなど。それに日本語で相手の名前を呼び続けると、なんだか糾弾しているような感じになってきます。ですから、それを省いて言おうとしているはずなのです。英語は違います。日本語は文法上、主語はなくても成り立ちますが、英語は文法上、基本的に主語は必須格です。これを省いて文章をつくることができません。

こうした違いを考えるならば、『源氏物語』の原文が読みにくいとは言っても、私たちも多かれ少なかれ、似たり寄ったりの感覚を持っているともいえます。つまり慣れさえすれば、日本語の使い手として実に馴染み深い文章で書かれているのです。『源氏物語』は書き言葉ではなくて話し言葉で書かれたという説がありますが、少なくとも当時ひとりで物語を読むことができた人はごくわずかでした。本は借り出すか、手書きで写本をつくらないと手に入らない貴重なものでしたから、朗読する人がいてその周辺で聞いていた人たちがいたと考えられています。そうした読書形態のせいで話し言葉的な省略が含まれているのかもしれません。

つづきを読んでみましょう。

御局《つぼね》は桐壺《きりつぼ》なり。

ここではじめて「桐壺」ということばが出てきました。ここまで便宜的に桐壺更衣と呼んできた人は、桐壺という局にいるからこの呼称となっているのです。内裏図（51頁）をみてみましょう。天皇の寝所は清涼殿にあります。桐壺は清涼殿から離れたところにありますね。この位置関係を想像しながらつづきを読んでみましょう。

あまたの御方々を過《す》ぎさせ給ひて、ひまなき御前渡《わた》りに、人の御心を尽くし給ふも、げにことわりと見えたり。

天皇のお召しがかかって桐壺から清涼殿まで歩いていく間にさまざまな女たちの部屋の前を通らねばなりません。「今日も桐壺更衣が呼ばれたわ。私たちにはもう何日もお召しがないのに」と思っているはずですね。「ひまなき御前渡り」とありますから、その頻度も度を越しているわけです。「人の御心を尽くし給ふ」の「人」とは、そのお召しのかからない女たちのことで、そういう次第だから、女たちをいらいらさせるのも道理だ、というわけです。ここは語り手が判断しているところです。

参《ま》うのぼり給ふにも、あまりうちしきる折々は、打橋《うちはし》、渡殿《わたどの》のここかしこの道に、あやしきわざをしつつ、御送り迎への人の衣《きぬ》の裾《すそ》、耐えがたくまさなきこともあり。

通り道に「打橋」という建物と建物をむすぶ橋があります。こうした必ず通らねばならないところに何かわからないけれども汚いものが撒かれている。このあたりの局に住まう女たちが結託してやっているのです。天皇のところに参るときにも、身分の高い人ならひとりで行くわけではないですから、お付きの人とともに参ります。桐壺更衣に仕えている女房が天皇のもとへ送っていって、帰りにはまた迎えに行くのです。更衣に仕えている女房たちが先を歩くので、「御送り迎への人」の着物の裾が何だかわからないもので汚れるというわけです。

またある時には、えさらぬ馬道《めだう》の戸をさしこめ、こなたかなた心を合はせて、はしたなめわづらはせ給ふときも多かり。

同じようにこれもいやがらせです。馬道の前後に扉があるので、桐壺更衣の一行が馬道に入ると前後の扉を閉めてそこに閉じ込めて、天皇のもとに参ることができないように女房たちが結託していじわる

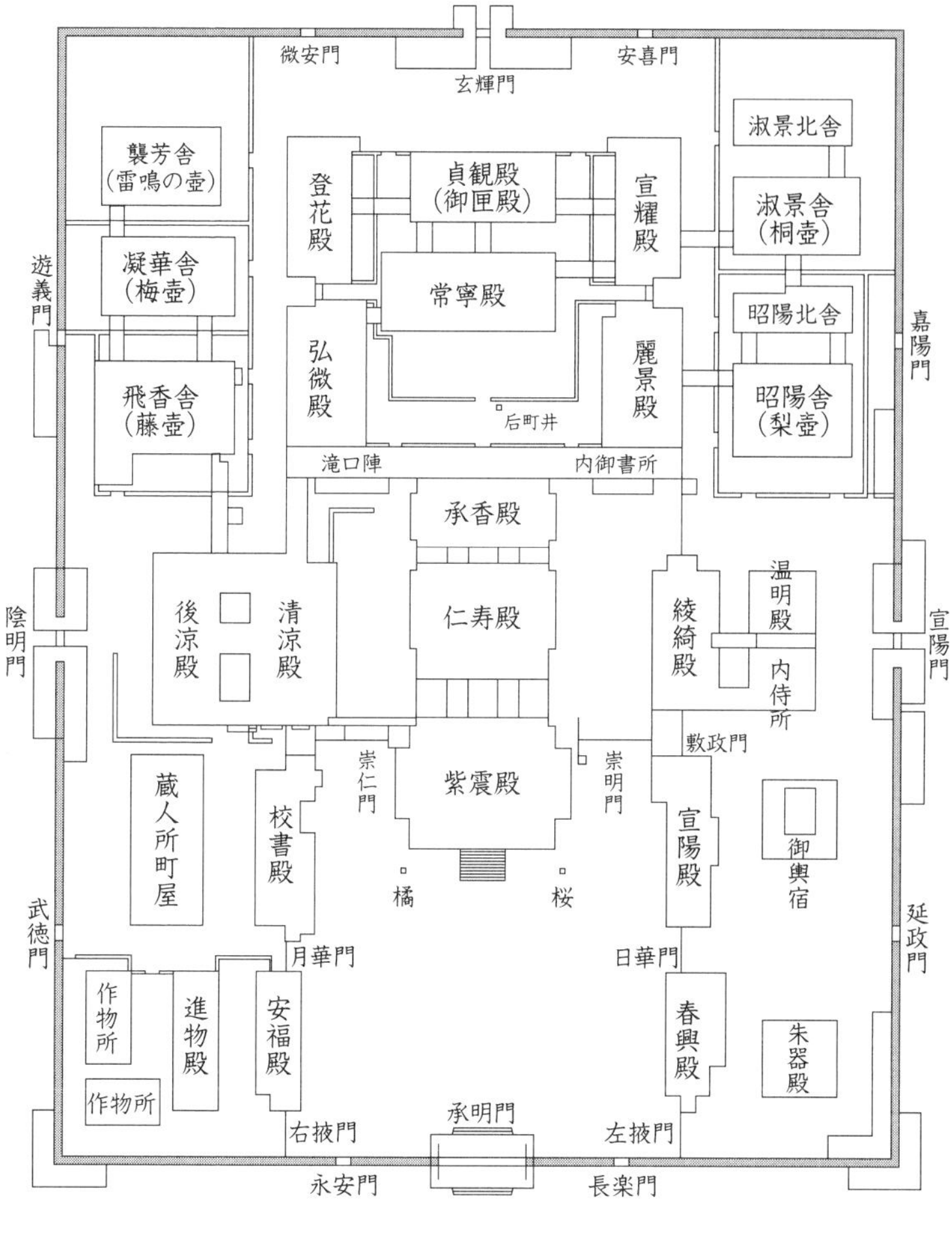

徽安門
玄輝門
安喜門
襲芳舎
(雷鳴の壺)
登花殿
貞観殿
(御匣殿)
宣耀殿
淑景北舎
淑景舎
(桐壺)
遊義門
凝華舎
(梅壺)
常寧殿
昭陽北舎
嘉陽門
弘徽殿
麗景殿
飛香舎
(藤壺)
后町井
昭陽舎
(梨壺)
滝口陣
内御書所
承香殿
温明殿
綾綺殿
陰明門
後涼殿
清涼殿
仁寿殿
内侍所
宣陽門
敷政門
崇仁門
紫宸殿
崇明門
蔵人所町屋
校書殿
宣陽殿
御輿宿
橘
桜
武徳門
延政門
月華門
日華門
作物所
進物殿
安福殿
春興殿
朱器殿
作物所
承明門
右掖門
左掖門
永安門
長楽門

内裏図

をするのです。

ことにふれて数知らず苦しきことのみまされば、いといたう思ひわびたるを、いとどあはれと御覧じて、後涼殿《こうらうでん》にもとよりさぶらひ給ふ更衣の曹司《ざうし》を他に移させ給ひて、上局《うへつぼね》にたまはす。そのうらみましてやらん方なし。

こうやっていじめられて、桐壺更衣は打ちひしがれているわけですが、それを見て天皇はかわいそうだなと思うんですね。で、どうしたか。清涼殿の横に後涼殿というところがあります。ここにもともといた女を他へ移して、桐壺更衣に使わせたのです。当然、もともといた女は怒りますよね。

この御子三つになり給ふ年、御袴着《はかまぎ》のこと、一の宮のたてまつりしに劣らず、内蔵寮《くらづかさ》、納殿《をさめどの》の物を尽くして、いみじうせさせ給ふ。それにつけても世の譏《そし》りのみ多かれど、この御子のおよすけもておはする御かたち、心ばへ、ありがたくめづらしきまで見え給ふを、えそねみあへ給はず、ものの心知りたまふ人は、かかる人も世に出《い》でおはするものなりけり、とあさましきまで目をおどろかし給ふ。

時は流れます。光源氏が三歳になって袴着の儀をします。いまも七五三で三歳のお祝いはしていますね。この儀式が第一皇子のときと同じ規模で行われたというのです。母親の実家の資金で準備すべきなのに、天皇がいわば国庫の税金を使ってやった。儀式には宴会がつきものです。お祝いにはお返しをしないといけない。いろんなことにお金がかかります。それをすべて天皇が出したというわけです。ますます弘徽殿女御の心配はつのりますよね。天皇の同情、寵愛が、女たちの怒りをエスカレートさせていくという悪循環が延々と描かれてなかなかスリリングな展開です。

けれども、アーサー・ウェイリーの英訳では、光源氏が登場する前のことを語るのはくだくだしいと判断してこんな注をつけています。「この書は寛大に読まれなければならない。ここでは紫式部はいくぶん幼稚な先行者たちの影響のもとに宮廷年代記と型にはまったおとぎ話とがまじりあった様式で書いている」。主人公が出てくる前のそんな宮廷年代記のような話をする必要はないじゃないか、とウェイリーは言っているわけです。田辺聖子訳も「桐壺」巻を大胆にカットして、光源氏がさっそうと登場するシーンからはじめています。私はこの巻の展開がとても面白いと思っているのですけれども、みなさんはいかがでしたか。

とはいえ、なぜ主人公登場以前の物語を長々とつづる必要があったのかを考えてみてもよいでしょう。光源氏の誕生場面に「先の世にも御契りや深かりけむ、世になくきよらなる玉の男御子さへ生まれ給ひぬ」とありました。

天皇の桐壺更衣に対する強い恋愛感情、それはどこからくるのか。現代の私たちは、相手を好きになるときに、カッコイイからだとか、優しいからだとかというふうに、感情の根拠を求めます。しかし、当時の人々はその根拠を前世に深い縁があったから、いまこんなに惹かれあってしまうんだ、と考えるのです。つまり、「これは運命なんだ!」というのですね。そういった考えがあれば、光源氏の誕生前の世代に何があったのかはむしろ当時の読者には興味があるお話だといえるでしょう。

さて、こうして袴着の儀を終えると、桐壺は重い病《やまい》にふせります。この続きは次回にしましょう。

みんなのコメント❷

● 女はこわい。

● 今も昔も男性をめぐって女性の争いや恨みは恐ろしいなあと思いました。男性は女性が浮気した場合、女性自身を恨むが、逆の場合、女性は男性の浮気相手の方を恨むという話を聞いたことがあります。そのことは源氏物語でも桐壺更衣のことを他の女房たちがイジメたりする点によく表れている気がします。

● 高校のときは共学で男性教師に教わっていたため、女性目線からみる源氏物語はより一層生々しく面白いと感じました。とくに里に帰るという言葉の裏に生理中によるけがれも含まれていたのは驚きでした。女目線の源氏物語はよりリアルで面白いですね。

第三回　母の死と幼き恋――「桐壺」巻その二

女の嫉妬はこわい

　前回のお話について、「女の嫉妬はこわい」という感想をたくさんいただきました。ところでこの場合の「女」とは、具体的に誰をイメージしていますか。弘徽殿女御などのいわゆる主要な登場人物を思い浮かべてはいないでしょうか。廊下にまきちらされたもので裾を汚したのは桐壺更衣のお付きの女房でしたね。桐壺更衣を馬道に閉じ込めたのが局に住まう姫君たちだということはあり得るでしょうか。やはり姫君に仕えていた女房だと考えるのが自然ではないでしょうか。女房たちはそれぞれの女主人に仕えて仕事を得ているので、女主人のあり方は自分にも死活問題です。女主人が亡くなれば次の職場を探して、女主人のきょうだい筋に仕えたりもします。そうなれば、女主人に深く肩入れして、代わりに桐壺更衣いじめをするということも大いにあり得ることではないでしょうか。

　こうしたことを江戸時代後期の柳亭種彦《りゅうていたねひこ》『偐紫田舎源氏《にせむらさきいなかげんじ》』でみてみましょう。いまみなさんが読んでいる『源氏物語』と同じシリーズ、岩波書店の新日本古典文学大系に入っています。もともとは版木にによる絵入りの版本《はんぽん》です。時代設定は平安時代ではなくて室町時代で、天皇家ではなく将軍家に嫁いだ話になっています。

花の都の室町に、花を飾りし一構《ひとかま》へ、花の御所《ごしょ》とて時《とき》めきつ、朝日の昇る勢《いきほ》ひに、文字《もじ》も縁《えん》ある東《ひがし》山《やま》、義正公《よしまさこう》の北の方、富徽《とよし》の前《まえ》と聞《きこ》えしは、九国四国《きうごくしこく》に隠れなき、大内為満《ためみつ》が娘にて、すでに去る年《とし》御産《ごさん》の紐《ひも》、安らかに解き給ひ、男子儲《をのこごもう》け給ひしかば、昔にいや増《ま》し人々の、尊敬大方《そんきやうおおかた》ならざりけり。

音読してみるとはっきりとわかりますが、リズムが江戸前といいますか、講談あるいは歌舞伎の調子によく似ています。富徽《とよし》の前《まえ》というのが弘徽殿女御で、桐壺更衣にあたる人は花桐《はなぎり》と呼ばれますが、いま、花桐が懐妊中。ライバル視する昼顔《ひるがお》という女が富徽の前をたきつけて花桐いじめを企みます。しかしこの富徽の前は存外によい人として描かれていて、昼顔に対して次のように言い放ちます。

「なるほどそなたの言《い》やるとをり、人目《ひとめ》に立つほど花桐《はなぎり》は、わが君様《きみさま》のお気に入り、唐土玄宗皇帝《もろこしげんそうくわうてい》は、楊貴妃《やうきひ》を寵愛《ちやうあい》し、それより国《くに》の乱《みだ》れしと、古《ふる》き書《ふみ》にも見えたれば、その事をさへ思ひ合はせ、恐れながら御意見《ごいけん》を、申さうかとも思ふたれど、一つの頼みは花桐は、心やさしい生《うま》れつき、あれに限りてさかしらを、言ふやうなことはない。人を人とも思はぬの、尻目《しりめ》にかけて通るのとは、それはそなたの心の僻《ひが》み」

富徽の前の懐柔に失敗した昼顔は同じような恨みを持つ女房たちと花桐いじめをするという展開です。廊下に汚物をまくシーンはここでは魚の腸《はらわた》をまき散らしたことになっています。原作同様、花桐を気の毒に思った義正公は花桐の部屋を寝殿近くの部屋に換えますが、その部屋にいたのがこの昼顔なのです。『修紫田舎源氏』の変奏は、原作をどのように読んだかという物語受容の問題でもあり、昼顔のような明らかな敵役を出してくるなど江戸風の物語構成もみられて、様々に示唆的です。少なくとも『修紫田舎源氏』は、弘徽殿女御をいじめの首謀者としては読んでいなかったということが言えるでしょう。原文を読みかえしてみても弘徽殿女御がいじめを指揮したようにはみえないですね。

桐壺更衣の死

さて、前回のつづきからはじめましょう。桐壺更衣の病はすでに重くなっています。

その年の夏、御息所《みやすどころ》、はかなき心地《ここち》にわづらひて、まかでなんとし給ふを、暇《いとま》さらに許させ給はず。年ごろ、常のあづしさになり給へれば、御目《め》馴《な》れて、「なほしばしこころみよ」とのみのたまはするに、日々に重り給ひて、ただ五六日のほどにいと弱うなれば、母君泣く泣く奏してまかでさせたてまつり給ふ。かかる折にも、あるまじき恥もこそと心づかひして、御子をば留《とど》めたてまつりて、忍びてぞ出で給ふ。限りあれば、さのみもえ留めさせ給はず、御覧じだに送らぬおぼつかなさを、言ふ方なくおぼさる。

里下がりして養生したいと思っても、天皇は会えなくなるのがつらくて、なかなか退出を許さなかった。このところずっと具合いが悪そうだったので、その様子に目慣れていて、もう少し様子をみたらどうかとばかり言っていたというのです。ところが日に日に衰弱するので見かねた母親が泣きながら退出を願い出たという次第です。

いとにほひやかにうつくしげなる人の、いたう面痩《おもや》せて、いとあはれとものを思ひしみながら、言《こと》に出でても聞こえやらず、あるかなきかに消え入りつつものし給ふを御覧ずるに、来《き》し方行《かたゆ》く末《すゑ》を思し召されず。よろづのことを泣く泣く契りのたまはすれど、御いらへもえ聞こえ給はず、まみなどもいとたゆげにて、いとどなよなよと、我かのけしきにて臥《ふ》したれば、いかさまにと思《おぼ》し召しまどはる。輦車《てぐるま》の宣旨《せむじ》などのたまはせても、また入《い》らせ給ひて、さらにえ許させ給はず。

桐壺更衣は「我かのけしき」で、もう正気をなくした様子ですが、それでも天皇はさまざまなことを泣きながら約束したり言葉を尽くして語りかけつづけています。ここに「輦車《てぐるま》の宣旨」とありますが、これは天皇が特別に許可しないと乗れない輿《こし》です。普通は牛車などに乗るので、牛車を戸口まで引っ張ってくることはできません。一度庭に降りてから乗り込むことになりますが、輦車の場合は手で引いているものですから邸からそのまま地面に降りることなく乗れるものです。特別な貴人にしか乗ることが許されていないものなので、桐壺更衣にこれを許すのは破格の待遇です。天皇は車を呼んでもまだ桐壺更衣から離れることができずに、私をおいて行ってしまわないでと何度もくり返します。これに対して桐壺更衣が次の歌を詠みます。

限りとてわかるる道の悲しきにいかまほしきは命なりけり

もういまは命の限りだとして別れて行くこの分かれ道は悲しい、という意味ですが、「いかまほし」というのが「行きたい」と「生きたい」の掛詞になっています。行きたいのは命の、生きるほうの道だ、といった意味が込められています。これが桐壺更衣の最期の歌になります。

この歌をロイヤル・タイラーの英訳で見るとどうなるか。タイラー訳は、作中和歌を五七五七七で訳しているところがすごいところなんです。え、どうやって？　とお思いでしょう。日本語は、五七五七七の文字数と音の数が一致していますが、英語はそういきません。英語の場合は、単語の数ではなく音節（シラブル）で数えることになります。シラブルは母音ごとに構成されています。

Now the end has come, and I am filled with sorrow that our ways must part:
the path I would rather take is the one that leads to life.

意味も驚くほどぴったりですね。五四巻とおしてこういう具合いに和歌が訳されています。ご本人いわくうまくいっていないものもあるとのことですが、日本語と英語のギャップを超えて、こんな楽しみ方もあるのかとわくわくしますね。

さて、本文に戻りましょう。

この歌をのこして、桐壺更衣は退出します。天皇は、どうなったかと絶えず使者を送りますが、ついに桐壺更衣は亡くなってしまいます。

天皇は死の穢れにふれることができませんから、亡骸を最後に一目みておきたいなどということも叶いません。すぐにも更衣は火葬されます。桐壺更衣にはすでに父親がいませんから、母親が一人残されました。母親は自分も一緒に死んでしまいたいと火葬場にまでついていきます。これも異例のことです。

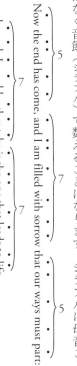

限りあれば例の作法にをさめたてまつるを、母北の方、「同じ煙にのぼりなん」と泣きこがれ給ひて、御送りの女房の車に慕《した》ひ乗り給ひて、愛宕《おたぎ》といふ所にいといかめしうその作法したるに、おはし着きたる心地、いかばかりかはありけむ、むなしき御骸《から》を見る見る、なほおはするものと思ふがいとかひなければ、「灰になり給はんを見たてまつりて、今は亡き人とひたぶるに思ひなりなむ」とさかしうのたまへれど、車よりも落ちぬべうまろび給へば、さは思ひつかしと、人々もてわづらひきこゆ。

亡くなった桐壺更衣の遺体を愛宕というところに運んで焼きます。火葬を野辺送《のべおく》りといいますが、平安貴族の葬儀は土葬ではなく火葬だったのですね。残された母親は娘を焼く煙と一緒に自分も煙になってのぼっていきたいと言っています。普通、親族は焼き場まで一緒にはいきません。遠くから煙が空に昇っていく様を見るのです。煙がのぼっていく様子が、天にのぼっていく往生のイメージと重なってもいます。「同じ煙にのぼりなん」、一緒に煙となってのぼりたいというのは決まり文句のようなもので、和歌にもよく見られる表現です。

母親は泣いて大騒ぎして車から落ちそうになるなど、連れて行った人たちはたいへん迷惑しているのですが、亡骸をみても死んだ感じがしない、ともかくも灰になったところまで見ないと娘が死んだことを実感できないから、見に行くといってきかないのです。

天皇からの使いがやってきます。

内《うち》より御使あり。三位の位贈り給ふよし、勅使来てその宣命《せんみやう》読むなむ悲しきことなりける。女御とだに言はせずなりぬる、飽かず口惜しう思さるれば、いま一きざみの位をだにと贈らせ給ふなりけり。これにつけても憎み給ふ人々多かり。

天皇は、亡き桐壺更衣に三位の位を贈ります。女御の位にあげてあげることができずに死なせてしまったから、せめてもう一つ上の位にあげてあげたいということで、死後の追贈がなされるのですね。よく男性官人にこのようなことが行われています。桐壺更衣への追贈は天皇が勝手にやったことですので、「これにつけても憎み給ふ人々多かり」、天皇の度を超えた寵愛に対するいつもの文句が出るわけです。一方で、亡き桐壺更衣を追悼する人々も描かれています。

物思ひ知り給ふは、様《さま》、かたちなどのめでたかりしこと、心ばせのなだらかにめやすく、憎みがたかりしことなど、今ぞ思し出づる。さま悪しき御もてなしゆゑこそすげなう嫉《そね》み給ひしか、人柄のあはれに情けありし御心を、上の女房なども恋ひしのびあへり。「なくてぞ」とはかかる折にやと見えたり。

ここにある「物思ひ知り給ふ」人というのは、先にも「物の心知りたまふ人」として出てきましたが、桐壺更衣が孤立していくなかで、更衣排斥に便乗しない分別のある人、情趣を解する人といった意味合いで、いじめをする派と対立的に表されています。桐壺更衣が亡くなってよかったと思っている女たちも多くいたと思いますが、そんな中でも、桐壺更衣の容姿が美しかったこと、心根が優しく憎みがたい人であったことを思い出している人たちがいます。「今ぞ思し出づる」と「ぞ」で強調されて、亡くなった今になってしみじみと思い出されているのです。桐壺更衣の死を悼む一群の人々が描かれることで、弘徽殿女御を代表とする女君たちとの対立構造が、ここに生じてきます。天皇と桐壺更衣の悲恋として物語を読んできた読者は、この「物知り給ふ人」に属するわけです。そしてそこには「上の女房」たち、天皇に仕えて始終桐壺更衣と接してきた女たちも含まれています。

亡くなってからも四九日の法要などいろいろな仏事がありますが、それらを天皇がサポートしていきます。

ほど経《ふ》るままに、せむ方なう悲しう思さるるに、御方々の御宿直《とのゐ》なども絶えてし給はず、ただ涙にひちて明かし暮らさせ給へば、見たてまつる人さへ露けき秋なり。

天皇は桐壺の死を悼み悲しみにくれています。天皇にはたくさんのお后候補の女性がいるのですが、彼女たちと同衾することをまったくせず、ずっと泣き暮らしているわけです。その様子を見て天皇に仕えている女房たちも涙がちになっているというのを「見たてまつる人さへ露けき秋なり」と表現しています。秋は寒暖の差がありますので、庭の草花には朝露がつきます。この露が涙の連想で出てきて、秋という季節と結んで用いられているのです。

「亡きあとまで人の胸あくまじかりける人の御おぼえかな」とぞ、弘徽殿などにはなほ許しなうのたまひける。一の宮を見たてまつらせ給ふにも、若宮の御恋しさのみ思《おも》ほし出《い》でつつ、親しき女房、御乳母《めのと》などを遣はしつつ、ありさまを聞こし召す。

ここは面白いところですね。弘徽殿女御は、まったく死んだあとまでイライラさせる女ね！　と怒っていています。もう少し正確には、亡くなったあとまで、胸のすく思いがしない寵愛を受けている人だこと、という感じでしょうか。続いて語られるエピソードに、弘徽殿女御がなぜそのように思うのかが示されています。天皇は弘徽殿女御が産んだ一の宮を見ているとその子をかわいがるどころか、桐壺更衣が産んだ皇子が恋しいとばかり思うのです。それで更衣の里に近しい女房や乳母を遣わせて様子を聞いている、と語られています。

野分《のわき》だちてにはかに肌寒き夕暮のほど、常よりも思し出づること多くて、靫負命婦《ゆげひのみやうぶ》といふを遣はす。

靫負命婦という役職についている女房を、様子をきくために桐壺更衣の実家におくったとあります。野分は台風です。この靫負命婦を遣わす場面も「長恨歌」とからんでいます。「長恨歌」では楊貴妃が亡くなったあと、玄宗皇帝が、霊界と通じている道士を楊貴妃の魂のもとへ行かせます。靫負命婦は霊界まではいけませんが、「長恨歌」の内容を知っている読者にはこの場面は霊界訪問譚と重ね合わせて読まれたことでしょう。

「蓬生」――荒れた庭があらわすもの

命婦、かしこに参《ま》で着きて、門《かど》引き入るるより、けはひあはれなり。やもめ住みなれど、人ひとりの御かしづきに、とかくつくろひ立てて、めやすきほどにて過ぐしたまひつる、闇《やみ》に暮《く》れて臥し沈み給へるほどに、草も高くなり、暴風にいとど荒れたる心地して、月影ばかりぞ八重葎《やへむぐら》にも障《さは》らずさし入りたる。

南面《みなみおもて》に下《お》ろして、母君もとみにえものものたまはず。「今までとまり侍るがいと憂《う》きを、かかる御使《つかひ》の蓬生《よもぎふ》の露《つゆ》分け入り給ふにつけてもいと恥づかしうなん」とて、げにえ耐ふまじく泣い給ふ。

「やもめ」は、夫を亡くした妻の意味です。桐壺更衣の母親は、夫が亡くなったあとも娘を立派にみせるために家をきれいにしていたのだけれど、娘が亡くなってからはすっかり落ち込んで手入れを怠っている。庭の草もぼうぼうに生えて、台風がきたのでよけいに荒れて果てた感じです。八重葎《やえむぐら》はうっそうと大きくなった茂みです。そんなところにも美しい月の光はさしてくる。庭の管理などは、庭師を呼んで手入れしてもらう必要があるわけですが、物語では、没落した家や悲しみに沈んだ家など、その荒廃ぶりを庭が荒れているというかたちで表現します。

桐壺更衣の母親の言に「蓬生《よもぎふ》の露《つゆ》分け入り給ふにつけても」とありますが、この語は荒れた庭を表す常套表現です。『源氏物語』はのちに「蓬生」巻で、この描写を再び用いています。物語の途中で、光源氏は政争に破れて、須磨そして明石に蟄居することになります。源氏と関係をもった女たちには、政治的勝者になびいて、掌をかえしたように光源氏のもとから去って行った者も多くいました。そんななかで末摘花という女君が経済状態がどんどん悪化し貧窮していくなかで、じっと光源氏の再訪を待ち続けた人としてでてきます。光源氏がふと思い出して末摘花のところに訪ねてきたときには、邸は荒れ果てているのですが、それを表現するのもやはり庭の様子なのです。末摘花は宮家の姫君でしたが、すでに父母が他界しており、光源氏の経済援助によって何とか身を保っていたので、彼が須磨、明石に行っている間にすっかり没落してしまいました。光源氏がその後、栄華を極めたときに六条院という大きな邸《やしき》をかまえて、これまで付き合った女性たちを招き入れるのですが、末摘花も二条院そば近くの邸に引き取られています。彼女の健気さが買われたわけですね。

さて、その末摘花が待っていた荒れ屋敷ですが、その庭には蓬《よもぎ》がたくさん生えています。ちょうど雨上がりで草むらは露に湿っています。そこで袴の裾が濡れないように、従者が馬の鞭で露払いをしながら先を進んでいく。この場面が絵画化されるとさらに知られた情景となっていくのです。

『源氏物語』の写本のうち、最も古いものが「源氏物語絵巻」だと言いましたが、この絵巻の「蓬生」の図が源氏と惟光が蓬の上の露を払いながら庭を進む姿です。「源氏物語絵巻」は全巻現存しているわけではありませんが、現在は、そのうちの一部を五島美術館、残りを徳川美術館が所蔵しています。「蓬生」巻は徳川美術館にあります。

五島美術館では毎年ゴールデンウィークの頃に特別展示をしていますので、ぜひ見に行ってみてください。もともと絵巻は巻子本としてつくられましたが、現在は、板に絵を一枚一枚貼った状態で箱のなかに納められています。巻物だったものを切ると、絵や詞書の一部分が売られるなどして散逸してしまうことがあります。逆に巻いてなかったことで絵が残るということもあります。巻いているとシワになったところから顔料がどんどん剥落してしまうからです。さらに言うと、顔料は退色していきますので、いま私たちが見ている絵巻は、当時の色とは違っています。NHKの企画で、もとの絵の具を調べて復元した『よみがえる源氏物語絵巻』という番組がありましたが、その後に画集として出版されています。これをみると「蓬生」巻の蓬の緑もかなり鮮やかな色彩で描かれていたことがわかります。

少し横道にそれましたが、本文に戻りましょう。靫負命婦と桐壺更衣の母との会話が続きますが、少しとばして、そもそも、どうして父親もいないのに桐壺更衣は宮仕えをすることになったのか、読んでみましょう。

生まれし時より思ふ心ありし人にて、故大納言いまはとなるまで、「ただこの人の宮仕への本意《ほい》かならず遂《と》げさせたてまつれ。われ亡くなりぬとて口惜しう思ひくづほるな」と、返す返す諫《いさ》めおかれはべりしかば、はかばかしう後見《うしろみ》思ふ人もなきまじらひは、なかなかなるべきことと思ひたまへながら、ただかの遺言を違《たが》へじとばかりに出だし立《た》てはべりしを

「故大納言」というのが桐壺更衣の父親です。話し手にとっては夫ですね。その夫が、今わの際まで娘の宮仕えは必ずかなえてくれ、私が死んでもあきらめるなと繰り返し言いつづけたので、後ろ盾になる父親がなくてはうまくいかないに違いないとは思いながらも、その遺言を守ったということです。こうして父親が娘の出世に将来を託す展開は、物語にはくり返し用いられるのですが、『源氏物語』においても、のちに明石の君と源氏の関係にくり返されます。先ほど、光源氏は須磨、明石に蟄居するといいましたが、光源氏を明石に誘ったのはのちに明石の君と呼ばれる人の父親です。明石の君の父親は、光源氏がいずれ都に戻ると考えて娘を嫁がせます。明石の君は光源氏の子を産み、この娘がのちに天皇に入内し、父親の宿願が果たされることになるのです。

さて靫負命婦と桐壺更衣の母親とのやりとりはまだ続きますが、飛ばして先をみてみましょう。

靫負命婦が宮中に帰り着くと、天皇はまだ眠らずに待っている様子。天皇は、更衣亡きあと明け暮れ長恨歌の絵本を眺めていると前振りがあって、靫負命婦に更衣の里の様子をあれこれと尋ねます。母親に託された品物をみて、「長恨歌」で亡き楊貴妃が道士に託したかんざしであったならと思い、次のように歌を詠みます。

尋ねゆくまぼろしもがなつてにてもたまのありかをそこと知るべく
（霊界をたずねてゆく道士がほしいものだ、人づてにでも魂のありかがそこだと知ることができるように）

この直後に次のようにあります。

絵にかける楊貴妃のかたちは、いみじき絵師といへども、筆限りありければ、いとにはひ少なし。大液芙蓉《たいえきのふよう》、未央柳《びやうのやなぎ》もげに通ひたりしかたちを、唐《から》めいたるよそひはうるはしうこそありけめ、なつかしうらうたげなりしを思し出づるに、花鳥《はなとり》の色《いろ》にも音にもよそふべき方ぞなき。朝夕の言種《ことくさ》に、翼《はね》をならべ枝をかはさんと契らせ給ひしに、かなはざりける命のほどぞ尽きせずうらめしき。

どんなにすぐれた絵師でも楊貴妃の美しさを表現することはできない。ここにある「大液芙蓉、未央柳」というのは、「大液池に浮かぶ蓮の花のような顔、未央宮の柳のような眉」という意味で、「長恨歌」では楊貴妃の死後にその美しさを回想する詩句に出てきます。楊貴妃の絵を眺めながら、天皇は、桐壺更衣の親しみやすくてかわいらしかったことを思い出し、そのかわいらしさは、どんな美しい花にも美しい鳥の声にも似るものがないほどだと思っています。天皇と更衣は共寝のたびに「翼をならべ枝をかはさん」と約束していたわけですが、これもまた「長恨歌」からの引用です。玄宗皇帝と楊貴妃は、別れる前に、天にあっては願わくは比翼の鳥となり、地にあっては願わくは連理の枝となろう（在天願作比翼鳥　在地願爲連理枝）と約束をしたのですが、それと同じ約束を桐壺更衣としていたということです。翼は二つで一対、折り重なる枝のように二つで一つ、そのようにずっと二人でいようという意味ですね。物語は楊貴妃の死と桐壺更衣の死をリンクさせ、「長恨歌」を裏で響かせながら語られてきたわけです。

さて、桐壺更衣の死後、天皇はずっと落ち込んでいますが、弘徽殿女御は意地になって宴会を開いたりしてみせます。

風の音、虫の音につけて、もののみ悲しう思《おぼ》さるるに、弘徽殿には久しく上の御局にも参《ま》うのぼりたまはず、月のおもしろきに夜ふくるまで遊びをぞし給ふなる、いとすさまじう、ものしと聞こしめす。このごろの御けしきを見たてまつる上人《うへびと》、女房などは、かたはらいたしと聞きけり。

天皇は風の音や虫の声を聞いても、もの悲しい気持ちになってしまって、弘徽殿女御を召すこともない。すてきに月が出ているときは、音楽会や宴会のようなものをやることは前にもお話しました。でも天皇は悲しみに暮れているわけですから、そういうイベントをする気もない。すると弘徽殿女御の局から音楽を奏でている音が風に乗って天皇の居所に聞こえてくる。天皇はそれを不快な思いで聞いています。天皇の身近に仕えている女房たちは、弘徽殿女御に対して困ったものだと思っている。

いとおし立ちかどかどしきところものし給ふ御方にて、ことにもあらず思し消ちてもてなし給ふなるべし。

弘徽殿女御は角がたつようなことをする気が強い人だから、更衣が死んだからってなんだっていうのよという態度で、こういうことをしてしまうんでしょうね、と女房たちが推しはかっています。さすが弘徽殿女御、期待を裏切りませんね。プライドの高い弘徽殿女御らしいとげとげしさです。光源氏がのちに須磨、明石に蟄居することになるのも、この弘徽殿女御の意向が強く働いているので、この対立はのちのちまで続きます。

いよいよ光源氏登場

さて、ようやく若宮、すなわち光源氏が宮中に戻ってきます。

月日経て、若宮参り給ひぬ。

なぜ「月日経て」なのか。母親が亡くなったわけですから、服喪中だったのです。宮中に勤めている人々は誰でも家族が亡くなったら里に下がって、ある期間過ごさないと参内はできません。光源氏も喪があけたのでようやく参内できるようになったわけです。

いとどこの世のものならずきようらにおよすけ給へれば、いとゆゆしう思《おぼ》したり。

「およすけたまへれば」というのは、大人になった、育ったという意味です。この後も、光源氏が若く美しい間に何度か「ゆゆし」という言い方が用いられます。いま私たちが「ゆゆしき事態」などというときは、あまりよくないことを指しますね。それと近い意味と考えてよいでしょう。美しすぎる人は天に魅入られて、この世から連れていかれ、命をとられてしまうと信じられていました。美人薄命なんていうのはそういう考え方ですよね。物語において、あまりに美しすぎる人については「ゆゆし」という不安が表現されます。『源氏物語』では実際に、天に魅入られて命をとられるという怪奇現象は起こりませんが、『源氏物語』の後に書かれた『狭衣物語』には、そんなお話が出てきます。『狭衣物語』の主人公は笛の名手で、彼が笛を吹いているとそのすばらしい音色が天まで届く。すると天稚御子《あめわかみこ》という天人が降りてきて、さーっとその貴公子を連れて行こうとするのですが、天皇が泣く泣く連れて行かないでくださいとお願いして彼をこの世に引きとどめるという場面があります。

さて、光源氏が戻ってきた翌年、いよいよ東宮を決めることになります。

明くる年の春、坊《ぼう》定まり給ふにも、いと引き越《こ》さまほしう思せど、御後見《うしろみ》すべき人もなく、また世のうけひくまじきことなりければ、なかなかあやふく思し憚《はばか》りて、色にも出《い》ださせ給はずなりぬるを、

「さばかり思したれど、限りこそありけれ」と世人も聞こえ、女御も御心落ちゐ給ひぬ。

「坊」とあるのが「東宮」です。「東宮」は、今でいう皇太子、次に天皇になる人ですね。天皇は若宮すなわち光源氏を東宮にしてしまいたいと思っています。しかし、光源氏には後見人もいない。それに世間が許すことはないだろうと思って、天皇はそれをおくびにも出しません。その様子を見て、溺愛しているとはいえそのあたりはきちんとしているなと世間の人々は言い合っています。弘徽殿女御も自分の息子が東宮になったということでようやく安心します。

さて、光源氏六歳の年に、桐壺更衣の母、つまり源氏にとっては祖母が亡くなります。こうして光源氏はまったく後ろ盾をなくしてしまいました。それで内裏をもっぱらの住みかとして暮らしています。

今は内《うち》にのみさぶらひ給ふ。七つになり給へば、読書始《ふみはじ》めなどせさせたまひて、世に知らず聡《さと》う賢《かしこ》くおはすれば、あまり恐ろしきまで御覧ず。

七歳になったので、「読書始《ふみはじ》め」をします。ここでいう「読書《ふみ》」というのは漢文です。光源氏は相当賢いんですね。「あまり恐ろしき」と表現されています。美しすぎるのもそうですが、賢すぎるのも「ゆゆし」と同じように考えられているようです。

「いまは誰《たれ》も誰もえ憎み給はじ。母君なくてだにらうたうし給へ」とて、弘徽殿などにも渡らせ給ふ御供には、やがて御簾《みす》の内に入れたてまつり給ふ。いみじき武士《もののふ》、仇敵《あたかたき》なりとも、見てはうち笑まれぬべきさまのし給へれば、えさし放ち給はず。

東宮が決まって、いま光源氏を恨んでいる人物はいなくなっています。天皇は母親がいないのだからかわいがってあげておくれといって、弘徽殿女御のところへも光源氏を連れていきます。普通、男女は深い仲になっていなければ「御簾」ごしに話をします。光源氏は男の子ですから、弘徽殿女御とは御簾ごしに話すべきですが、天皇と一緒に御簾の内へ入ってかわいがってもらっているわけです。光源氏は武士や敵でさえも見たらにっこり笑ってしまうほどにかわいいので離したくないとあります。その光源氏のかわいらしさが、ここでは弘徽殿女御の娘たちと比較されています。

女御子たち二所《ふたところ》この御腹《はら》におはしませど、なずらひ給ふべきだにぞなかりける。

弘徽殿女御は東宮以外に二人女の子を産んでいますが、光源氏はその女の子と比べても全然比較にならないくらいにかわいい。この時代、男の子っぽいことに価値はありません。女の子にしてみたいほどにかわいいということのほうに価値がある。それはいまもジャニーズのような少年文化がある日本で育っているみなさんにはよく分かると思います。ある種、中性的な美しさみたいなものが愛でられるわけですよね。ずっと後になって出てくる玉鬘をさらう髭黒の大将という人がいます。髭がもじゃもじゃで日焼けしている男ですが、これはブ男として出てきます。こういう武士的でマッチョな男は美醜でいえば醜いということになるのですね。貴公子というのは色が白くて女性的なほうが美しいのです。これは歌舞伎を観たらすぐに分かります。色男とかイイ男を演じている人の肌の色の化粧は白です。浄瑠璃の人形もそうです。心中ものなどをやるときの主役の男の肌色は白です。悪者は髭があって赤っぽい肌色をしています。歌舞伎も同じです。肌の色ですぐに誰が主役でハンサムなのか分かるようになっています。歌舞伎でいうとそういうハンサムな役をやる役者さんは女形として女性役をやることも少なくない。市川染五郎や尾上菊之助は男も女もやりますね。ですから、現代の日に焼けて筋骨隆々の男性美というのは新しい価値観なのです。

本文に戻りましょう。

御方々も隠れ給はず、今よりなまめかしう恥づかしげにおはすれば、いとをかしううちとけぬ遊び種《ぐさ》に誰も誰も思ひきこえたまへり。わざとの御学問はさるものにて、琴《こと》、笛の音にも雲居《くゐゐ》を響かし、すべて言ひ続けば、ことごとしううたてぞなりぬべき人の御さまなりける。

弘徽殿女御以外の女たちも、同じように御簾を介さずに対面していて、この美しい男の子をちやほやしている。このあたりの設定ものちに藤壺に光源氏が魅了される下地になっています。

ここで、楽器が出てきています。琴は、男性も女性も演奏する、ジェンダーフリーの楽器ですが、笛は男性しか吹きません。日本の笛はフルートのような優雅な感じではなくて、かなり高い音がでるものです。能舞台の笛の音などを想像してください。「ぴゃー」という高い音を出す楽器を女性が吹くのははしたないことだというのはなんとなく分かりますよね。光源氏がどんなにすばらしいかをすべて言い連ねると、きりがなくてやかましいほどになると語られています。

さて、天皇は大陸の有名な占い師が来ているということを聞きつけました。

そのころ高麗人《こまうど》の参れるなかに、かしこき相人《さうにん》ありけるを聞こしめして、宮のうちに召さんことは宇多の帝の御誡《いましめ》めあれば、いみじう忍びてこの御子を鴻臚館《こうろくわん》に遣《つか》はしたり。御後見《うしろみ》だちて仕《つか》うまつる右大弁の子のやうに思はせて率てたてまつるに、相人驚きてあまたたび傾《かたぶ》きあやしぶ。

「高麗人《こまうど》」というのは高句麗人のことですが、地域を特定して考える必要はありません。新羅とか高麗というのは朝鮮全体を指している例が多く、新羅が滅んだあとも朝鮮から来た人を新羅人と呼んだりしているので、いまのような厳密な地名の線引きはないものとみてよいでしょう。「相人《そうにん》」というのは、人相見の占い師です。宮中に招待することは宇多天皇の戒めによって禁じられているとありますが、実はこれは史実とは違います。御簾ごしに会うように定められていましたが、会ってはいけないわけではない。ここではわざわざ実在の天皇の名をあげてもっともらしく語りながら、物語上、宮中に呼べないという設定にしているわけです。そこで「鴻臚館」という、いままでいう迎賓館に出向いて光源氏の将来を占ってもらうことにします。ただし天皇の子としてではなく、右大弁という役職の人の子として連れて行ってみてもらった。光源氏を見た占い師はびっくりして何度も首をかしげています。

「国の祖《おや》となりて、帝王の上《かみ》なき位に上《のぼ》るべき相《さう》おはします人の、そなたにて見れば乱れ憂《うれ》ふることやあらむ。おほやけのかためとなりて、天下をたすくる方にて見れば、またその相違《たが》ふべし」と言ふ。

国の祖となる相はあるが、もし天皇になったら天下が乱れる。だからといって、臣下として大成するというのもまた違う。これはいったいどういうことだろうと、占い師は不思議がります。

この占いが、のちに光源氏が栄華を極めるところまで尾を引く予言となります。この「桐壺」巻は短編としてもよくできていますが、今後の物語展開を左右する、ありとあらゆることの初発であり、伏線の要素も入っているわけです。このあと藤壺という桐壺更衣にそっくりな人が入内してきて天皇の妻になります。藤壺は中宮という后の位にまでのぼりつめます。その藤壺が男の子を産んで、それがいまの第一皇子の次の東宮になります。のちの冷泉天皇です。この冷泉天皇は実は藤壺と光源氏との密通によってできた子だったのです。つまり天皇の息子として生まれて即位した冷泉天皇は実は光源氏の子であって、その事実を知ってしまった冷泉天皇は、自分の父親である光源氏に天皇の位を譲ろうと考えますが、光源氏に固辞されます。秘密がバレてしまいますから断るのは当然ですよね。そこで准太政天皇(天皇に准じる位)につけるのです。こうしたのちのちの複雑な事情がこの占いのなかにすでに予言されているわけです。

この占いのあと、天皇は、こんどは大和相《やまとそう》という大和の占い師にみてもらって、さらには宿曜の占い師、いまでいう星占いにもみてもらって、結局、親王のままにしておくと、あとで政争に発展しかねないとあんじて、源氏に臣籍降下することを決めます。親王が、皇族を抜けて臣下に下る場合、氏《うじ》をもらいます。源氏も平氏もそのような由来の氏です。ミナモトさんとタイラさんは元皇族なのですね。

藤壺の登場

天皇は亡くなった桐壺更衣のことを忘れられずにいます。そこで多くの人が、お慰めできるのでは、といろいろな女性を連れて来るのですが、まったく比べものになりません。

そうして、似ているると思える人はこの世にいないのだとうとましくさえ思っていたところに、藤壺が登場します。桐壺更衣の父親は大納言でした。弘徽殿女御は右大臣の娘ですね。今度の藤壺はそんなレベルじゃないです。藤壺は先の帝の四女というのですから、天皇家の姫君です。父親を亡くしてはいますが、ここが桐壺更衣とまったく立場が違うところですね。それでも藤壺の母親は弘徽殿女御の桐壺更衣への仕打ちを知っていましたから猛反対します。ところが、その母親が亡くなってしまい、入内することになるのです。

ところで、母親が望まない入内だったにもかかわらず、藤壺入内を画策したのはいったい誰だったのでしょう。それは天皇の嘆きを見続けてきた女房でした。天皇に仕える典侍《ないしのすけ》は、先帝にも仕えていたので、この四女のことを幼い時から知っていたのです。典侍は三代にわたって宮仕えをしてきても、桐壺更衣に似た人はいなかったのだが、この四女は実によく似ていると天皇に告げました。母親は抵抗しますが、母親の死後、このまま里に心細げにいるよりは、内裏に住まったほうがよいというので兄が入内を決めました。

ほんとうに藤壺は、桐壺更衣によく似ています。さらに位が上で、他の女たちにさげすまれることもない。天皇は悲しみがまぎれるというわけではないけれども、自然とこの藤壺に心を移していき、慰めを得ます。

源氏の君は御あたり去り給はぬを、ましてしげく渡らせ給ふ御方はえ恥ぢあへ給はず。いづれの御方も、我人に劣らんとおぼいたるやはある、取り取りにめでたけれど、うちおとなび給へるに、いと若ううつくしげにて、切《せち》に隠れ給へど、おのづから漏り見たてまつる。母御息所もかげだにおぼえ給はぬを、「いとよう似たまへり」と典侍《ないしのすけ》の聞こえけるを、若き御心地にいと哀れと思ひきこえ給ひて、常にまゐらまほしく、なづさひ見たてまつらばやとおぼえ給ふ。

源氏の君は、天皇のそばにいつもついているので、天皇のお相手の女たちの顔は全員見知っています。人に劣るところなどないと自負する女君たちだから、それぞれに美しいけれども、だんだん大人になるにしたがって、やはり藤壺は格別だと思うようになります。母親の顔など覚えていないのですが、典侍の女房が本当によく似ているというので、幼心に親しみを感じていつも会っていたいと思っています。

上も限りなき御思ひどちにて、「な疎《うと》み給ひそ。あやしくよそへきこえつべき心地なんする。なめしとおぼさでらうたくし給へ。つらつき、まみなどはいとよう似たりしゆゑ、通ひて見え給ふも似げなからずなむ」など聞こえつけ給ひつれば、おさな心地にも、はかなき花紅葉につけても心ざしを見えたてまつる。こよなう心寄せきこえ給へれば、弘徽殿女御、又この宮とも御仲そばそばしきゆゑ、うち添へてもとよりの憎さも立ち出でて、ものしとおぼしたり。

天皇は、藤壺に「源氏の君を疎まないでおくれ、母親にあなたはよく似ているからその代わりに思っているのでしょう。無礼だと思わずにかわいがっておくれ」と言います。こうして源氏の君が藤壺にべったりになると、またしても弘徽殿女御が嫉妬するのです。藤壺も目障りですが、源氏ももともと憎いと思っていたこともあって不快に思うようになります。

ところで面白いことに、物語はこの幼い少年を藤壺と並び称して賛美しています。

世にたぐひなしと見たてまつりたまひ、名高うおはする宮の御かたちにも、なほにほはしさはたとへん方《かた》なく美しげなるを、世の人光君《ひかるきみ》と聞こゆ。藤壺並びたまひて、御おぼえも取り取りなれば、かかやく日の宮と聞こゆ。

美しい光源氏を世の人たちは「光君《ひかるきみ》」と呼んだ。それに並び称して藤壺を「輝く日の宮」と呼んだ、というのです。藤壺は天皇に並ぶ人であるはずなのに、なんとも奇妙ではないですか。

さて、次回ですが、「桐壺」巻のつづきの光源氏が元服して妻を娶るところまでをさっと読んで、「帚木」の巻に入っていきたいと思います。

みんなのコメント❸

● 今回はじめて源氏が登場したがあらためて幼い頃の源氏はスペック高いな……と戦慄。顔のよさはもちろんのことながら、何をやらせてもできる、みた人全てを笑顔にしてしまうほどのかわいさ、そして年上好き。作り話の人であっても思わず自分を卑下したくなるほどであった。

● 受験のときにおぼえたのが「源氏は義母（藤壺）萌えからすべての恋愛が始まっている」というものだが、やはりこれは間違っていないように思う。全ての出会った女性を亡き母に投影していたのではないかと思う。

第四回　語り手と語りの構造——「桐壺」巻その三〜「帚木」巻その一

光源氏の元服と新婚生活

今回は光源氏の元服のところからはじめます。

この君の御童姿《わらはすがた》いと変《か》へまうく思《おぼ》せど、十二にて御元服《げんぷく》し給ふ。居立《ゐた》ち思しいとなみて、限りあることに事を添へさせ給ふ。ひととせの春宮の御元服、南殿《なでん》にてありし儀式、よそほしかりし御響きに落とさせ給はず。所々の饗《きやう》など、内蔵寮《くらづかさ》、穀倉院《こくさうゐん》など、公事《おほやけごと》に仕うまつれる、おろそかなることもぞととりわき仰せ言ありて、きよらを尽くして仕うまつれり。

光源氏は十二歳で元服します。一年前の弘徽殿女御の息子である第一皇子のときに劣らないほどに盛大に行われたとあります。現代の結婚式なんかでもそうですが、式のあとには宴《うたげ》がありますね。そして帰りに引き出物としておみやげをもらって帰りますよね。平安時代も同じです。儀式のあとに宴席を催し、そのために様々な準備が必要になります。その資金を天皇に属している宮中の役所から出しているとあります。本当だったら光源氏の実家がそうした資金は出すべきなのかもしれませんが、身寄りがありません。第一皇子のときと劣らないものを光源氏のときにも用意させたわけです。

元服というのはいまでいう成人式です。十二歳はいまの数え方ですと十一歳です。ここからもう大人、社会人として扱われます。

おはします殿の東《ひむがし》の廂《ひさし》、東向きに倚子《いし》立てて、冠者《くわんざ》の御座、引き入れの大臣《おとど》の御座、御前《まへ》にあり。申《さる》の時にて源氏参りたまふ。角髪《みづら》結ひたまへるつらつき、顔の匂ひ、さま変へ給はむこと惜しげなり。

儀式のときには中国風に椅子を使います。ここで「冠者」といわれているのが光源氏です。「引き入れの大臣」というのは光源氏に冠をつける役の人です。冠といっても王冠みたいなものではなくて烏帽子に似た形のものです。

この冠をつけるまで、すなわち元服前までは男女ともに髪を長く伸ばしています。それを「童髪《わらわがみ》」というのですね。子どもの髪型があまりにかわいらしいので変えがたいと思うが元服したと語り始めていました。伸ばした髪を左右の耳のあたりで結った状態を角髪《みづら》といいます。源氏の角髪を結った顔の感じを変えてしまうのは惜しいと再び強調しています。元服のときには、伸ばした髪を適当な長さに切ります。その髪を結い上げてそこに冠を乗せるわけです。

冠をかぶせる役は武家社会なら烏帽子親といいますが、元服に立ち会う男性は、その子にとって親類のような深い関係になります。光源氏もここで引き入れ役をつとめた大臣の娘と結婚します。

大蔵卿、蔵人、仕うまつる。いときよらなる御髪《ぐし》をそぐほど、心苦しげなるを、上は御息所の見ましかばと思し出づるに、耐へがたきを心強く念じかへさせ給ふ。

大蔵卿、蔵人の二人の男たちが髪を切る係です。光源氏の髪があまりに美しいので切ってしまうのが惜しいのですね。その様子を見ている天皇は、亡くなった桐壺更衣に見せたかったと思って泣きそうになっています。しかし、お祝い事のときに泣くのは不吉だとされていますので、泣かないようにこらえているわけです。

かうぶりし給ひて、御休み所にまかで給ひて御衣《ぞ》たてまつりかへて、下りて拝したてまつり給ふさまに、みな人涙落とし給ふ。帝はたましてえ忍びあへ給はず、思しまぎるる折もありつる昔の事とりかへし悲しく思さる。いとかうきびはなるほどは上げ劣りやと疑はしく思されつるを、あさましううつくしげさ添ひ給へり。

冠をかぶる儀式が終わると、源氏はいったん休み所に下がって、こんどは着ている衣を子供用から大人用に着替えてきます。「下りて拝したてまつり給ふ」とあるのは、庭に降りて舞《まい》を舞っているのです。その姿をみて、人々は涙しています。天皇はこのところ雑事に紛れて忘れていた亡き桐壺更衣のことを思い出して悲しんでいます。このあとにでてくる「上げ劣り」という言葉ですが、髪を上げることで角髪だったときのかわいらしさがなくなり、見劣りすることをさします。幼い頃は髪上げしたら美が失われるのではと疑いをもってきたが、いまは信じられないくらいに美しくなったというのです。

引き入れの大臣《おとど》の御子腹《みこばら》に、ただ一人かしづき給ふ御むすめ、東宮よりも御けしきあるを、思しわづらふ事ありける、この君にたてまつらんの御心なりけり。

さきほども話題に出しましたが「引き入れの大臣」は冠を光源氏にかぶせる役をした左大臣です。彼には大切に育てている娘がいるのですね。この娘は弘徽殿女御の息子である東宮からも入内させるよう打診があったのですが、ぐずぐずと悩んでいたのは、どうやら光源氏の妻にしたいと考えていたからだったのだと語られています。ちなみに、この左大臣家の息子の頭中将というのが、光源氏と並び称される貴公子なのですが、彼は右大臣家の娘と結婚しています。左大臣家と右大臣家は仲が良いわけではないですが、婚姻関係によって政治的バランスが保たれているのです。

内にも、御けしきたまはらせ給へりければ、「さらばこの折の後見《うしろみ》なかめるを、添ひ臥しにも」ともよほさせ給ひければ、さ思したり。

何度も言いますが光源氏には後見人がいません。母方の親族はみんな亡くなってしまっています。それで、その後見に私がなりましょうと左大臣はいうのです。どのような立場で後見になるかというと、義理の父親です。そこで自分の娘を「添い臥しにも」と言って差し出します。この「添い臥し」という表現ですが、元服の夜にはじめてベッドインする相手という意味合いです。左大臣はかなりへりくだって言っていますが、実際にはこれは結婚を意味しています。光源氏は成人式をしたその日に親同士の取り決めによって正妻格の妻を得ることになったわけです。

さぶらひにまかで給ひて、人々大御酒《おほみき》など参るほど、御子たちの御座の末に源氏着き給へり。大臣気色ばみきこえ給ふことあれど、もののつつましきほどにて、ともかくもあへしらひきこえ給はず。

御前より内侍、宣旨うけたまはり伝へて、大臣参りたまふべき召しあれば、参りたまふ。御禄《ろく》の物、上の命婦取りてたまふ。白き大袿に御衣《ぞ》一くだり、例のことなり。

祝いの宴会になっています。一度退出した源氏は、お酒がまわったころに戻ってきて一番下座に着座しました。左大臣は婿どりについてほのめかすのですが源氏は何も答えていません。その席で「御禄《ろく》の物」すなわち贈り物が渡されています。次の「上の命婦取りて」というのは、天皇から臣下に贈り物をするのに、間に女房の命婦が仲介して渡しているということです。その贈り物はなにかというと「白き大袿」です。「袿」というのは男性なら直衣《のうし》や狩衣《かりぎぬ》の下に、女性なら唐衣の下に着たもので、大袿は贈り物用に大きめにつくられていました。好みの色に染め、仕立て直して着ます。

御盃《さかづき》のついでに、
いときなき初元結ひに長き世を契る心は結びこめつや

左大臣に盃を差しながら天皇が詠んだ歌です。「いときなき」は幼い・若いという意味です。「初元結ひ」ははじめて髪を結ったということですね。この元服の儀の日に末永い結婚を望む気持ちを込めて髪を結ったのでしょうかといって、髪を結うのと契りを結ぶというのを掛けた歌です。

御心ばへありておどろかさせ給ふ。
結びつる心も深き元結ひに濃き紫の色しあせずは

と奏して、長橋より下《お》りて舞踏し給ふ。

天皇が源氏婿《どり》どりの意向を歌で表現したのを聞いて左大臣はハッとして、返歌します。和歌のやりとりは前の歌の言葉をうけとって返すのがルールです。ここでは「結ぶ」「元結ひ」という言葉を天皇の歌からとって、左大臣の返歌が詠まれています。左大臣の歌に「紫」ということばがでてきます。みなさんは「ゆかり」という紫色のしそのふりかけをご存知でしょうか。紫はゆかり、つまり縁を引き出す語です。「紫」というのは植物です。「紫草」という植物は地下茎でつながっています。この地下茎は「紫根」と呼ばれて、化粧品などに使われています。根がつながっているということで、紫草は親類関係を表現するのにつかわれます。このあと、光源氏がもっとも愛する人として登場する紫の上という女性は、藤壺の姪です。紫の上は藤壺に顔がそっくりで、藤壺と縁戚関係にもありますから「紫のゆかり」として表現されます。

左大臣の歌の「濃き紫の色しあせずは」は、そういう親族のような関係が強く続いて消えないということを願っています。そして左大臣は舞を踊ります。

左馬寮《ひだりのつかさ》の御馬、蔵人所の鷹据ゑてたまはり給ふ。

舞のご褒美として馬と鷹を左大臣はもらいます。

御階《みはし》のもとに、親王《みこ》たち、上達部つらねて、禄《ろく》ども品々にたまはり給ふ。その日の御前の折櫃物《をりひつもの》、籠物《こもの》など、右大弁なん承りて仕うまつらせける。屯食《とむじき》、禄の唐櫃《からひつ》どもなど所せきまで、東宮の御元服の折にも数まされり。なかなか限りもなくいかめしうなむ。

清涼殿の階下に居並ぶ親王たち、臣下の者たちもさまざまな贈り物をもらっています。「御前の折櫃物、籠物」というのは食べ物です。そうした宴会のときの食べ物や贈り物を入れた唐櫃などが所狭しと並べられて、東宮元服のときよりも数が多かったと語られています。たいへん盛大な催しとなったわけです。

その夜、大臣《おとど》の御里に源氏の君まかでさせ給ふ。作法世にめづらしきまでもてかしづききこえ給へり。

さて、その元服の日の夜に光源氏は左大臣家に行きます。大臣《おとど》の御里《さと》ですから大臣の家ですね。お婿さんを迎えるのにもいろいろな作法があるわけですが、光源氏を迎えるにあたって丁重に行っているわけです。

いときびはにておはしたるを、ゆゆしううつくしと思ひきこえたまへり。女君はすこし過ぐし給へるほどに、いと若うおはすれば、似げなう恥づかしと思《おぼ》いたり。

「きびは」というのは幼い、若いという意味です。そのあとにまた「ゆゆし」が「うつくし」とともに出てきますね。「女君」は光源氏の妻になった人で、葵の上と通称されている人ですが、源氏よりも少し年上です。光源氏はこのとき十二歳です。これから婚姻初夜を迎えるにあたって、二人とも子どもでは困ってしまうわけです。元服とともに婚姻する場合などはお相手には年上の女性が選ばれることが多いのです。葵の上は光源氏より四歳年上です。のちに光源氏はたくさんの女性と関係をもって自分の娘のような年齢の女性とも関係をもちますが、最初の相手は年上なのです。藤壺と光源氏が関係すると聞いて「息子と母親が関係するってどういうこと?」と思っている人がいるかもしれませんが、藤壺と光源氏の年齢差は五歳です。葵の上と藤壺は一歳しか違わないわけですから、継母とは言っても、自分の妻とほとんど変わらない年齢なわけです。

葵の上のほうは、こんな子どもみたいな人と一緒になるなんて、お似合いの相手ではない、恥ずかしいと思っています。

この大臣の御おぼえいとやむごとなきに、母宮、内のひとつ后腹《きさいばら》になんおはしければ、いづ方につけてもいと花やかなるに、この君さへかくおはし添ひぬれば、東宮の御祖父《おほぢ》にてつひに世の中を知り給ふべき右の大臣《おとど》の御勢ひは、物にもあらずおされたまへり。

葵の上の母親は宮家の出ですから、母宮と呼ばれます。「内のひとつ后腹」つまり天皇と同じ母親から生まれたとあるので、左大臣の妻は天皇のきょうだいなのです。ここでいう「腹」というのが、母親との関係を示す語です。一夫多妻ですので、きょうだいたちは、どの母親の「腹」から生まれたかで区別されます。「腹」だなんて露骨ですけれども、「ひとつ腹」「同じ腹」というのは同じ母親を持つきょうだいを指すときに使われます。

きょうだいが嫁いだ家ですから、その縁もあって、天皇は左大臣家寄りの感情を持っているわけですね。その上、天皇の秘蔵っ子である光源氏が婿入りしたのですから、ますます天皇との関係が強固になったわけです。

ここに左大臣家と右大臣家のライバル関係が見え隠れしています。右大臣は弘徽殿女御の父親ですから孫は東宮です。外祖父として摂政・関白という地位を手に入れたわけです。これほど盤石な右大臣家の権勢を気圧すものとして、光源氏と左大臣家の縁組は捉えられています。

御子どもあまた腹々にものしたまふ。宮の御腹は蔵人少将《くらうどのせうしやう》にていと若うをかしきを、右の大臣の、御仲はいとよからねど、え見過ぐしたまはでかしづき給ふ四の君にあはせ給へり。劣らずもてかしづきたるは、あらまほしき御あはひどもになん。

左大臣もたくさんの妻を持っていますので、それぞれの女の「腹々」からたくさんの子が産まれています。葵の上の母宮の「腹」には、蔵人少将という、若くて美しい青年がいます。この蔵人少将がのちの頭中将《とうのちゅうじょう》です。光源氏と並び称される貴公子ですね。この美しい左大臣家の息子を、左大臣家とは仲が良いとはいえないのだけれども見過ごすことができず、右大臣は四番目の娘と娶せたというのです。光源氏が左大臣家でちやほやされるのに劣らず、右大臣も蔵人少将を大切な婿として扱っていて、理想の間柄だと語られます。

ここで当時の結婚について確認しておきましょう。当時の結婚は基本的に通い婚です。男が女の家に通うかたちをとります。ですから、左大臣家の蔵人少将は右大臣家へ通って右大臣の四の君と会っています。光源氏が元服の夜に左大臣家にきているのもそういうことです。妻の父親が婿をバックアップして、経済的な援助もしてくれるのです。たとえば、儀式があって晴着が必要だというときにそれを用意してくれたり、お正月にあたらしい着物を用意してくれたりなどします。縁組によって、特に若いうちは男は女の家から援助をうけることができるようになっています。のちに光源氏は六条院とよばれる巨大な邸を持つようになると、自分もそこに住むし、関係のある女性もそこに一緒に住むようになります。ですから、昇進して自分の家を持つようになったら妻をよんで一緒に住むということもありますが、まずは通い婚というかたちをとります。

源氏の君は上の常に召しまつはせば、心やすく里住みもえし給はず。心のうちにはただ藤壺の御ありさまをたぐひなしと思ひきこえて、さやうならん人をこそ見め、似る人なくもおはしけるかな、大殿《おほいとの》の君いとをかしげにかしづかれたる人とは見ゆれど、心にもつかずおぼえ給ひて、幼きほどの心ひとつにかかりて、いと苦しきまでぞおはしける。

光源氏は、天皇にいつもなんだかんだと呼び出されて、左大臣家にゆっくり滞在することがないのです。要するに妻のところに全然行っていないということです。光源氏自身も心の中では藤壺をすばらしいと思っていて、「こういう人と添いたいものだ。でも藤壺に似ているような人はいないなぁ」と思っている。「大殿の君」つまり自分の妻の葵の上ですけれども、大切にかしずかれている女性であることは分かるが、全然いいと思えない。幼いときからずっと思ってきた藤壺という存在があって自分の妻に気持ちがいかないわけです。

大人になり給ひて後は、ありしやうに御簾《みす》の内にも入れ給はず。御遊びの折々、琴、笛の音に聞こえ通ひ、ほのかなる御声を慰《なぐさ》めにて、内住みのみ好ましうおぼえ給ふ。

光源氏が元服する前は、藤壺の御簾のなかに入れてもらったりしていましたね。でも、大人になったらそうはしてもらえません。元服後は女性と会うときは御簾越しに対面することになったわけです。藤壺の表情をみて気持ちを交わすようなことはもうできなくなってしまいました。

それでも音楽会の宴で、御簾の向こう側の藤壺が琴を弾き、光源氏が笛を吹くというかたちで合奏するようなときには、音と音で心を通わせることができる。あるいはほのかに聞こえてきた声をなぐさめにしている。藤壺は宮中に部屋を与えられていますから、そのそばにいたくて光源氏も宮中にずっといるというのです。

合奏で男女が心を通わせるモチーフはトルストイの『クロイツェル・ソナタ』にも用いられました。「クロイツェル・ソナタ」というのは、ベートーベン作曲のバイオリンとピアノの掛け合いによるソナタ曲です。妻がピアノを、友人の音楽家がバイオリンを弾く演奏を聴いた主人公は、二人が深い仲にあることを疑い、妻を殺してしまいます。YouTubeにもあがっていますから、ぜひこの曲を聴いてみてください。バイオリンに寄りそうにように付き添うピアノ、次第に曲調が盛り上がっていく情熱的な掛け合いは、エロティックな男女の睦言を連想させて巧みな設定だとよくわかると思います。

五六日さぶらひ給ひて、大殿《おほいどの》に二三日など、絶え絶えにまかで給へど、ただ今は幼き御ほどに、罪なく思しなして、いとなみかしづききこえ給ふ。

宮中に五、六日いて、妻の実家に二、三日いる、というようなペースなのですね。本当だったら妻の父である左大臣が「いい加減にしなさい」と言ってもいいところなんですが、まだ光源氏は子供だからと大目に見てくれています。

御方々の人々、世の中におしなべたらぬを選《え》りととのへすぐりてさぶらはせ給ふ。御心につくべき御遊びをし、おほなおほな思しいたづく。

葵の上のまわりにもいろいろなお世話をするお付きの女房たちがいます。左大臣は、その女房に、すぐれた人たちを厳選しているわけです。それも光源氏の気を引くためなのです。妻（葵の上）に気を引かせるために、その周りにいい女をたくさんはべらすのですね。さらに、光源氏が訪ねていきたくなるような楽しそうな催しをしてもいます。

きれいな女房たちをたくさんそろえているということは、そのなかの女房と光源氏が性的関係になることもおり込み済みです。たとえば、女主人の機嫌が悪くて訪ねてきた男の相手をしたくないときに女房たちに「あなたたちちょっと相手してあげてよ」ということもあるわけです。そのなかに気に入った女房ができたりすると、男とその女房との間に性的関係が発生します。女主人とそこに仕えている女とが一人の男をシェアするという関係になり得る。女主人の気質によって、それをよし、と思う人もいれば、許さないという人もいます。後者の場合、その男のお気に入りの女房を解雇するケースもあります。

ちょっと想像しがたいですか。もちろん、当時も許せないという人と、別にいいよという人がいたわけで、みんながみんなこのシステムをいいと思っていたわけではないのです。が、娘の父親としては、そうした魅力的な女房をそろえて、なんとか娘に興味を持ってもらいたいのです。みなさんの世代でも「自分にバレなければ夫の浮気は別にいいわ」「本気は困るけど浮気は許す」という人もいるでしょう。それと同じだと思います。ただし、今と違うのは、当時は一夫一妻制ではなかったということです。どのみち、男は他にも妻を持っているのですから、女房との関係にいちいち目くじらをたててもはじまらないということもあります。

内には、もとの淑景舎《しげいしゃ》を御曹司《ざうし》にて、母御息所の御方の人々まかで散らずさぶらはせ給ふ。里の殿は、修理職《すりしき》、内匠寮《たくみつかさ》に宣旨下《くだ》りて、二なう改め造らせ給ふ。もとの木立、山のたたずまひ、おもしろき所なりけるを、池の心広くしなして、めでたく造りののしる。

光源氏は宮中にいるときには母親の桐壺更衣についていた女房たちを仕えさせて淑景舎つまり桐壺に住んでいました。「人々まかで散らず」とありますので、桐壺更衣が亡くなったあとも、この女房たちはさっさと次の出仕先をみつけて出ていってしまったりはせずに、哀しみにくれてその場に居残った誠実な人々なのです。

「里の殿」というのは桐壺更衣の実家の邸のことです。祖母も亡くなりましたので、もう誰も住んでいません。前回、蓬生といって庭が荒れ放題になっているところを読みました。そこを「宣旨」ですから、天皇の命令で修理させたんですね。いまも京都にあるような、築山と池を配した庭も造り直しています。庭は自然界の壮大な景色をミニチュアのように模したものです。

かかる所に思ふやうならむ人を据ゑて住まばやとのみ嘆かしう思しわたる。

光る君といふ名は高麗人《こまうど》のめできこえてつけたてまつりけるとぞ言ひ伝へたるとなむ。


こうしてあたらしくなった里邸に源氏は自分の望むような理想の女性を住まわせて一緒に住みたいと嘆いています。正妻の葵の上からしてみれば、まったく失礼しちゃう話ですよね。

「光る君」という呼び名は、前に出てきた高麗の占い師がつけたそうだ、という文章で「桐壺」の巻は終わっています。ここで『源氏物語』の物語それ自体が伝聞でなされたもので、直接その出来事や世界にかかわりがあった人が語っているのではないということが分かります。こういう書き方をすることで、読者は、これは作者の紫式部が勝手に想像して書いたお話なのではなくて、光源氏が本当に実在するかのような感覚を得られるわけです。

さて、それでは次の「帚木」巻へと読み進めましょう。

青年光源氏の恋

さきほど元服したばかりの光源氏ですが、巻が変わると十七歳になっています。

光源氏名のみことごとしう、言ひ消たれたまふ咎多かなるに、いとど、かかる好きごとどもを末の世にも聞き伝へて、軽びたる名をや流さむと忍び給ひける隠ろへごとをさへ語り伝へけむ人のもの言ひさがなさよ。

語り手が語っている体裁の書き出しです。『源氏物語』の冒頭、「いずれの御時にか」も語り手の存在を表していました。ですから『源氏物語』は三人称客観小説のように、私たちが直接に登場人物の動きを見ているという構造ではありません。日本の小説は「僕」「私」として出てくる視点人物が自らの経験を語る私小説のスタイルが多いですね。『源氏物語』はそちらに近い。ただし視点人物が存在すると通常はその人物のみが語り手となりますが、『源氏物語』の場合はもっと複雑でたくさんの語り手がいる構造になっています。この語りのしくみを論じたものとして玉上琢弥「源氏物語の読者――物語音読論」（『源氏物語読論』岩波現代文庫、二〇〇三年）があります。まず大前提として、源氏物語は黙読するためにつくられたのではなくて、誰かが音読して読み聞かせるものだという考え方をとっています。それで副題に「物語音読論」とあるのですね。玉上論では物語に登場する語り手は重層化していて、図のようになっています。

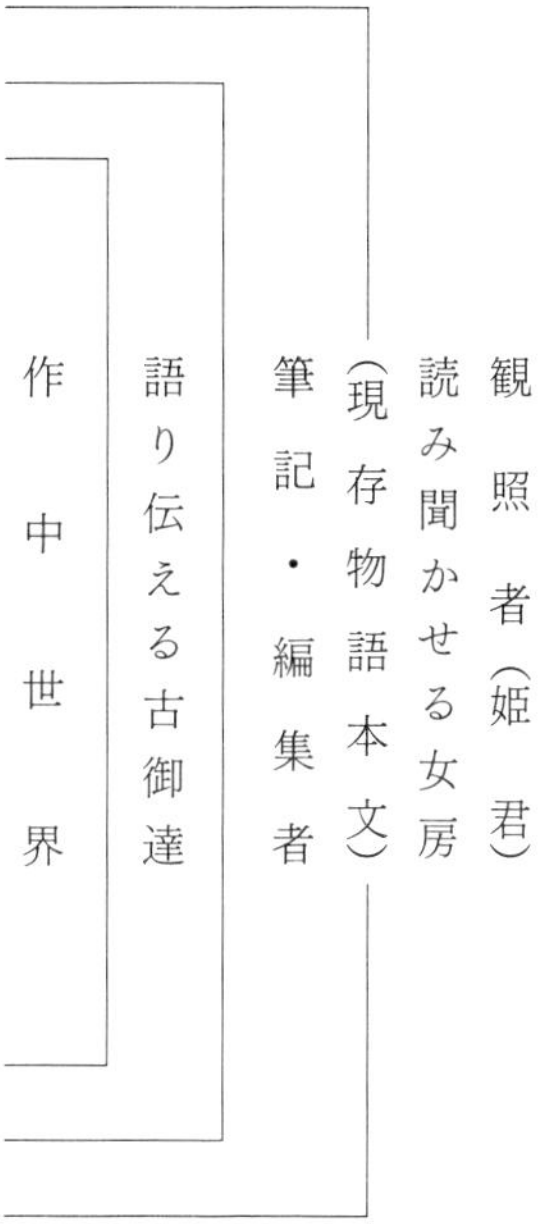

玉上琢弥「源氏物語の読者」より

作中世界つまり源氏物語を主人公とする世界を〔語り伝える女房〕→その語りを〔筆記、編集した人〕、さらに物語の外側に、聴き手に〔読み聞かせる女房〕がいるという構造です。この入れ子のそれぞれを玉上は「作者」と呼んでいるので、「三人の作者」説というのです。

あらためて、「帚木」巻の冒頭を読んでみましょう。光源氏なんて名前ばっかりでたいしたことはないというういちゃもんをつけられることが多いものだから、これから話すような光源氏の恋の冒険のようなものを後の世に伝えて軽々しい名を流すのは困ると思って源氏自身が隠していたことさえ語り伝えている人の口さがなさよ、とあります。要するに、光源氏はいろんな恋愛をしたが、それを隠していた。その隠していたことを語り伝えてしまっている人がいる。その恋愛譚を聞いたほかの人がそんなことを語り伝えてしまうとは、なんて口さがないんだろうと思っている。こういうレイヤーになっています。ひとりの語り手が統括的に「光源氏は……」と語っているわけではなくて、間に複数の伝聞した人が入っているのです。

さるは、いといたく世を憚りまめだち給ひけるほど、なよびかにをかしきことはなくて、交野少将《かたののせうしやう》には笑はれ給ひけむかし。

光源氏は、世の中の噂にならないように浮名を流すようなことはしてはいない。色恋沙汰のようなことはないとあります。次に出てくる「交野少将」ですが、この物語は散逸して伝わっていません。どうやら『源氏物語』以前に『交野少将物語』という、ドン・ファンのような色男が恋愛する物語があったようです。当時たくさんの物語が作られていたわけですが、現在にまで残っていなければ私たちには読めないわけです。そう考えると『源氏物語』をいま読めるということはすごく貴重なことなのですね。さて、その『交野少将物語』に登場する交野少将には笑われてしまうほど恋愛話はなにもないんですよ、こうしたかたちで巻が始まります。

「帚木」巻冒頭の時点で光源氏は中将の位についています。

まだ中将などにものしたまひし時は、内にのみさぶらひようし給ひて、大殿には絶え絶えまかで給ふ。

「まだ中将」であったころは、というのですから、未来の時点から振り返る体裁をとっています。その頃は、天皇のそばにばかりいて、左大臣家つまり正妻のところには、あまり通っていません。

忍ぶの乱れやと疑ひきこゆることもありしかど、さしもあだめき目馴れたるうちつけの好き好きしさなどは好ましからぬ御本性《ほんじやう》にて、まれには、あながちに引きたがへ、心尽くしなることを、御心に思しとどむる癖なむ、あやにくにて、さるまじき御ふるまひもうち混じりける。

あんまり妻を訪ねないので、光源氏は浮気しているんじゃないかと疑われたりもしますが、そんなありがちで軽薄な浮気は好まない性分なので、そういうことはしないのかと思いきや、たまにはそういう自分の性分を無理やりに変えて、心を尽くして恋愛するような厄介な癖があって、このあと語られるようなふるまいもしたのです、と続きます。結局、浮気男なの？　浮気男じゃないの？　言い分けがましいことを延々と言っていますね。
さて、この後から非常に有名な「雨夜の品定め」と呼ばれる話に入ります。

「雨夜の品定め」

長雨晴れ間なきころ、内の御物忌《ものいみ》さし続きて、いとど長居《ながゐ》さぶらひ給ふを、大殿にはおぼつかなくうらめしく思したれど、よろづの御よそひ何くれとめづらしきさまに調じ出で給ひつつ、御むすこの君たち、ただこの御宿直所《とのゐどころ》の宮仕へを勤め給ふ。

雨の日が続いています。そして内裏にこもっていなくてはいけない物忌みの日が続いて、光源氏は宮中にずっといるので、妻の家にはまったく行けず、左大臣はうらめしく思っています。それでも源氏のために左大臣は立派な装束を用意したり、息子たちを源氏のそば近くに仕えさせたりしています。「宿直所《とのゐどころ》」は現代語読みをすれば、宿直所《しゆくちょくじょ》ですから、泊まり込んでいる部屋のことですね。
次の場面からが「雨夜の品定め」です。この宿直所で「宮腹の中将」つまり左大臣家の息子で、葵の上と同じ母親を持つ頭中将が、手紙の束を前に、光源氏に女にもらったラブレターを見せてくれと迫っています。そこへ他の男たちもやってきて自分たちが過去に知り合った女たちの話をはじめます。光源氏はそんなことに興味はないぞという顔でごろんと横になって狸寝入りをするのですが、しっかり話は聞いています。というのも「雨夜の品定め」以降、源氏は、ここで聞いた話を実践するような恋愛をしていくからです。

ここは、男だけの空間でなされた女批評を女の読者がこっそり聞いているという、楽しい部分ですが、長いのでとばします。ぜひ家でじっくりとお楽しみください。たとえば、言い合いのケンカになったら指にかみついてきた「指喰いの女」の話や、風邪をひいてニンニクを食べちゃって臭いからまた後で来てと言った女の話など、面白い話がたくさん出てきます。

前に女房には上臈・中臈・下臈とランクがあるといいましたけれども、「雨夜の品定め」では、お相手の女性を上《かみ》の品《しな》・中《なか》の品《しな》・下《げ》の品《しな》と分けて評しています。品というのは身分、位を指しています。品高く生まれ育てばおのずと上質の教育を受けて欠点も隠されているに決まっていると言っています。ここに集まって話している男たちは、上の品の人と結婚する運命にある人たちです。そうなると「下の品」の女はまずお話にならない。ところが「中の品」の女にはけっこう個性的で面白い女がいるんだよね、と男たちは語りあうのです。それを聞いて「そうか！」と思った光源氏が中の品の女ハンティングにでかける。そのきっかけをつくる場面なのですね。「中《なか》の品《しな》」の女がどのくらいの位かというと紫式部くらいです。受領階級などですね。入内することはないが、そこそこの地位の女房として宮中に出仕するような女たちです。光源氏が今後、出会うほとんどの女たちが「中の品」に属しています。「中の品」の人たちというのは身分が非常に不安定です。たとえば、先ほど受領階級といいましたけれども、受領というのは地方官です。大宰府にいったり伊予にいったりするのです。そこの娘というのは母親と京に残る場合もありますが、父親について一緒に地方に行くことになる。だから田舎育ちになるわけです。でもいい女房をつけていい教育を受けていれば、存外に優れた女性に育つ。この驚きの発見、ここが男たちにとって恋の冒険の楽しみになっているわけです。

ヴァージニア・ウルフがアーサー・ウェイリーの英訳を読んで『ヴォーグ』（一九二五年七月号）に

「源氏物語について」というエッセイを寄せたといいました。実は、ウルフがそのエッセイで引用しているのがこの「帚木」巻で左馬頭が語った絵画論なのです。そこを確認しておきましょう。日本語訳は『病むことについて』(みすず書房　二〇〇二年)というエッセイ集のなかに収録されています。

印象づけ、驚かすこと、「荒れ狂う海の怪物が嵐に乗って進むのを描くこと」はなんと容易なことか、と彼女は言う――どんな玩具製造人でもそんなことはできるし、褒めちぎられもしよう。「しかし、あるがままの、ありふれた山々や川々、どこにでも見られるような家々は、真の美と調和した形をそなえており――このような光景を静かに描くこと、あるいは、世間から遠く離れて折り重なる親しみ深い生け垣のうしろにあるものや、つつましげな山の上に立つこんもりと茂った木々といったものすべてを、構図、均衡その他にふさわしい配慮をしつつ描きだすこと――そのような仕事は最高の名人の最大限の技能を必要とし、なみの職人には数知れぬ間違いを必ず犯させるにちがいない」。

これが『源氏物語』のどこにあたっているのか見てみましょう。

また、絵所に上手多かれど、墨書きに選《えら》はれて、次々にさらに劣りまさるけぢめふとしも見え分かれず。かかれど、人の見及ばぬ蓬萊《ほうらい》の山、荒海《あらうみ》の怒《いか》れる魚《いを》の姿、から国のはげしきけだものの形、目に見えぬ鬼の顔などのおどろおどろしく作りたる物は、心にまかせてひときは目おどろかして、実《じち》には似ざらめどさてありぬべし。

「絵所」には絵師がいます。うまい絵は優劣がすぐには見分けられない。けれども、誰も見たことがない蓬莱山や荒海でもんどりうっている魚の姿、外国の激しい獣、鬼の顔などを大袈裟に描いたものは、人を驚かせ、実際に似ていないだろうけれどもそんなものとして描けるものだ。

世の常《つね》の山のたたずまひ、水の流れ、目に近き人の家居ありさま、げにと見え、なつかしくやはらいだるかたなどを静かにかきまぜて、すくよかならぬ山のけしき、木深く世離れてたたみなし、け近きまがきの内をば、その心しらひおきてなどをなん、上手はいといきほひことに、わろものは及ばぬ所多かめる。

ここが眼目ですね。極端にデフォルメされた鬼などは誰でも描けるだろう。けれども、私たちがよく知っている山のたたずまい、水の流れ、見慣れた家などを、観るものに「ああそうだ」と納得させるように描くのは難しい。それを描けることが本当に上手な絵師だというのです。

ヴァージニア・ウルフがすばらしい作家だと思っている人に、ジェイムズ・ジョイスとマルセル・プルーストがいます。彼女の代表作である『ダロウェイ夫人』はプルーストの『失われた時を求めて』によく似ていると言われています。たとえばパーティーの場面で、ただテーブルについた人々が話をしているだけで、とりたてて事件は起きず、ディテールが事細かに描かれたりするところなど。とくにウルフの時代には三人称客観視点で小説を描くのではなくて、語り手の「意識の流れ」を追うように描くことが手法として新しかったのです。新奇な出来事が積み重なっていく冒険活劇のようなものよりも、ささいな日常を描く小説のほうがすぐれた芸術表現だという考え方は、いまでは共通認識となっていると思いますが、『源氏物語』はまさにそのような小説として捉えられたのでした。ウルフにとってみれば、いままさに自分が書きたいと思っていた、そんな小説のすがたを『源氏物語』に発見して、これはすごい、しかもこれが千年前に女性によって書かれたのだということで驚いたのですね。

さて、「雨夜の品定め」を一足飛びにとばしてに、いよいよ光源氏の恋の冒険譚へと進みましょう。

中の品への視線

ようやく雨が止みます。

からうじて、今日は日のけしきも直れり。かくのみ籠りさぶらひ給ふも大殿の御心いとほしければ、まかで給へり。おほかたのけしき、人のけはひもけざやかにけ高く、乱れたる所まじらず、なほこれこそはかの人々の捨てがたく取り出でしまめ人には頼まれぬべけれと思すものから、あまりうるはしき御ありさまのとけがたく恥づかしげに思ひしづまり給へるを、さうざうしくて、中納言の君、中務《なかつかさ》などやうのおしなべたらぬ若人どもに戯《たはぶ》れ言などのたまひつつ、暑さに乱れ給へる御ありさまを、見るかひありと思ひきこえたり。

光源氏は、あまりに左大臣家に行かないのも気が引けるので訪ねていきます。そこで葵の上に会って、昨夜の「品定め」で聞いた女と妻を比べてしまっているわけですね。お邸は立派、妻はきちっとした高貴な女性然としてくだけたところがない。こういう人こそが、捨てがたいタイプだという、まじめな人には頼りになる妻なのだろう。とは思うものの、あまりに上品すぎる様子が物足りないなと源氏は思う。そこでさっそく新しく仕入れた「中の品」の美点に目を向けて、「中納言の君」「中務」などと呼ばれる女房たちに戯れ言を言ったりしています。梅雨時の暑いときです。光源氏は上着を脱いでラフな格好をしています。女房たちは見る甲斐があるとうっとりしています。

そこへ左大臣がやってきます。

大臣《おとど》も渡り給ひて、かくうちとけ給へれば、御几帳隔てておはしまして、御物語きこえ給ふを、「暑きに」とにがみ給へば、人々笑ふ。

暑いので着物をはだけたラフな格好していますから、その姿で直接左大臣と対面するわけにはいきません。几帳を間に立てて会話をしています。「物語」というのは会話のことです。もっぱら左大臣が話しかけているわけですが、几帳を挟んで見えないのをいいことに周りにいる女房たちにこっそり「暑苦しいよね」などと悪口を言って、女房たちが「うふふふふ」と同意の笑い声をあげるのですね。

「あなかま」とて脇息に寄りおはす、いとやすらかなる御ふるまひなりや。

「やれやれ」とか言って源氏は「脇息」すなわち肘掛にどっかと寄りかかっている。その様子をみて「まあなんて気安いふるまいでしょう」と評しているのは女房たちですね。

さて左大臣家に着いてまもなく、「今宵《こよひ》、中神《なかがみ》、内よりはふたがりてはべりけり」といわれて、陰陽道の方位占いで、ここにいてはいけないということになります。そういうときには方違《かたたが》えといって場所を変えてやり過ごすのですが、この方違えが浮気をするときのかっこうの言い訳になったりもします。このあと左大臣家をでて一夜をすごす邸で光源氏は空蝉と出会うことになります。

みんなのコメント④

- 源氏物語が伝聞調で書かれているということに今日改めて気づき非常に興味深いと思った。紫式部がそのような文体をとった理由は果たしてなんなのだろうか。よく考えれば教科書に出てくるような物語調の古文は全て伝聞形式であるように思われる。複数の人の口を介して伝えられた話とすることで物語の真実味が増し、物語の厚みが出ているように感じられた。また雨夜の品定めにおいて男たちが中の品に面白い女がいることがあると述べていたことも興味深い。紫式部が中の品だと初めて知ったが紫式部自身もまた面白い女であるということをそれとなく読者に匂わせているように思われた。彼女の矜持をみたように思う。
- 何気ない日常に目を向けそれらを上手く表現できることが芸術といった考えが当時あったことに驚く。
- 今回の講義で私が最も驚いたことは源氏と葵の上が非常に若い年齢で結婚していたということです。また源氏が十二歳の若さにして成人していたということにも驚きました。

● 女の人に対する批評で、位はそんなに高くない女性の方が知的でおもしろいというのは、上から目線で腹が立ったが、よく考えてみると、ちゃんと中身を見ているので見極めがいいと思った。現代に関しては外見であったりステータスで評価されることのほうが多い気がする。

● 源氏物語が「ありふれたものを美しく描いている」と思って読んだことはなかったが、たしかに人々が「暑いな」と言っているだけ、女の話をしているだけなのにこんなにも想像力を刺激するのはすごいと思った。最近みたアキ・カウリスマキの映画にもありふれたものの美しさで通じるものがあった。

● 帚木の巻でやはり面白かったのは「雨夜の品定め」のくだりだと思う。ここの左馬頭の上中下三階級の判定法、中流重視説から良妻選びの困難、婦道論の能弁がなければ源氏もあそこまで女狩りをしなかったのではないかと思う。結論、男だって怖い。

第五回 『源氏物語』のフェミニズム批評――「帚木」巻その二〜「空蟬」巻

光源氏はじめての恋の冒険

『源氏物語』には色々な女性が出てくるし、多くの登場人物が出てくるけれども、誰に感情移入して読んだら面白いと思いますかという質問がありました。ふつう小説を読むときに感情移入は視点人物に対して起こりますが、『源氏物語』は語り手が複層的に入り組んでいて統一視点で語られていないのです。登場人物の視点で語られるところもありますが、光源氏の視点かと思えば、お相手の女君の視点に入り込んだり、そこに登場人物を批評する語り手の評がつづいたりもします。ですから、登場人物の誰かに直に感情移入するというよりは、どのように書かれているか、どのようにどんな立ち位置で評されているのかという語りの仕組みそれ自体が読みどころなのだと思います。特にこれから読む「空蟬」巻は、臨場感たっぷりに描かれるところなんですけれども、私だったら嫌だなあと女主人公に感情移入して入り込むよりも、メタレベルに立って物語がどのように構築されていて、どのような仕掛けがなされているのかというところに注目して読むようにしてみましょう。

さて、せっかく左大臣家にやってき光源氏ですが、方違えが必要だということになって、紀伊守《きのかみ》の邸に移動します。

「紀伊守《きのかみ》にて親しく仕うまつる人の、中河のわたりなる家なん、このごろ水せき入れて涼しき陰にはべる」と聞こゆ。「いとよかなり。なやましきに、牛ながら引き入れつべからむ所を」とのたまふ。忍び忍びの御方違へ所はあまたありぬべけれど、久しくほど経て渡り給へるに、方塞《ふた》げて引き違《たが》へ他ざまへと思さんはいとほしきなるべし。

紀伊守に仰せ言たまへば、うけたまはりながら退きて、「伊予守朝臣《いよのかみのあそん》の家につつしむ事はべりて、女房なんまかり移れるころにて、狭《せば》き所にはべれば、なめげなることやはべらむ」と、下《しに》に嘆くを聞き給ひて、「その、人近からむなんうれしかるべき。女遠き旅寝《たびね》はものおそろしき心地すべきを、ただその几帳のうしろに」とのたまへば、「げに。よろしきおましどころにも」とて人走らせやる。いと忍びて、ことさらに、ことごとしからぬ所をと急ぎ出《い》で給へば、大臣にも聞こえ給はず、御供にもむつましき限りしておはしましぬ。

紀伊守《きのかみ》、つまりいまの和歌山県あたりの地方官に就いている人が中河あたりに、水を引き入れて涼しげな庭をつくった素敵な邸を持っていますよという話になります。それを聞いた光源氏は、とにかく面倒だから牛車に乗ったまま中まで入れるところにしたいなあと注文をつけています。「忍び忍びの御方違へ所はあまたありぬべけれど」とあるので、こうやってこっそり方違えのときに出向くような女の家はたくさんあるのでしょうけれども、「それじゃあ、このあいだのあそこで」なんていう具合に決めてしまっては、久しぶりに左大臣家にやってきたのに他の女のところへ逃げていくように勘違いされそうだと考えたのでしょうか、従者のいうとおりに紀伊守のところへ行くことにします。

光源氏は「紀伊守に仰せ言たまへば」、つまり、今から行くぞ、と伝えたんですね。さて、ここからがちょっとややこしいんですが、紀伊守《きのかみ》の父親が伊予介《いよのすけ》です。伊予介というのはいまの愛媛県あたりの地方官です。その伊予介が後妻に貰ったのが、これから光源氏と恋愛することになる空蝉です。ようやく空蝉の登場となります。空蝉は後妻だから伊予介にとっては娘といっていいほどに年が若いのです。

　実はこのとき、伊予介の家で忌みごとがあって、伊予介の家にいる女たちがおおぜい紀伊守の邸に泊まりにきていました。それで紀伊守は邸が手狭になっているので失礼があるのではないかと心配しているのです。いきなり源氏に行くぞと言われても、父親の後妻やその女房たちが泊まり込んでいる状況ですから、わぁどうしようと思いますよね。するとそれを聞きつけた光源氏が、「その、人近からむなんうれしかるべき」、いやそうやって人がわさわさいる方がいいんだと言います。この場合の「人」は女ですね。「女遠き旅寝はものおそろしき心地すべきを、ただその几帳のうしろに」ということで、女っ気のない知らないところでの旅寝は、恐ろしい感じがするので、几帳を立ててすぐ裏に女がいる、そんな感じのところがいいなとかえって喜んじゃっているわけです。

　それを聞いて「げに。よろしきおましどころにも」と言って準備に人を走らせたという展開です。このやりとりですが、端的には、源氏が、女がそばにいる方がいいと言って、それに対して「なるほど、それはむしろ好ましい場所ですね」と答えがあった。この「げに」のセリフにこんな注がついていますね。「紀伊守の受け答え。ごもっとも。悪くないご座所としてでも。源氏と何らかの合意が成り立った感じで自宅に使いの者を走らせやる」。源氏の女を用意せよという注文に対して、紀伊守が承知の旨を返答していることを理解したうえで、その後の展開を読んでいく必要があります。この合意形成後、さっそく源氏は「いと忍びて」「大臣にも聞こえ給はず」に左大臣家をあとにします。挨拶もなしに消えちゃうのですね。光源氏が往来を行き来するなら、大勢の供の者を連れて前駆《さき》払いをして誰にでも光源氏が歩いているということがわかるようにするのがふつうですが、ここでは女の家にこっそり出かけるときのように親しい従者だけを連れていくのです。

紀伊守との密約

光源氏が紀伊守邸に到着します。

「にはかに」とわぶれど、人も聞き入れず。寝殿の東面《ひむがしおもて》払ひあけさせて、かりそめの御しつらひしたり。水の心ばへなどさる方にをかしくしなしたり。田舎家だつ柴垣して、前栽《ぜむざい》など心とめて植ゑたり。風涼しくて、そこはかとなき虫の声々聞こえ、蛍しげく飛びまがひてをかしきほどなり。

急な来客で「にわかに」と慌てていますが、お構いなしに入っていきます。「寝殿」の東側のところを開け払って、そこにおまし所を作って迎え入れます。川が流れているかのように工夫した素敵な庭です。田舎の家にあるような柴で作った垣根、こういうものを貴族の家にわざわざつくるのが風流だったのです。こういう貴族の酔狂は、マリー・アントワネットがベルサイユ宮殿に田舎風の農村をわざわざ作らせたのに似ているかもしれませんね。前栽《ぜんざい》というのは、縁側から庭を眺めたときに一番近いところにある植込みのことです。季節の樹木を庭師が植え替えるのが普通で、たとえば秋だったら萩を植えて邸の外に出なくても庭に季節を感じることができたのですね。水の上を通る涼しい風が吹いてきて、虫の声がかすかに聞こえて、蛍が飛んでいる。いい感じの宿です。

人々、渡殿《わたどの》より出でたる泉にのぞきゐて酒のむ。あるじも肴《さかな》求むとこゆるぎのいそぎ歩《あり》くほど、君はのどやかに眺め給ひて、かの中の品に取り出でて言ひし、この並ならむかしと思し出づ。

渡殿というのは、渡り廊下ですが、その下に水を通しているのでしょう。光源氏におもてなしをするのはもちろんのこと、一緒にきた従者たちにもお酒を出してもてなします。従者たちはさっそく宴会をはじめています。邸の主《あるじ》である紀予守は、酒の肴を用意するのでバタバタと走り回っています。光源氏のお相手をすべきは主ですから、紀伊守が奔走しているあいだ光源氏はぽつんとひとりで手持無沙汰な状態になっています。風流な庭を眺めながら、頭の中で、あの「雨夜の品定め」で言っていた中の品というのは、この家の人たちなんじゃないかしらと思い出しているわけですね。

思ひ上がれるけしきに聞きおき給へる娘《むすめ》なれば、ゆかしくて、耳とどめ給へるに、この西面にぞ人のけはひする。衣《きぬ》のおとなひはらはらとして、若き声どもにくからず、さすがに忍びて笑ひなどするけはひことさらびたり。格子《かうし》を上げたりけれど、守《かみ》、「心なし」とむつかりて下《おろ》しつれば、火灯《とも》したる透影《すきかげ》、障子《さうじ》の上《かみ》より漏りたるに、やをら寄り給ひて、見ゆやと思せど、隙《ひま》もなければ、しばし聞き給ふに、この近き母屋に集ひゐたるなるべし、うちささめき言ふことどもを聞き給へば、わが御上《うへ》なるべし。

「思い上がれる」という表現は現代語からはイメージしにくいですが、ようするに大切に育てられて自分を低くはみていない人。そういう気位《きぐらい》の高い娘がこの邸にいるということを源氏は聞いていた。

「ゆかし」は「知りたい」という意味ですから、光源氏はその人のことを知りたいと思って、聞き耳を立てているのですね。すると西面《にしおもて》に女の気配がする。衣擦れの音が聞こえる。絹地でつくられている着物は歩いたりするときに、擦れあってキュッキュッという音がしますよね。そんな音が女たちが動く度に聞こえてくる。若い女たちの話し声も好ましく、押し殺した笑い声はいかにも客に遠慮をしてとりつくろった様子です。

女たちがいる部屋の格子戸ははじめは上げっぱなしだったのですが、覗かれてしまうかもしれず、不用意だといって紀予守が下ろしてしまいます。室内が暗くなりますから、火を灯している。その灯りによって、障子に女たちの影が映っている。それを光源氏は見ているわけですね。たまらなくなって源氏はそこへ寄って行ってのぞき見をしようとするのですが、隙間がないので、聞き耳を立てて話を聞いています。女たちは何の話をしているのだろうと聞いていると、「わが御上なるべし」。なんと光源氏のことをうわさしていたのです。

「いといたうまめだちて、まだきにやむごとなきよすが定まり給へるこそさうざうしかむめれ」「されど、さるべき隈《くま》にはよくこそ隠れ歩《あり》き給ふなれ」など言ふにも、思すことのみ心にかかり給へば、まづ胸つぶれて、かやうのついでにも人の言ひ漏らさむを聞きつけたらむ時などおぼえ給ふ。ことなることなければ聞きさし給ひつ。式部卿宮《しきぶきやうのみや》の姫君に朝顔たてまつり給ひし歌などをすこしほほゆがめて語るも聞こゆ。くつろぎがましく歌誦《うたず》じがちにもあるかな、なほ見劣りはしなんかしと思す。

ここは面白いですね。女たちの噂話はやっぱり源氏の女性関係に関することです。「ずいぶんまじめにしていて、まだ若いうちから正妻が決まっちゃっているなんて本当に残念ね」とか、「だけどそれなりの通いどころには、うまいこと隠れて通っているらしいわよ」などと話し合っています。これを盗み聞きしながら、源氏は「思すことのみ心にかかり給へば、まづ胸つぶれて」とあってドキドキしているのです。「思すこと」というのは、心の中にずっと思いつづけている人のこと、つまり藤壺への恋情ですよね。光源氏はこのことも人の噂になっているのではないか、誰かが秘密を漏らしてしまっていたらどうしようと心配しているのです。しかし、たいしたことを言っていなかったので、聞くのを途中でやめます。では何を言っていたかというと、天皇の弟の娘つまり源氏の父方の従妹に贈った歌についてでした。こんな歌だったんですと暗記したものを言いふらしている人がいるのですが、「ほほゆがめて」とあるので少し間違っているわけです。その女君が朝顔の君と通称されている人なのですけれども、ここで唐突に語られる朝顔との恋愛譚が書かれた巻があったのではないかという説があります。「桐壺」巻と「帚木」巻の間に、失われた巻があったのではないかという説です。後で藤壺と源氏が会うところが出てくるのですが、その場面はすでに二回目の逢瀬として語られています。けれども物語のどこにも一回目の逢瀬については書かれていない。そこで、その失われた巻に、藤壺との一回目の逢瀬と、朝顔に歌を贈った話とがあったのではないかと考えられているのです。さらに、その巻のタイトルは「輝く日の宮」だったのではないかという説があります。このことを小説にした作品が丸谷才一『輝く日の宮』（講談社文庫、二〇〇六年）であり、森谷明子『千年の黙――異本源氏物語』（創元推理文庫、二〇〇九年）です。『源氏物語』研究は中世から始まっているのですけれども、中世に書かれた注釈書にも「輝く日の宮」巻があったのではないかという説は書かれているので、現代になっていきなり出てきた説というわけではないのです。ともあれ、その巻は古注釈が書かれたときにもすでに現存していませんでしたから、真相はわかりません。

さて、話をもどします。源氏は聞き耳をたてながら、この邸の「中の品」の女たちはいったいどんなふうなのかしらと吟味していたわけです。やっぱりこの邸の女君も会ってみたら見劣りするのだろうなと思っています。

そこへ紀伊守が現れます。くだものを持ってきました。灯りを明るくして、紀伊守は源氏と話をします。


守《かみ》出で来て、灯籠《とうろ》掛《か》け添《そ》へ、火明《あ》かくかかげなどして、御くだものばかり参れり。

「とばり帳もいかにぞは。さる方の心もとなくてはめざましきあるじならむ」とのたまへば、「何よけむともえうけ給はらず」とかしこまりてさぶらふ。端《はし》つ方《かた》のおましに、仮《かり》なるやうにて大殿籠《おほとのごも》れば、人々も静まりぬ。

あるじの子どもをかしげにてあり。童なる、殿上《てんじやう》のほどに御覧じ馴れたるもあり。伊予介《いよのすけ》の子もあり。あまたある中に、いとけはひあてはかにて十二三ばかりなるもあり。「いづれかいづれ」など問ひ給ふに、「これは故衛門督《こゑもんのかみ》の末の子にていとかなしくしはべりけるを、幼きほどに後れはべりて、姉なる人のよすがにかくてはべるなり。才《ざえ》などもつきぬべく、けしうははべらぬを、殿上なども思ふ給へかけながら、すがすがしうはえ交じらひはべらざめる」と申す。


邸には若い男の子、まだ成人してない男の子たちがいる。その中に、とても美しい顔だちの男の子がいました。そこで、この子は誰なのかと聞くと、親が幼いうちに死んでしまったので、姉を頼って一緒に暮らしている人ですと言われます。この姉君が空蝉ですね。この男の子を殿上させたい、つまり宮中に仕えさせたいと思いながらも、後見すべき父親がいないのでなかなか簡単にはいかないといった事情を聞かされます。

「あはれのことや。この姉君やまうとの後の親《おや》」「さなんはべる」と申すに、「似げなき親をもまうけたりけるかな。上《うへ》にも聞こしめしおきて、「宮仕へに出だし立てむと漏らし奏せし、いかになりにけむ」と、いつぞやのたまはせし。世こそ定めなきものなれ」といとおよすけのたまふ。「不意にかくてものしはべるなり。世の中といふもの、さのみこそ今も昔も定まりたることはべらね。中についても、女の宿世《すくせ》はいと浮かびたるなんあはれにはべる」なんど聞こえさす。

男の子の身の上話を聞いた源氏は、この子の姉君というのは、あなたの「後《のち》の親《おや》」つまり父親の後妻に入った継母かと聞いたところ、紀伊守は、そうだと答えています。どうも源氏は空蝉のことをもとと知っていたようなのですね。源氏は「ずいぶん不似合な親をもったものですね。天皇も耳にとどめていて「宮仕えに出すと言っていたのは、どうなったのだろう」と言っていましたよ」といいます。そして「世は定めなきものなれ」などと、一七歳なのに大人ぶって言っています。女の人生っていうのは後《うしろ》見《み》次第でどうとでもなってしまうので大変だねと話しています。この時代は、後見人がいないと出世どころか生活もできませんでした。

「伊予介《いよのすけ》かしづくや。君と思ふらむな」「いかがは。私《わたくし》の主《しう》とこそは思ひてはべるめるを、好き好きしきことと、なにがしよりはじめてうけひきはべらずなむ」と申す。「さりとも、まうとたちのつきづきしく今めきたらむに下《おろ》したてんやは。かの介《すけ》はいとよしありてけしきばめるをや」など物語りし給ひて、「いづ方にぞ」「みな下屋《しもや》に下《おろ》しはべりぬるを、えやまかり下《お》りあへざらむ」と聞こゆ。酔《ゑ》ひすすみて、みな人々簀子《すのこ》に臥《ふ》しつつ、静まりぬ。

次に源氏は「伊予介はさぞやこの妻を大事にしていることでしょうね」というのですが、紀伊守は、この結婚に自分も含めて息子たちは反対したという話をします。若すぎる妻をもらうのは「好き好きし」、つまり好色でいやらしいというのです。源氏は「息子たちのほうが年齢的にお似合いだからといって、下げ渡してくれやしないでしょう」と言っています。紀伊守が継母に女性として興味を持っているはずだという発言ですね。

この会話から次のことがわかります。伊予介がもらった後妻は、紀予守にこそ相応しいほどに若い女性だということ。その女性は身寄りがなくなって弟ごと婚家に来ていること。世が世なら宮中に宮仕えしていたかもしれない女性だということ。親を亡くして没落し、受領階級の伊予介に娶られている女の宿世、運命が語られているわけですね。源氏は「それでその女君はどこにいるの」と聞いています。紀伊守の返答も意味深ですね。「女たちは下屋に下がらせましたが、まだ残っているかもしれない」というのです。さきほど、女がそばにいるとうれしいなと注文をつけていますので、源氏はあきらかにハンティングモードに入っていますし、紀伊守もそれに応じているのがわかります。

君はとけても寝《ね》られ給はず、いたづら臥《ぶ》しと思さるるに御目さめて、この北の障子《さうじ》のあなたに人のけはひするを、こなたやかくいふ人の隠れたる方ならむ、あはれやと御心とどめて、やをら起きて立ち聞き給へば、ありつる子の声にて、「ものけたまはる。いづくにおはしますぞ」と、かれたる声のをかしきにて言へば、「ここにぞ臥したる。客人《まらうと》は寝たまひぬるか。いかに近からむと思ひつるを、されどけ遠かりけり」と言ふ。寝たりける声のしどけなき、いとよく似通ひたれば、いもうとと聞き給ひつ。

源氏は興奮しすぎてとてもじゃないけど眠れない。すると北の障子の向うに人のけはいがする。「ああ、ここがあの女君がいるところなんだ」と起き上がって、障子のそばで立ち聞きをします。するとさきほどの男の子の「もしもし、どこにいるの」という声がする。「ここに寝ていますよ。お客様はもう寝たの。どんなに近くにいるかと思ったけれど、遠くにいるのね」。寝っころがって話している声がしどけなくて、この弟とよく似通った声なので「いもうとと聞き給ひつ」とあります。「いもうと」というのはここでは姉をさしています。つまり空蝉のことです。おとうと、いもうとなどは、現代語では兄か弟かを区別して年齢の上下関係を示す語として使われますが、ここでは単に女のきょうだいという意味で「いもうと」と言っています。

「廂《ひさし》にぞ大殿籠りぬる。音に聞きつる御ありさまを見たてまつりつる、げにこそめでたかりけれ」とみそかに言ふ。「昼ならましかば、覗《のぞ》きて見たてまつりてまし」とねぶたげに言ひて顔引き入れつる声す。ねたう、心とどめても問ひ聞けかしとあぢきなく思す。「まろは端《はし》に寝はべらん。あな暗《くら》」とて、火かかげなどすべし。女君はただこの障子口《さうじぐち》、筋《すぢ》かひたるほどにぞ臥したるべき。「中将の君はいづくにぞ。人げ遠き心地して、もの恐ろし」と言ふなれば、長押《なげし》の下《しも》に人々臥していらへすなり。「下《しも》に湯《ゆ》に下《お》りて、ただ今参らむとはべり」と言ふ。

お客様はどうしたのかという姉・空蝉の問いに、弟が「廂の間に寝ていらっしゃいます。噂に聞いた様子を実際に見て、本当に素晴らしい人でしたよ」とひそひそ声で報告しています。姉君は「昼だったら覗いてみたいんだけど」などと言う。立ち聞きする源氏の耳がとらえた描写ですから、声がくぐもったのでかけものに顔を引き入れたのだろうというのですね。昼間だったら見てみたかったわといって眠そうな声を出しているのを聞いた源氏は、「ねたう、心とどめても問ひ聞けかし」、「何だよ、私の噂をもうちょっと真剣に彼に尋ねてよ」とがっかりしています。僕は端っこに寝よう、暗いなという声がして、人々の配置がだんだん読めてきます。源氏の立っているところの斜め向かいのところに女君がいる。女君は心細くなって、親しく仕えている女房、中将の君はどこにいるのかと聞いています。「湯をつかいにいっていて、じきに戻りますとのことです」という女房の声が長押の下からしてくる。中将の君は、おそらく父親かきょうだいが中将の位にいる女房なのでしょう。それで中将の君と呼ばれている。葵の上に仕えている女房も「中納言の君、中務」と出てきました。やはり親類縁者が中納言、中務の位にあるのでしょう。有名なところでいうと清少納言もそうですね。あの少納言さんちの娘のような感じで女房名にしていたのでしょう。

さて、いよいよ源氏が空蝉の部屋に忍び込みます。

みな静まりたるけはひなれば、掛金《かけがね》をこころみに引き上げ給へれば、あなたよりは鎖《さ》さざりけり。

几帳を障子口には立てて、火はほの暗きに見給へば、唐櫃《からひつ》だつ物どもを置きたれば、乱りがはしき中を分け入り給へれば、けはひしつる所に入り給へれば、ただひとりいとささやかにて臥したり。なまわづらはしけれど、上《うへ》なる衣《きぬ》押しやるまで、求めつる人と思へり。「中将召しつればなん。人知れぬ思ひのしるしある心地して」とのたまふを、ともかくも思ひ分かれず、ものにおそはるる心地して、「や」とおびゆれど、顔に衣《きぬ》のさはりて音にも立てず。「うちつけに、深からぬ心のほどと見給ふらん、ことわりなれど、年ごろ思ひわたる心のうちも聞こえ知らせむとてなん。かかる折を待ち出でたるもさらに浅くはあらじと思ひなし給へ」といとやはらかにのたまひて、鬼神《おにがみ》も荒《あら》だつまじきけはひなれば、はしたなく、「ここに人」ともえののしらず。心地はたわびしく、あるまじきことと思へば、あさましく、「人違《ひとたが》へにこそはべめれ」と言ふも息の下なり。

障子のこちら側でじっと聞き耳をたてていた源氏は、みんなが寝静まったようなので、試しに掛け金を引き上げてみる。すると、向う側からは鍵がかかってなかったというのです。障子といってもいまの障子戸とはちがって掛金のかかる扉です。その掛金をかちゃりと引上げて見たなら、向こう側の掛金はかかっていなかった。障子を開けると、いきなり中がまる見えにならないように几帳が立ててあります。几帳はここまでに何度か出てきていますが、衝立状のカーテンのようなものです。部屋の中はほの暗く灯りが点いている。空蝉は一人で寝ています。上に衣かけていますが、寝るときには、いまのような布団ではなくて、一番上に着ている着物を代わりにかけています。冬には厚手のもの、夏には薄手ということになりますね。そのかけ衣を源氏がどけるまで、空蝉は、「求めつる人」、中将の君はどこなのと言っていた、その女房が帰ってきたと思っていたんですね。

そこで源氏のセリフです。「中将召しつればなむ。人知れぬ思ひのしるしある心地して」。源氏はいま中将の位についています。空蝉が中将の君はどこなのと聞いたので、お呼びですか？ 私が中将ですという登場の仕方をしているわけです。さらに、「ひそかに思ってきたことが実った気がしまして」とまで言っています。女のほうはおびえて「や」と声を出すのですが、かけていた衣が顔にかかっていて声が出ないんですね。源氏の口説き文句が始まります。「だしぬけに、浅い心で近寄っているんだろうと思っていらっしゃるでしょう。それは、当然なのですけれども、長年にわたってずっと思い慕ってきた心のうちを今こそ知らせよう思いまして、ずっとこの日を待っていたんですから、この縁は浅いものではないと思って下さい」と言っていますね。

いま初めて会ったくせに何言ってんのと思うかもしれませんが、紀伊守との会話から察するに、入内を狙っていたんだけれども、両親が亡くなって、若いのに年寄と結婚して不似合いな夫婦となってお気の毒だということを源氏が言っていたのですから、この女君に会ったことはなくても、どうやら前から知っていたらしいということは分かりますね。だから、全くの嘘八百というわけではない口説き文句になっているのです。

優しい言い方で鬼でも神でもメロメロになってしまいそうな気配なので、誰か助けて、などと言えるムードではない。そうかといって、どうしようという気持ちでいっぱいで、こんなことはあってはならないと思うので、「お人違いでございましょう」と言うのですね。まあそれもようやく言えたという感じです。

消えまどへるけしきいと心苦しくらうたげなれば、をかしと見給ひて、「違ふべくもあらぬ心のしるべを、思はずにもおぼめい給ふかな。好きがましきさまにはよに見えたてまつらじ。思ふ事すこし聞こゆべきぞ」とて、いと小さやかなればかき抱きて障子のもと出で給ふにぞ求めつる中将だつ人来《き》あひたる。「やや」とのたまふにあやしくて、探り寄りたるにぞいみじくにほひ満ちて、顔にもくゆりかかる心地するに、思ひ寄りぬ。あさましう、こはいかなることぞと思ひまどはるれど、聞こえん方なし。並々の人ならばこそ荒《あら》らかにも引きかなぐらめ、それだに人のあまた知らむはいかがあらん、心も騒ぎて慕ひ来《き》たれど、どうもなくて奥なるおましに入《い》り給ひぬ。

女は消え入りそうなほど狼狽している。それをみて源氏は心苦しいとは思いつつも、かわいらしいと思っている。それで、人違いなどするはずもないし、好き心でもなくて、本当に心底思っているんだということをあちらでゆっくりお聞かせしたいのでと言いながら、小柄な人なので抱き上げる。お姫様だっこをしているところを想像してください。そうして彼女を連れて出ようとしたら、さっきから話題になっている女房の中将の君が目の前に現れて鉢合わせするのですね。源氏はびっくりして思わず「やや」と声を上げます。何事だと思って、中将の君は暗いなか手さぐりをするのですけれど、男が女を抱いているということはわかって、しかもその男から高貴な香りが漂ってくるわけです。当時の貴族は男女ともにお香を衣や髪に焚き染めていますけれども、源氏などは確実にいいものを使っている。その香りから、あっ、これは光源氏だというふうにわかったのです。まあどうしましょうと思うのだけども、なにも言えない。光源氏ほどに高貴な男性でなければ、何をなさいますと言って、女君を取り返してもいいのですが、もしそれをしたって、こういう珍事が起こったことが人に知れてしまう。女房としては、女主人が夫以外の男性と関係した話を表沙汰にはしたくない。女主人の恥になるので隠したいのです。だからここで声をあげて、他の女房たちが、まあどうしたの、なんて寄って来る事態は避けたいし、光源氏に失礼があってはならないし、などと色んなことを考えているうちに、光源氏が抱っこして連れていく後ろをふらふらとついていっちゃうんですね。けれども障子口で「明け方にお迎えにいらっしゃい」と言われてピシャリと障子を閉められてしまいます。

　障子を引きたてて、「暁《あかつき》に御迎《むか》へにものせよ」とのたまへば、女は、この人の思ふらむことさへ死ぬばかりわりなきに、流るるまで汗《あせ》になりて、いと悩ましげなり。いとほしけれど、例のいづこより取《と》う出《で》給ふ言の葉にかあらむ、あはれ知るばかり情け情けしくのたまひ尽くすべかめれど、なほいとあさましきに、「現《うつつ》ともおぼえずこそ。数ならぬ身ながらも、思しくたしける御心ばへのほどもいかが浅くは思う給へざらむ。いとかやうなる際《きは》は際とこそはべなれ」とて、かくおし立ち給へるを深く情けなく憂《う》しと思ひ入《い》りたるさまも、げにいとほしく心恥づかしきけはひなれば、「その際々をまだ知らぬ初事《うひごと》ぞや。なかなかおしなべたるつらに思ひなし給へるなんうたてありける。

空蝉は、女房がなんと思っているのかしらと思うと、死にそうなほど恥ずかしくて、汗だくになっています。光源氏はかわいそうになりつつ、また口説き始めます。ここで源氏の口説き文句について「例のいづこより取《と》う出《で》給ふ言の葉にかあらむ」とあって、「いつものように、どこから取り出した言葉でしょう」と語り手があきれている一言が入っているのが面白いですね。源氏はしみじみ情愛をおぼえるほどに愛情ぶかく語りかけますが、女君はやはりあってはならないことだと思うので、「うつつ」つまり「現実のこととは思えません」といいます。「数ならぬ身」は、女の数にも入らないほど大した身分ではない、という意味で、そんな私でもこのような見下したような扱いを受けるならば、源氏の情愛は浅いと思わずにはいられない、そして「いとかやうなる際は際とこそはべなれ」と言う。つまりこのような位の者は光源氏にはふさわしくない。あなたにはあなたのお相手がいらっしゃるでしょう、私はあなたのお相手になるような身分の高い女ではございません、ということですね。身分をわきまえて、という女のことばに対して、源氏は「その際々を、まだ知らぬ初事ぞや」と答えている。際は際とわきまえよと言われても、その際がどういうものなんだかよく分っていない初めての恋なんだ、というのですね。たしかに源氏は「中の品」の女の良さをまだ知らない。そして「中の品」という「際」だからこそ、空蝉に興味をもっている。

おのづから聞き給ふやうもあらむ。あながちなる好き心はさらにならはぬを、さるべきにや、げにかくあはめられたてまつるもことわりなる心まどひを、みづからもあやしきまでなん」などまめだちてよろづにのたまへど、いとたぐひなき御ありさまの、いよいようちとけきこえんことわびしければ、すくよかに心づきなしとは見えたてまつるとも、さる方の言ふかひなきにて過ぐしてむと思ひて、つれなくのみもてなしたり。人柄のたをやぎたるに、強き心をしひて加へたれば、なよ竹の心地して、さすがに折るべくもあらず。

源氏はこの邸で女たちが自分の噂話をするのを聞いています。ですから空蝉にも「私のことは聞いているでしょう、無鉄砲な浮気などは経験がないのに、縁があったのでしょうか、こんなふうに冷たくされるのも当然だと思うような惑乱ぶりを、自分でも不思議に思っているのです」と訴えます。

光源氏と空蝉の押し問答が続いています。空蝉は人柄はおっとりしているのですけれども、心を強くして拒絶しようとしている。それを「なよ竹」のようだと表現しています。若いやわらかい竹のような感じで、こちらになびいてくるのに、折れて自分のものになってしまいはしない。なびきよりつつも強情である様子については、「いとたぐひなき御ありさまの、いよいようちとけきこえんことわびしければ、すくよかに心づきなしとは見えたてまつるとも、さる方の言ふかひなきにて過ぐしてむと思ひて、つれなくのみもてなしたり」とあるので、源氏があまりにすばらしくて、なおその上で受け入れてしまうのはせつなくて、無粋でつまらないと思われても、情趣を介さないどうしようもない人としてやりすごそうと考えて、つれない態度をとっているのですね。源氏が美しすぎるから、彼女は拒絶するのです。身分違いの男君に恋をしても、あとでつらくなるのは自分だからですね。

まことに心やましくて、あながちなる御心ばへを言ふ方なしと思ひて泣くさまなど、いとあはれなり。心苦しくはあれど、見ざらましかば口惜《くちを》しからましと思す。慰《なぐさ》めがたく憂《う》しと思へれば、「などかく疎《うと》ましきものにしも思すべき。おぼえなきさまなるしもこそ契《ちぎ》りあるとは思ひ給はめ。むげに世を思ひ知らぬやうにおぼほれ給ふなんいとつらき」とうらみられて、「いとかく憂き身のほどの定まらぬ、ありしながらの身にて、かかる御心ばへを見ましかば、あるまじきわが頼みにて、見直し給ふ後瀬《のちせ》をも思ひ給へ慰めましを、いとかう仮なる浮《う》き寝《ね》のほどを思ひはべるに、たぐひなく思う給へ惑《まど》はるるなり。よし、今は見きとなかけそ」とて、思へるさまげにいとことわりなり。おろかならず契《ちぎ》り慰め給ふこと多かるべし。

ここで情交成立となっています。源氏の「あながちなる御心ばへ」に女は泣いているのですね。源氏は「心苦しくはあれど、見ざらましかば口惜しからまし」と思っている。泣いている女をみて源氏は胸が痛むけれども、「見ていなければ後悔しただろう」というのです。この「見る」というのが情交を持つことを示しているのですね。女を慰めることができなくて、源氏は手を焼いています。「どうして、こんなに私を嫌がってばかりいるの。身に覚えがない逢瀬であるからこそ、前世からの約束があったと思ってください」というのですが、この「契り」というのが前世からの決められていた宿命の縁を指しています。「むげに世を思ひ知らぬやうにおぼほれ給ふなんいとつらき」にある、「世」は男女の仲、こうした情交をさしています。男女の仲を全く知らないみたいな態度をされるのがつらい、というのですね。空蝉は人妻ですから伊予介とすでに関係をもっているはずです。ですから空蝉は「いとかく憂き身のほどの定まらぬ、ありしながらの身にて、かかる御心ばへを見ましかば」と答えるのです。「憂き身」が、伊予介との結婚を意味しています。「こうして伊予介と結婚して身が定まってしまう前の、娘時代にこうしたお心に触れたのなら」というのです。「娘時代に会ったのなら、身分が違うとはいえど、いつかは一緒になれると思いなぐさめることもできたでしょうが、このようなかりそめの浮気な一夜を思うに、どう考えたらよいのかわからなくて困惑させられるのです、だからもうこれっきり私のことは忘れてください」というのですね。

ここは読み逃してはならない重要なところです。男女の逢瀬での女の気持ちというのはあからさまに書かれていないようでいて、実のところしっかりと表現されています。空蝉が源氏を拒絶するのは、源氏のことが本当にうとましい、嫌だと思うからでは決してないのですね。一度は父親が桐壺後宮への入内を志したほどの身分です。そのときの自分であったなら、父をなくして受領階級に落ちてしまう前ならば、源氏の何人かの情人の一人にもなれたかもしれない。源氏は紀伊守に、伊予介は空蝉を下げ渡したりはしないだろう、あなたに譲ることはないのだろうと尋ねていましたが、臣下の妻を譲ってもらうようなことをしない限り、手に入らない女なのです。だから空蝉のことばをきいた源氏は、「げにいとことわりなり」と思う。彼もまたこの関係がどこにも行きつかないことはよく分かっているのです。

鳥も鳴きぬ。人々起き出でて、「いといぎたなかりける夜《よ》かな。御車引き出でよ」など言ふなり。守《かみ》も出で来て、女などの、「御方違へこそ。夜深く急がせ給ふべきかは」など言ふもあり。君は、またかやうのついであらむこともいとかたく、さしはへてはいかでか、御文なども通はむことのいとわりなきを思すに、いと胸いたし。奥の中将も出でていと苦しがれば、許し給ひても、また引きとどめ給ひつつ、「いかでか聞こゆべき。世に知らぬ御心のつらさもあはれも浅からぬ夜《よ》の思ひ出《い》ではさまざまめづらかなるべき例《ためし》かな」とて、うち泣き給ふけしきいとなまめきたり。

「鳥も鳴きぬ」というので朝がきました。従者たちが起きだして「ゆうべはぐっすり寝込んでしまったよ。お車を引き出せ」などというのが聞こえてきます。夜明けを鳥の声で表現するのは今も同じですね。「守も出で来て」とあるのは紀伊守の声もしているからでしょう。女房たちが「方違えで来たのに、どうして男女の逢瀬でもあったかのように急いで出かけるの」なんて言っているのが聞こえるのがニクイですね。男女の逢瀬を経て、いま源氏は誰にも知られぬうちに空蝉を部屋に返してあげなければならないわけです。それでも源氏は、今後こうして簡単に会えるはずもないし、手紙でさえ渡すのが難しいと思うと胸がしめつけられるようで、例の女房の中将の君が出てきて早く部屋に戻してくれと催促するのに別れようとしては、また引きとめています。源氏は「どうやってあなたにお便りをさしあげたらいいでしょう。あなたのつれない気持ちと私の深い想いの行き会ったこの夜の思い出は、変わった例というものですね」と言いながら、源氏は泣いています。その姿は「いとなまめきたり」というので、ほんとうに美しい。

さらに鳥の声が急き立てるように聞こえてきます。

　鳥もしばしば鳴くに、心あわたたしくて、

　つれなきをうらみも果てぬしののめにとりあへぬまでおどろかすらむ

女、身のありさまを思ふに、いとつきなくまばゆき心地して、めでたき御もてなしも何ともおぼえず、常はいとすくすくしく心づきなしと思ひあなづる伊予の方《かた》の思ひやられて、夢にや見ゆらむとそら恐ろしくつつまし。

　身の憂さを嘆くにあかで明くる夜はとり重ねてぞ音《ね》も泣かれける

ことと明かくなれば、障子口まで送り給ふ。内も外《と》も人騒がしければ、引き立てて別れ給ふほど、心ぼそく隔《へだ》つる関と見えたり。

別れ際に二人は歌のやりとりをしています。源氏の歌は女のつれなさをうらみながら、鳥の声ととるものとりあえずの「鳥／取り」を掛詞《かけことば》にしています。女の歌にも「鳥の音」と「とり重ねる」が掛詞になっていて、伊予介と結婚してしまった「身の憂さ」を嘆いています。源氏の歌を聞いた時の女の反応に注意してみましょう。「身のありさまを思ふに」とあって、やはりこうして没落してしまった身分を思うと、こんな関係は不似合なほどきらきらしくて、どんなに源氏がすばらしくても、どうしようもないとしか思えずにいます。そして目の前の源氏と引き比べて、普段は生真面目でつまらないと軽蔑していた夫を思い出しているのです。夫はいま伊予にいますから、「伊予の方《かた》の思ひやられて」とあるのですね。いま空蝉の気持ちが伊予のほうへと向かってしまっていますから、伊予の夫とコネクトしてしまっています。そこで夫がこの情事を夢に見るのではないかとそら恐ろしく、気がとがめています。当時の夢の観念として、自分が強く思っていると相手の夢に出てくるという考え方があります。夢のなかで伊予介が真実を知ってしまったのではないか、情事を夢の回路をとおして見られてしまったのではないか、などと考えてしまうのです。

源氏は例の鍵のかかっていなかった障子口まで彼女を送りにいって、そっと戸を閉めます。この戸が二人を隔てる関所のように感じられるというのですね。

自邸に戻った源氏はこの一夜を次のように振り返っています。

すぐれたることはなけれど、めやすくもてつけてもありつる中の品かな、隈なく見集めたる人の言ひしことはげに、とおぼしあはせられけり。

とりたててすぐれているわけではないが、興ざめしない程度のたしなみのある中の品の女であったな。女のことなら隈なく見尽くしている人の言ったことは本当だったなと思い合わせています。空蝉との一件は、「雨夜の品定め」を発端とした中の品への興味にはじまっていることがはっきりと描かれているわけです。

こののち、光源氏は空蝉に再び会いたいと思って画策します。まずは空蝉の弟の小君を自分の従者として引き取って、自らが後見役となって望み通り殿上させもします。その弟を仲介として、彼女に手紙を送ったり、次の逢瀬の段取りをしてもらったりするのです。「帚木」後半の流れがそのまま「空蝉」巻に接続していきます。

『源氏物語』はレイプ小説ではない

さてここまで光源氏と空蝉の逢瀬の場面を読んできましたけれども、空蝉の心情にとくにこだわって読んでみました。というのも、この空蝉との逢瀬について、光源氏「レイプ」説あるからなのです。今をさること二十五年前、一九九一年に駒尺喜美『紫式部のメッセージ』（朝日新聞社、一九九一年）という本が出ました。本の最初のところに、「拝啓　紫式部様」とはじまる序文がついていますが、その一部に次のようにあります。

紫式部様。あなたは一千年早く生まれすぎました。あなたのメッセージがわたしたち凡人の耳に届くには、千年もかかったのです。

ですが、御安心下さい。今ようやく、歴史が急転回して、あなたの真の声を聞き分けられる時代に入りました。大学の卒業論文で「空蝉」をとりあげ、それを強姦の物語だと正しく指摘したわたしの知人もおります。また、男の研究者の中にも、おずおずとではありますが、光源氏が強姦者であるといい出した人もいます。

今、この社会ではセクシャル・ハラスメントが論議されつつありますが、ここまで歴史が動いてはじめて、人々は女の立場に立って考えることができるようになったのです。

駒尺喜美の本の論旨は、『源氏物語』は女性作家である紫式部が、光源氏をはじめとする男性がいかに非道であるかを訴えるために物語を書いたのだというものです。ここに書かれている「おずおずと」「光源氏が強姦者」だと言い出した「男の研究者」というのが、今井源衛で、具体的には「女の書く物語はレイプからはじまる」(『王朝の物語と漢詩文』収録、笠間書店、一九九〇年)という論文をさしています。元々これは一九八九年に「女の書く物語の発端」として書かれたもので、一九九〇年にこのタイトルに書き改めて出版されました。この論文には「源氏の恋愛遍歴の第一歩は、あきらかに今日のいわゆるレイプをもって開始されたのである」と書かれています。その「レイプ」とは「男性の情欲に衝き動かされた力—暴力」だというのです。「今日のいわゆるレイプ」と言っていますが、一夫一妻制の今日の男女の性愛と平安時代の関係はまったく異なっているわけですから、今の価値観をあてはめて批判してもはじまらない、というのは国際関係学科でさまざまに価値観の異なる国々について勉強している皆さんには直感的にわかりますよね。

その後、『源氏物語』の現代語訳をした瀬戸内寂聴が、やはり光源氏のレイプ説を主張しました。一九九九年五月二八日付の『ニューヨーク・タイムズ』紙に、全訳を終えたばかりの瀬戸内寂聴のインタビュー記事が載りました。タイトルは、"The Nun's Best Seller:1000-year-old Love Story"、瀬戸内寂聴は出家して尼となっていますので、「尼のベストセラー——千年前のラブストーリー」となっているのですね。

この記事のなかでインタビュアーのニコラス・クリストフが「源氏の女たちとの関係はふつう誘惑の行為だといわれていますが」というと、瀬戸内は笑い飛ばして、「誘惑なんかじゃないわよ、あれは完全にレイプよ」と言った、とあります。原文をみてみましょうか。

While Genji's liaisons are normally described as seductions, Ms.Setouchi scoffs at that. "It was all rape, not seduction," she says.

この記事が掲載されたのは一九九九年で、ちょうどロイヤル・タイラーの英訳出版が準備されていた頃でした。タイラー訳は二〇〇一年に出るのですが、せっかく苦労して翻訳した『源氏物語』なのに、あれはレイプのお話なんでしょう？　などという評判が英語圏で伝わっているとしたら、とんでもないことです。そもそもレイプであるなら、それを許容する態度自体、あり得ないことです。あれはレイプなのよといいながら、それを楽しむ態度こそが、日本的であると言っていいかもしれません。

そもそもどうしてレイプ論がでてきたのかというと、これは日本にフェミニズムが入ってきたプロセスと関わっています。フェミニズムやジェンダー論、セクシュアリティ論は主にアメリカで先行していた議論で、日本ではそれを輸入して導入しています。駒尺喜美の『紫式部のメッセージ』が出た頃は、ちょうどフェミニズムのなかのアンチ・ポルノ論、レイプ論の日本語訳が出版されている頃でした。アンチ・ポルノ運動というのは、ポルノが男性の、女性に対する暴力を幻想させ、助長させるものだとして、ポルノ撲滅を主張する運動です。男性の暴力的な性というのは、主にレイプというかたちで発現しますから、ポルノでレイプのイメージをくり返しみることで、男性はレイプをしても良いのだと考えるのだといった考え方をするのです。こうした議論には、アンドレア・ドウォーキン『インターコース』があるのですが、原文の出版が一九八七年で、日本語訳は、一九八九年に出ています。フェミニズムに興味がある人たちのあいだでは、かなり話題になった本です。同じくドウォーキンの『ポルノグラフィ』は、原文の出版が一九七九年で、日本語訳は一九九一年に出ました。その他に、キャサリン・マッキノンの『ポルノグラフィ』（一九九三年）は一九九五年に日本語訳が出ました。ポルノは男性の攻撃的な性欲を刺激するという単純な考え方は、その後すぐに否定されていきます。なにもポルノは男性だけのものではないし、女性だってポルノをみて性愛を楽しみたい。円満な性愛関係においてポルノグラフィは必ずしも否定されるべきものではないという考え方がでてきて、女性向けポルノをとくに「エロティカ」と言い分ける動きがありました。女性監督のマヤ・ガルスが撮った、その名も『エロティカ』（一九九七年）は、『O嬢の物語』の作者、ポーリーヌ・レアージュのインタビューを取り込んだドキュメンタリー映画で、日本でも公開されました。『O嬢の物語』はSMに没頭する女性を描いた小説で、女性のほうがマゾヒストですので、女性に対する暴力として解釈されてもおかしくないものでした。同じころ、カトリーヌ・ブレイヤ『ロマンスX』（一九九九年）も日本にやってきます。一九九八年は今ではおなじみのアメリカのテレビシリーズ『セックス・アンド・ザ・シティ』の放映がはじまった年でした。旺盛に性生活を楽しむ女性登場人物を配して、しかもテレビドラマとして流したのです。フェミニズムのほうでも、一九九〇年にすでにマッキノンらのポルノグラフィ論に反論がでていて、アンチ・ポルノは主流ではありませんでした。その反論をしたのがフェミニズムの流れを大きく変えることになったジュディス・バトラー『ジェンダー・トラブル』（一九九〇年）でした。ところが一九九〇年に出版されたこの本の日本語訳がでたのは、一九九九年のことでした。ざっと一〇年のブランクを経てようやく日本に到着したのです。アメリカではバトラーを中心とした議論がはじまっているなかで、日本ではポルノ批判、レイプ批判こそがフェミニズムの中心だという状況が長く続いてしまったのです。

もちろんアメリカ文学の研究者や英語の読める研究者たちは、すでにバトラーを読みこなしていましたから、翻訳文化に頼りきりの『源氏物語』研究だけが取り残されていたともいえます。

一つ面白い引用をしておきましょう。「ポルノグラフィは理論であり、レイプは実践である」と述べたアンチ・ポルノの論客、ロビン・モーガンは、「理論と実践――ポルノグラフィとレイプ」（一九七七年）という論文のなかで、なんと『源氏物語』を引用して次のように書いています。

　そういうわけで、ポルノグラフィは性差別主義者（セクシスト）のプロパガンダに他ならないということがわかるだろう。それは、本当の意味でエロティックな芸術――たとえば、平安時代の偉大なる日本の小説家、紫式部が書いた『源氏物語』のようなもの――とはまったく別物なのである。

アンチ・ポルノを主張する人でさえ、『源氏物語』は「エロティックな芸術」なのであって、ポルノではないと断言しているのに、どうしてわざわざ日本の研究者が『源氏物語』ポルノ説を宣伝しなければならないのでしょう。

さて、ここでレイプ論について、二つの側面から反論をしておきましょう。

一つは、光源氏が空蝉をレイプしたといった場合の「レイプ」が何を意味しているのかという点です。それには、当時の婚姻関係を理解する必要があります。まず一夫一妻制ではないということ、そして通い婚であるということが重要です。男性が女性のもとへ通っていくためには、なんらかのかたちで女性の家の者と交渉がなければなりません。父親であるとか、お付きの女房であるとか、門をあけてもらって、邸に入れてもらって、なおかつ女の寝ている寝所に案内してくれる人がいなければ、忍者ではないのですから、男性は女性のもとにたどり着くことができません。少し前の日本の結婚が両親によって取り決められ、顔もみたことのない人と結婚することがあったように、基本的には当人同士が自由に選ぶわけにはいかないシステムだったのです。

源氏と空蝉の場合はどうだったでしょうか。紀伊守の邸にいくにあたって、源氏は女性をそば近くに置くように注文していて、紀伊守もそれに同意していました。はじめに源氏が思いをはせるのは紀伊守の妹です。気位高く育てられたと評判の娘でしたが、紀伊守との会話で継母の空蝉へと興味がうつっていったのでした。そしてその空蝉はどこに寝ているのかとまで尋ねています。大人数が泊まっていた邸の部屋割りを指示したのは紀伊守です。源氏の寝所のすぐ隣りに寝かされていて、しかも掛け金ははずしてあった。紀伊守と何らかのネゴシエイトがあったことが濃厚に伝わる書きぶりでした。客人にたいするもてなしとしての一夜妻ならば、嫁入り前の妹よりも、後妻にはいった空蝉こそがふさわしいという紀伊守の計算がはたらいたのかもしれません。

もう一つは、源氏と関係をもったことについて、空蝉自身がどのように思っていたかという問題です。空蝉の心にずっと引っかかっていたのは、伊予介に嫁ぐ前に会いたかったということでした。源氏に惹かれていることも十分に表現されていました。だとしたら、これをレイプと呼んでしまうことのほうが、むしろフェミニズム的には問題です。女はレイプされても結局は性的に興奮しているのだ、喜んでいるのだ(だから合意だった)、というのはレイプ犯のいう常套句ですが、そうした間違った幻想をさらに強化することになってしまうからです。レイプを犯罪として糾弾するならば、空蝉は、レイプされても源氏のことを思っているという言い方だけは断じてしてはならないでしょう。レイプ犯の言説を正当化することに加担することになるからです。空蝉物語には確かに女の苦悩が描かれていますが、それはレイプがあったからではなく、没落し、位を落とし、望まない結婚をせざるを得なかった運のつたなさへの嘆きなのです。

以上が、空蝉レイプ論のあらましでした。皆さんは読んでみてどのような感想をもちましたか。

光源氏と少年愛

さて、「帚木」巻の後半を大胆にとばして「空蝉」巻に入りたいと思いますが、「帚木」巻の最終場面だけ読んでおきましょう。空蝉に会おうと源氏は弟の小君を使ってあれこれ試みるのですが、なにしろ幼い少年のすることですのでなかなか首尾よくいきません。手紙の返事すらとりつけてくることができないのです。そこで源氏は小君に自分こそが伊予介よりも先に空蝉を見初めていたのだとホラ吹きます。

「あこは知らじな。その伊予の翁《おきな》よりは先に見し人ぞ。されど頼もしげなく頸細《くびほそ》しとてふつつかなる後見《うしろみ》まうけて、かくあなづり給ふなめり。さりとも、あこはわが子にてをあれよ。この頼もし人は行く先みじかかりなん」とのたまへば、さもやありけん、いみじかりけることかなと思へる、をかしとおぼす。

「おまえは知るまいな。私は伊予の翁より先にあの人と会っているのだよ。けれども、私が頼りないといって、無骨な後見役を手に入れて、こうしてばかにしているらしい。それでも、おまえは私の子でいておくれ。頼もしいという人だって老い先みじかいだろうから」。小君は素直に「そうだったのか、とんでもないことだな」と思っているので、源氏はおかしく思っている。この「をかしとおぼす」で、嘘をついているというのがわかりますね。源氏に同情した小君は、源氏を紀伊守の邸に再び引き入れますが、うまいこと空蝉に会わせることができませんでした。寂しき独り寝の夜を過ごすことになって源氏は「よし、あこだにな捨てそ」、おまえだけは見捨てないでおくれ、と言って、小君を傍らに添い寝させます。

若くなつかしき御ありさまをうれしくめでたしと思ひたれば、つれなき人よりはなかなかあはれに思《おぼ》さるる、とぞ。

小君は若くて魅力的な源氏をすばらしく立派だと思っています。源氏は小君の崇拝の気持ちを慰めとして、つれない態度の姉君よりはかえってこの弟をいとおしく思っている。最後に「とぞ」とついていますので、「〜とさ」といった伝聞のかたちをとっています。誰かに聞いた話を書き留めたかのような体裁がとられているのですね。

この場面が「空蝉」巻の冒頭にそのまま連なっています。

寝られたまはぬままには、「我はかく人に憎まれてもならはぬを、今宵《こよひ》なむはじめて憂しと世を思ひ知りぬれば、恥づかしくてながらふまじうこそ思ひなりぬれ」などのたまへば、涙をさへこぼして臥したり。いとらうたしと思《おぼ》す。

源氏は眠れぬままに小君あいてに「私はこんなふうに人に憎まれることがなかったのに、今夜ははじめて世の中の憂いを思い知ったから、恥ずかしくてもう長生きできない気がする」などと愚痴っています。小君が涙を流して悲しんでいるので、源氏はかわいいなと思っています。

手さぐりの細く小さきほど、髪のいと長からざりしけはひのさま通ひたるも、思ひなしにや、あはれなり。

源氏は、小君の身体を手探りに愛撫しています。細く小柄な感じ、髪のそれほど長くない様子が姉君によく似ていて、姉と重ね合わせて思うからか、愛情を感じている、というのです。小君はまだ元服前で、髪を長く伸ばしている童姿なのです。かつて童姿の光源氏が弘徽殿女御の娘たちと引き比べられていたように、女の子のように美しい少年なのでしょう。このように似ているきょうだいが性別を超えて同等の魅力を感じさせることは、たとえば『とりかへばや物語』にも描かれていて、当時の物語世界にはさほど珍しいことではありませんでした。性愛を含んだ愛情関係は性別の差異を超えて発生しうることが、こんなさりげない描写からもわかります。

幼な心に源氏に尽くしたいと思う小君は、再び源氏を伊予守邸に引き入れる機会をつくります。夕暮れ時にたどりついた源氏は、女たちが碁をうって遊んでいるのを盗み見ます。古典の世界では、これを覗き見とは言わないで、「垣間見《かいまみ》」と言います。

源氏は空蝉がどんな人かは手探りの感触でしかわかっていないのです。夜に男性が女性のもとへ忍び込むかたちで逢瀬を遂げる場合には、薄暗い灯りのなかですからお互いに顔などは分からないのですね。ですから顔を先に見て容姿で相手を選ぶことはほとんどありません。まずは、身分や手紙の文字、紙選びのセンス、和歌の才能などで妄想するのです。だからといってまったく容姿に興味がなかったわけでもありません。逢瀬のあとで、いったいどんな人なんだろうと思って顔を見ようとすることがあります。この空蝉の場合もそうですし、あとでてくる末摘花などもそうです。

火近うともしたり。母屋《もや》の中柱《なかばしら》にそばめる人やわが心かくると、まづ目とどめたまへば、濃き綾《あや》の単襲《ひとへがさね》なめり、何にかあらむ上に着て、頭つき細やかに小さき人のものげなき姿ぞしたる、顔などはさし向かひたらむ人などにもわざと見ゆまじうもてなしたり。手つき痩せ痩せにて、いたう引き隠しためり。

灯りを近くにともしているので、よく見えます。母屋の中柱のところに空蝉と思しき人がいると思って目をとめます。濃い色の綾織りの下着用の一枚じたての着物を二枚重ねた上に、上着を着ているようです。小さくてきゃしゃな感じの人です。空蝉は、女同士でいても相手に顔がはっきり見えないように、扇をあてたり、袖をあてたりして隠しています。だから源氏にも顔はよく見えていない状態です。その代りに手に目がいくのですね。瘦せた手をむきだしにはしないで袖のなかに引き入れています。碁をしているので、碁盤をはさんで向かい合っている女がもう一人います。

いま一人は東向《ひむがしむ》きにて、残る所なく見ゆ。白き薄物《うすもの》の単襲《ひとへがさね》、二あゐの小袿《こうちき》だつものないがしろに着なして、紅《くれなゐ》の腰引き結へる際《きは》まで胸あらはに、はうぞくなるもてなしなり。いと白うをかしげにつぶつぶと肥えてそぞろかなる人の、頭つき額《ひたひ》つきものあざやかに、まみ、口つきいと愛敬《あいぎやう》づき、はなやかなるかたちなり。髪はいとふさやかにて、長くはあらねど、下《さ》がり端《は》、肩のほどきよげに、すべていとねぢけたる所なくをかしげなる人と見えたり。むべこそ親の世になくは思ふらめとをかしく見給ふ。心地ぞなほ静かなるけを添へばやとふと見ゆる。

もう一人の女性は、紀伊守の妹、空蟬にとっては義理の娘で、軒端の荻と通称されています。源氏のほうを向いているようで「残る所なく」丸見えになっています。白くて薄い生地でできた一枚じたての着物を重ねた上に、小袿といって十二単を着た時の一番上に着る少し丈の短めの上着を着ています。二藍というのは紅花と藍で染めた色で、赤みがかった青だと注にありますね。江戸時代とは違って、平安時代の装束は女性も袴姿です。江戸の着物に似たかたちの衣を下着として、その上に赤い袴を着けます。その上に帯のない状態で次々に上着を重ねて着るスタイルです。

いま軒葉の荻は、女同士の気安さから、そして暑さから、下着の着物を袴の紐のところまで、胸もあらわにはだけています。これはエロティックというよりは、だらしがないというか、嗜みのないものとみられています。源氏が、胸が見えてよかったという反応はしてないことに注意しましょう。あらわになった肉体は「いと白うをかしげにつぶつぶと肥えて」、とあってちょっとぽっちゃりめです。髪の毛や額の感じがよくて、目のあたり、口元も可愛らしいと言ってます。はっきりした顔立ちで、美人さんなのですね。

髪もたっぷりとしていて、長さが長いわけではないけれども、「下がり端」といって顔の周りの毛を肩のあたりで切って段がつけてあるところも手入れの行き届いた感じにきちっと切ってある。欠点もなく美しい人だと源氏はみています。ここに髪についての描写が長々入っているのも平安時代の特徴です。「髪は女の命」ではないですが、容姿の美醜には顔だちだけではなくて、髪の質も要素として入っていました。髪の毛がたっぷりふさふさしているというのが、女性の美しさの一つの条件になっています。歳をとると、だんだん毛が痩せてきて、毛先が薄くなったりしますが、それは魅力的ではないと考えられているのです。

これだけ美しいのだから、軒端の荻はきっとよい縁組を結べるでしょうし、親がこの娘を大切に育てているのはもっともだなと源氏は思うわけですが、もう少し落ち着いた態度であればなあと評しています。ちょっと品がない人なんですね。

かどなきにはあるまじ。碁打ちはてて、闕《けち》さすわたり、心とげに見えてきはきはとさうどけば、奥の人はいと静かにのどめて、「待ち給へや。そこは持《ぢ》にこそあらめ、このわたりの劫《こふ》をこそ」など言へど、「いで、このたびは負けにけり。隅の所、いでいで」と指をかがめて、「十《とお》、二十《はた》、三十《みそ》、四十《よそ》」などかぞふるさま、伊予の湯桁《ゆげた》もたどたどしかるまじう見ゆ。すこし品《しな》おくれたり。

碁のゲームが終って、軒端の荻は自分がどれだけとったかを指を折って数えています。空蝉がちょっと待ってというのに、「いや、こんどは負けました。隅の所は、どれどれ」とせっかちに遮る軒端の荻の様子も、品がないですが、そもそも物を数えあげる行為自体が下品な振る舞いとしてみられています。彼女は伊予介の娘ですから、源氏は「伊予の湯桁もたどたどしかるまじう見ゆ」などと連想します。伊予の道後温泉の風俗歌に「伊予の湯の　湯桁はいくつ　いさ知らず　や　かずへずよまず　やれ　そよや　なよや　君ぞ知るらう　や」という歌があったからです。湯桁は木枠で湯船を区分けするためのものだったようです。「すこし品《しな》をくれたり」は、下品だということですね。

さて、それに対して空蝉です。口元に着物の袖や扇をあてて顔を見せないのだけれども、光源氏が一生懸命見ていると顔が見えてきます。空蝉はどんな顔だちをしているのでしょうか。

　たとしへなく口おほひてさやかにも見せねど、目をしつけたまへれば、おのづから側目《そばめ》も見ゆ。目すこし離れたる心地して、鼻などもあざやかなるところなうねびれて、にほはしきところも見えず、言ひ立つればわろきに寄れるかたちを、いといたうもてつけて、このまされる人よりは心あらむと目とどめつべきさましたり。

まず、目が少し離れていると言っていますね。鼻筋がとおっているわけではなくて老けてみえる。つやっぽさもない。「言ひ立てればわろきに寄れるかたち」、言ってみればブサイクなんだけれども、雰囲気があるんですね。美人の軒端の荻よりも魅力的なだなあと惹きつけられる様子だというのです。

このあと、源氏は空蝉との逢瀬を果たしに寝所に忍び込みますが、空蝉がすんでのところで気づいて逃げて、軒端の荻と関係してしまいます。人違いだったわけですが、それでも、それはそれで楽しんだのは、ただ下品な人だと思っていただけではなくて、やっぱり軒端の荻もかわいいし捨てがたい魅力があると感じていたからでもあるのでした。

にぎははしう愛敬《あいぎやう》づきをかしげなるを、いよいよほこりかにうちとけて、笑ひなどそぼるれば、にほひ多く見えて、さる方にいとをかしき人ざまなり。あはつけしとは思《おぼ》しながら、まめならぬ御心はこれもえ思《おぼ》し放つまじかりけり。

軒端の荻は明るくてかわいらしくて美人だが、ますますはしゃいで笑い戯れているので、だから、ダメだというかと思えば、これはこれでそそられるタイプであるというのですね。軽々しい人だとは思いながらも、まじめというわけではない源氏の心には、この人もまた捨てがたく思うのであった、というのです。この好印象があるからこそ、空蝉の代わりとしてであっても情交にいたったわけです。

女を取り違える

さて、小君の名誉挽回。源氏を空蝉の寝所に引き入れます。

女は、さこそ忘れ給ふをうれしきに思ひなせど、あやしく夢のやうなることを、心に離るる折なきころにて、心とけたる寝《い》だに寝《ね》られずなむ、昼はながめ、夜は寝覚《ねさ》めがちなれば、春ならぬ木の芽《こめ》もいとなく嘆かしきに、碁打ちつる君、今宵はこなたにと今めかしくうち語らひて寝《ね》にけり。若き人は何心なくいとようまどろみたるべし。かかるけはひのいと香ばしくうち匂ふに、顔をもたげたるに、単衣《ひとへ》うちかけたる几帳の透き間に、暗けれどうちみじろき寄るけはひいとしるし。あさましくおぼえて、ともかくも思ひ分かれず、やをら起き出でて、生絹《すずし》なる単衣《ひとへ》をひとつ着てすべり出《い》でにけり。

空蝉は、最近すっかり源氏からの音沙汰がないので、源氏が自分のことを忘れてしまったことをうれしいことだと思おうとするのだけれども、不思議な夢のような逢瀬が心から離れることがない。このごろはぐっすりと寝つけずに、昼は源氏のことを考えて、夜も目覚めがちです。源氏のことが忘れられずにいたのですね。「ながめ」というのは、長雨とのかけことばで、雨の日につれづれ庭を眺めて、ぼーっと物思いにふけっているときに使われることばです。「春ならぬ木の芽」は「夜は覚め昼はながめに暮らされて春は木の芽もいとなかりける」という歌をもじったもので、いまは夏ですので「春ならぬ木の芽」となっていますが、当時の読者はすぐにも「夜は覚め昼はながめに暮らされて」を思い出して読んだわけですね。

「木の芽」は、「この目」をかけていて、ずっと目覚めているわけですから、この目も休む間がなく、思い悩んでいるというのです。碁を打っていた軒端の荻が今夜はここで寝るといって、にぎやかにおしゃべりしていましたが、とくに悩みがあるわけでもないので、どうやら眠ってしまったようです。すると、なにやら良い香りが漂ってきます。空蝉が顔をあげると、几帳のすきまから、暗いなかを人がにじりよってくるのが見えた。すぐに源氏だと気づいたので「あさましくおぼえて」というのですね。びっくりして無我夢中で起きだして着物を引きかけて部屋からすべり出ます。

君は入り給ひて、ただひとり臥したるを心やすく思す。床の下《しも》に二人ばかりぞ臥したる。衣《きぬ》をおしやりて寄り給へるに、ありしけはひよりはものものしくおぼゆれど、思ほしも寄らずかし。いぎたなきさまなどぞあやしく変はりて、やうやう見あらはし給ひて、あさましく心やましけれど、人違《たが》へとたどりて見えんもをこがましく、あやしと思ふべし、本意《ほい》の人を尋ね寄らむも、かばかり逃るる心あめれば、かひなうをこにこそ思はめと思《おぼ》す。かのをかしかりつる火影《ほかげ》ならばいかがはせむに思《おぼ》しなるも悪《わ》ろき御心浅さなめりかし。

入れ違いに源氏が入ってきます。女が一人で寝ているのでほっとしています。床の下手《しもて》に二人寝ているのはおそらく女房たちです。女君がかけている衣をよけて抱き寄せるのですが、どうも感じが違うのですね。前より肉感的な感じがする。それでも間違いだなどとは思いもよらない。小君にここに空蟬が寝ていますよと言われて部屋に忍び込んだわけですから。「寝汚《いぎたな》きさま」で、要するにあられもなく爆睡中なわけです。空蟬はそんな人ではなかったはず。それでだんだん人違いだとわかってくるのですね。ただ、ここで間違えちゃった！　と言ってしまうと、いったい誰と間違えたのかという問題になって不都合です。それにこうやって逃げ去ってしまったことを思うと空蟬を追いかけても思いを遂げられそうにない。さっき垣間見したあのかわいい人ならば、まあいいかということにします。その判断について語り手が「悪ろき御心浅さなめりかし」つまり軽薄だと評しているのですね。

やうやう目覚めて、いとおぼえずあさましきに、あきれたるけしきにて、何の心深くいとほしき用意もなし。世の中をまだ思ひ知らぬほどよりはされればみたる方にて、あえかにも思ひまどはず。われとも知らせじと思《おぼ》せど、いかにしてかかることぞと後《のち》に思ひめぐらさむも、わがためにはことにもあらねど、あのつらき人のあながちに名《な》をつつむもさすがにいとほしければ、たびたびの御方違へにことつけ給ひしさまを、いとよう言ひなし給ふ。たどらむ人は心得つべけれど、まだいと若き心地に、さこそさし過ぎたるやうなれど、えしも思ひ分かず。

やっと軒端の荻が目を覚まします。ただただびっくりしているのですが、「世の中をまだ思ひ知らぬほどよりはさればみたる方にて」なんて言われています。「世」「世の中」はこの場合は男女の仲を言いますから、まだ男女の仲を知らないわりには、恋愛のイロハをわかっている感じで、大騒ぎして拒絶するなどはしない。源氏は、正体を明かさないつもりでしたが、あとで詮索されると、この関係をひたかくしにしている空蝉に不都合があると思って、たびたびの方違えであなたのことを知りまして、とかなんとか、とりつくろうわけです。軒端の荻はお相手が源氏だとわかって喜んでいて、まさか空蝉が本命だとは思いもよらない様子です。空蝉との逢瀬のときと全く同じ状況で、軒端の荻にはレイプ論が出てこないところをみると、やはり物語は空蝉の宿運のつたなさを描こうとしたのだとわかりますね。

この思いがけない情交のあと、源氏は空蝉が脱ぎ捨てたとおぼしき薄衣を手に去っていきます。夜明け前に小君の手引きで紀伊守邸を抜け出すのですが、すんでのところでお腹を下してトイレにかけこむ年老いた女房にみつかりそうになるなどの笑えるハプニングもあります。

ちなみに、女たちの呼称ですが、いま空蝉、軒端の荻などと便宜上呼んでいますが、実際は、「女」「あのつめたい人」「火影にみた人」などとあって、本文には空蝉、軒端の荻とは出てきていませんね。つまりこれは物語が指定した名前ではなくて、あとから読者が呼び習わしてつけている名前なのです。

では、なぜ空蝉が空蝉と呼ばれているかというと、源氏が手に入れた衣に由来しています。源氏は彼女の匂いのしみた衣を抱きしめて床《とこ》に就き、空蝉に次の歌を贈ります。

空蝉の身をかへてける木《こ》の元《もと》になほ人柄の懐かしきかな

これを贈られた空蝉は、ああ、あの私の汗の染みた上着をあの方が持って行ってしまわれたのだわ、恥ずかしい、というふうに思います。空蝉は、蝉のぬけがらですから、あなたは蝉となって飛んで行ってしまったけれど、かつてあなたがいた木のところであなたをなつかしく想っていますという歌です。この歌から、あの空蝉の歌の女、空蝉の女、空蝉、と呼ばれているわけです。

この「空蝉」の巻は細かく読むといろいろに笑える場面が多くて、愉しい展開をするところですので、あらためて全体を読んでみてください。

みんなのコメント❺

● 駒尺喜美さんや今井源衛さん、瀬戸内寂聴さんの「源氏物語はレイプの話だ」という捉え方は、私の中にはなかった。先生はレイプと言って良いのだろうかとおっしゃっていたが、私はレイプとしての一面もあるのではないかと思った。女房とネゴシエイトをして中に入れてもらったとしても、女性の方の了解はあるのだろうか。美しい愛が描かれていると思った源氏物語も捉え方によっては違う見方ができてしまうことを知り、色々と考えさせられた。

●源氏の女の口説き方が甘すぎベタすぎのキザ男と思い、鳥肌がたって苦笑いしてしまった。昔の人にとってはこれが普通だったのだろうか。それとも女の人である紫式部が自分の理想を書いた、今の少女マンガみたいなものだったのかとも考えた。空蝉のレイプの話では女の人は自分の考えをはっきり言わないことが美徳とされていたから、いやよいやよも好きのうち？　本当に嫌でヤバいと思ったら大声をあげることだってできたと思う。

●高校の授業で源氏物語を扱っている時も光源氏はプレイボーイだという風に思っていたがレイピストだとは思ったことはなかった。レイプというと一方的なイメージがあり、源氏物語では女性もある程度の合意があると思うのでレイプとは思えない。

●今の時代は草食系男子などと言われ、恋愛に積極的でない男性が多いようですが平安時代の男性はすごく積極的だったのだなと思いました。もし自分が源氏物語のような話を書くとしたら、このような恋愛ものは自分で書いていて恥ずかしくなってきて書けないような気がしますが、こういうものを書いた作者はやはりすごいなと思いました。

●やっぱり光源氏くどくのうまいですね。いっていることはよく考えるとすごくキザっぽいですけど、なぜか光源氏が言うといやらしくなく美しく思えるのがくやしいような気もしますが……。かっこいい！というより上品で美しいです。空蝉の反応も大人しくおしとやかなかわいらしい感じでますます光源氏を夢中にさせて何だこの人は!! といいたくなります。

平安時代は契りとか前世からの因縁とかを出しますね。こんなことを言われたら断りにくくなってしまいます……。今でも「運命だわ!」とかいったりしますけど、それよりも少し重い感じがします。

空蝉もまんざら嫌でもなさそうに見えるのでレイプと言ってしまうとちょっと光源氏がかわいそうな気もします。紫式部は本当に男のひどさ、光源氏のひどさを書きたかったんでしょうか? だとしたらこんなに光源氏を美しく描き出すでしょうか? ただ単にちゃらちゃらしてる無理やりなひどい男には思えません。光源氏が魅力的すぎて女も多少なりとも受け入れる気持ちがあるから関係をもつのではないでしょうか。それを「レイプ」で片付けてしまうのは納得がいきません。紫式部の真意はわかりませんが源氏物語はもっと深い意味や美しさが込められている気がします。じゃなければこんなに何巻も書かないし、世界中の人を魅了して受け継がれることはなかったと思います。

● 昔はたしかに(今も?)女性の性欲を認めない考えがあって、『源氏物語』がレイプ物語だと思う人がいるのだな、と少し納得がいきました。女性にも性欲があるし、全面的に出せる時代に少しはなったのかもしれないと思いました。

● 昔も朝チュンってあったんですね!

● 授業のなかで女性の胸元がはだけていてはしたないといった内容が出てきましたが現在ではそれを見てだらしないなと思う男性と興奮する男性がいると思います。昔も見れてラッキーと思う男性は必ずいたと私は思いました。だって今よりも男性が女性を見る機会は極端にすくないのならば想像がふくらみにふくらんでエッチ？　スケベ？　になるんじゃないかな。

●それでいいのか⁉　と現代の感覚からしたらつっこみ所が満載だった。屋内とはいえ胸元をはだけさせていたり、空蝉は一緒に寝ていた軒端の荻を置いて逃げてしまうし。軒端の荻が言い寄られていきなり源氏と関係持ってしまうところには更にびっくり。今〝養殖女子〟というのが流行しているらしいが空蝉がこれにぴったりだと思った。品があって、常識と教養がある。

●レイプの話はとても興味深かったです。そういったことがきちんとした学問になるというのもおもしろいと感じました。高校のころにまんがで読む『源氏物語』を読みましたが、そのときは、源氏は今でいう「ちょーイケメン！」で女たちはどちらかというと楽しんでイケメンにもてあそばれていたのだと思っていました。人によって解釈が異なるというのもこの物語の魅力なのだと思います。

●Sex and the City や anan のセックス特集が話題になったりするのをみると「性的なものは男性のもの」という意識が日本でもようやく薄れてきたのかなと思います。『源氏物語』の時代にはオープンには言えなかったと思いますが「女の欲」の部分はいまもむかしも変わっていないと思います。

第六回　女性像をめぐる論争――「夕顔」巻

夕顔の女との出逢い

「夕顔」の巻に入りましょう。この巻は短篇としてもよくまとまっていて、臨場感のある書きぶりでたいへん読みやすい巻です。この巻には、夕顔の女と呼ばれる人物が出てきます。といってもこの夕顔というのもあだ名であって名前ではないのです。冒頭から見てみましょう。

六条わたりの御忍び歩《あり》きのころ、内よりまかで給ふ中宿《なかやど》りに、大弐《だいに》の乳母《めのと》のいたくわづらひて尼《あま》になりにける、とぶらはむとて、五条なる家たづねておはしたり。

「六条わたりの御忍び歩きのころ」と突然話がはじまるのですが、六条は後で出てくる六条御息所という女性が住んでいるところです。六条御息所というのは、先の東宮の未亡人です。東宮妃だったのですが東宮が亡くなって、里邸に暮らしているのです。そこに光源氏は通っているわけですね。忍び歩きというのですから、こっそり通って関係を結んでいるわけです。六条というのは、京都の地名の六条です。光源氏は二条に里邸を持っていましたね。京都は当時も現在もほとんど変わりませんのでいまの地図を思い浮かべてみればわかると思います。現在、新幹線の京都駅があるのは八条口ですよね。盛り場があるのが四条あたりです。四条から二つ南へ下がったところが六条なんですけれども、後に源氏はこの六条御息所の邸を引き継いで、自分の大きな邸を持ち、それが六条院と呼ばれることになります。六条へ向かう途中の五条に源氏の乳母が住んでいて病気で寝込んでいるので、ついでにお見舞いに行くのです。大弐の乳母は、いまは乳母職を引退して尼になっています。尼といっても、尼寺にいるわけではなくて、在家の尼で、俗世とは縁を切って来世（死後）のためにお経を読んで過ごしているのです。

御車入るべき門《かど》は鎖したりければ、人して惟光《これみつ》召させて待たせ給ひけるほど、むつかしげなる大路のさまを見わたし給へるに、この家のかたはらに、檜垣《ひがき》といふもの新しうして、上《かみ》は半蔀《はじとみ》四五間《けん》ばかり上げわたして、簾《すだれ》などもいと白う涼しげなるに、をかしき額つきの透影《すきかげ》あまた見えてのぞく。立ちさまよふらむ下《しも》つ方《かた》思ひやるに、あながちに丈高《たけたか》き心地ぞする。いかなる者の集へるならむと、様変《やう》はりて思さる。

車を引き入れる門のところが閉まっていたので、すんなり乳母の家の敷地に入れなくて車ごと立往生しているのですね。ここに出てくる惟光《これみつ》が、源氏の乳母の実子です。つまり源氏にとっての乳母子《めのとご》にあたります。子どものときから同じお乳を吸って育った乳兄弟《ちきょうだい》です。それが従者として光源氏に仕えているわけですね。乳母子とは階層差がありますが、実の兄弟よりも親密な関係にあります。きょうだいが生まれてもそれぞれに別の乳母がつきますから、むしろきょうだいは一緒に育つわけではないのです。乳母は母親の代わりにお乳をあげる役目も負いますから、ちょうど同じころに実子を産んでいます。乳母子を幼い頃には遊び相手とし、成長後は気心の知れた従者として仕えさせるのです。

このあたりは「むつかしげなる大路」とありますので、少し寂れた地域なのですね。乳母の家の隣に檜垣《ひがき》をめぐらせた家があります。「半蔀《はじとみ》」というのは、下から突き上げて開き、つっかえ棒で留めておくかたちの上の方にある窓です。内側には簾《すだれ》が白いのがかかっている。そこから女の人たちが覗いている額が見えている、そういう状態です。

そんな上のほうに額がみえているので、ものすごい背伸びをしているのかしら、下のほうはどうなっているんだろう、背の高い人がたくさんいるみたいに見えるなあと、ここは源氏の視点から描かれているところですね。こういうところにあまり来なれてないので、どういう人がいるのかしらと光源氏は思っているのですね。

御車もいたくやつしたまへり、前駆《さき》も追はせ給はず、たれとか知らむとうちとけ給ひて、すこしさしのぞきたまへれば、門《かど》は蔀《しとみ》のやうなる押し上げたる、見入れのほどなくものはかなき住まひを、あはれにいづこかさしてと思ほしなせば、玉《たま》の台《うてな》も同じことなり。

光源氏はこのとき車で来ていますが、いつも乗るような豪華な車ではなく、もっと下の身分の人が乗るような質素な車に、わざと乗ってきています。忍び歩きの途中ですから、光源氏だと分からないように「やつして」いるわけです。「前駆《さき》」というのは、みなさんに馴染みのあるところでいえば、時代劇で殿様が通るときに、「下に〜、下に〜」などと先頭を行く人がいますよね。それと同じです。前駆《さき》が声を出して、道を開けさせるのです。そういう人を連れて歩くと、おのずと身分が高い人だと分ってしまうので、それもやらせていない。それで自分が誰だか見破られないだろうと気を緩めていて、車から顔をだして外をのぞき見ます。貧しげな家を見て、こんな家に住んでいようが、「玉の台」たる大御殿に住んでいようが、死んでしまったら同じところに行くんだなあということを、しみじみ考えている。

切懸《きりかけ》だつ物に、いと青やかなる葛《かづら》の心地よげに這ひかかれるに、白き花ぞおのれひとり笑みの眉ひらけたる、「をちかた人にもの申す」とひとりごち給ふを、御隨身《みずいじん》ついゐて、「かの白く咲けるをなむ夕顔と申しはべる。花の名は人めきて、かうあやしき垣根になん咲きはべりける」と申す。

塀のところに青々としたつる草がはい伸びていて、そこに白い花が咲いています。これが夕顔の花です。かたちは朝顔に似ていますが、もっと大きな花です。これを見て源氏は「をちかた人にもの申す」と独り言を言います。これは『古今和歌集』に載っている旋頭歌、民間で歌われた歌で、「うち渡すをちかた人にもの申すわれ　そのそこに白く咲けるは何の花ぞも」を引いているのです。本来は「そのそこ白く咲けるは何の花ぞも」と言いたいのですが、上の句だけを言っているのですね。それを聞いた賢い隋身が、この花は、夕顔と申しまして、花の名はまるで人の名前のようで、こうした貧乏くさいところに咲くんですよ、と言ったんですね。

げにいと小家《こいへ》がちにむつかしげなるわたりの、このもかのも、あやしくうちよろぼひて、むねむねしからぬ軒《のき》のつまなどに這《は》ひまつはれたるを、「口惜しの花の契りや。一房折りて参れ」とのたまへば、この押し上げたる門《かど》に入りて折る。

さすがにされたる遣戸口《やりどぐち》に、黄《き》なる生絹《すずし》の単袴《ひとへばかま》、長く着なしたる童《わらは》のをかしげなる出で来て、うち招く。白き扇のいたうこがしたるを、「これに置きて参らせよ。枝も情けなげなめる花を」とて取らせたれば、門《かど》開けて惟光朝臣出で来たるして奉らす。

「鍵を置きまどはしはべりて、いと不便なるわざなりや。もののあやめ見給へ分くべき人もはべらぬわたりなれど、らうがはしき大路に立ちおはしまして」とかしこまり申す。

大きな邸などなくて、小さい家ばかりが建つところで、夕顔があちこちの軒下をはいまつわっているのが見える。光源氏は「残念な花の運命だなあ、一房折ってまいれ」と言います。そこで先ほどから女たちが覗いている隣家へ随身《ずいじん》が行って花をとろうとしますが、遣戸口《やりどぐち》の扉のところに、黄色い生絹《すずし》、シースルーのような薄い生地でできた単重袴をはいている可愛らしい童が出てきて手招きをするのです。「いたうこがしたる」白い扇とありますが、「こがしたる」はお香をたきしめてあるということです。いい匂いのする白い扇を出して、ここに手折った花を置きなさいというのです。くたっとして一本立ちできないかたちの花ですからね。そうこうしているうちに、ようやく惟光がやってきます。そこで扇を随身から受け取って惟光が源氏に差し出しています。惟光は、鍵をどこに置いたか分からなくなって、こんなところにお待たせしてすみませんと恐縮しています。こうしてようやく光源氏はなかに入っていきます。

そこには、惟光の兄の阿闍梨つまり出家して僧侶となった人、それから、姉か妹とその婿で三河守についている人が集っています。源氏のおましに尼君は大変喜んで、こうして光源氏に会えたのだからもう今すぐお迎えが来てもいいと言っています。源氏は優しいので、ずっと思わしくない容態で心配していたが、尼となった姿をみて悲しいし残念だ。長生きして私が出世するところを見てください。悔いがのこるとよくないから、見届けてからなら「九品《ここのしな》の上《かみ》」にも生まれ変わるでしょうと言っています。

死後の世界と阿弥陀信仰

いまでもお年寄りが、「お迎えがきてくれない」などという言い方をすることがありますが、そのお迎えというのは阿弥陀仏がやってきて極楽浄土に連れて行ってくれるというイメージです。

当時は阿弥陀信仰が隆盛していました。現存するところでイメージしやすいのは宇治の平等院鳳凰堂でしょう。十円玉の裏側に描かれている寺院です。平等院鳳凰堂のお堂のなかには阿弥陀仏が座しています。その後ろの壁面に二十五菩薩が雲の上に乗って飛んでいます。雲中供養菩薩《うんちゅうくようぼさつ》と呼ばれていますが、楽器を持っている者や、踊っている者、歌っている者などがかたどられています。お堂の前には池があって、お堂の中は彼岸、つまりあの世の世界なのですね。池の向うがこの世、此岸になります。この世から池ごしに極楽浄土を眺められるように、ちょうど阿弥陀仏の前の格子戸の顔の部分が丸く抜いてあります。他に、この世からあの世を眺めるかたちに作られているものとして、浄瑠璃寺をあげておきましょう。平等院鳳凰堂の阿弥陀仏は一体ですが、浄瑠璃寺の場合は九体の阿弥陀仏が並んでいます。『源氏物語』を紫式部に書かせたといわれる藤原道長が、自分のために作った私寺である法成寺もこのような九体の阿弥陀仏を配しているものでした。道長はそのお堂で、九体の阿弥陀仏の手に通した紐を握りしめて亡くなったと言われています。阿弥陀仏に極楽浄土に迎えとってもらいたいという願いをこめて紐をとり、臨終を迎えたのです。道長が作った寺は、道長が亡くなったのちに焼けてなくなってしまいました。東京ですと、もっと新しいものになりますが、自由が丘のとなりの九品仏駅にある九品仏浄真寺が九体の阿弥陀仏をまつっています。

この九体仏が、源氏のいう「九品の上」をあらわしているわけです。極楽浄土は、九つの段階に分かれていると考えられていました。まず上中下があって、さらに上と中と下のそれぞれのなかが上中下に分かれています。上の上は上品上生《じょうぼんじょうしょう》、上品中生《じょうぼんちゅうしょう》、上品下生《じょうぼんげしょう》、一番下が下品下生《げぼんげしょう》というように。この世での行いによって行先は決まりますので、源氏の出世を見届けてからなら上品上生に生まれ変わるでしょう、と言ったのです。ここでは仏教用語なので「品《ぼん》」と読みますが、人の地位についても上中下の三つに分ける考え方をしたので「中《なか》の品《しな》」という言い方が出てきたのですね。

ところで九体阿弥陀にすがりついて亡くなった道長は、下品下生に生まれ変わったと『栄花物語』にあります。『栄花物語』は道長の栄華を描く歴史物語で、『源氏物語』を模して書かれたものですが、詳しくは、木村朗子『女たちの平安宮廷——『栄花物語』によむ権力と性』（講談社メチエ、二〇一五年）をお読み下さい。

光源氏か頭中将か

乳母と源氏の涙、涙のやりとりを少し飛ばしましょう。実は源氏はさきほど隣家にもらった夕顔の花をのせた扇のことが気になって仕方がなかったので、乳母のもとを辞すと、惟光に灯りを持って来させて開きます。持ち主のたきしめている香がかおって、そこにはなんとも素敵な筆づかいで次の歌が書かれていました。

心あてにそれかとぞ見る白露《しらつゆ》の光添《ひかりそ》へたる夕顔の花

「心あてにあなたではないかと思っています。白露の光が添えられた夕顔の花を」という意味ですね。この歌をきっかけとして、源氏と夕顔との関係が始まるのですが、実はこの場面は、ちょっとした論争があったところです。

第四回で、雨の夜の品定めの場面に触れました。飛ばしてしまいましたけれども、あの晩、頭中将が忘れられない女がいるのだと言って、常夏の女について語っていたのですが、夕顔はまさにその人なのですね。つまり、ここで光源氏が出会っているのは、頭中将のかつての恋人、元カノということになります。頭中将はその女との間に子をもなしていたのですが、可憐でいじらしい様子に安心しきって長く訪ねていかない時があった。するとそのあいだに嫉妬した正妻がいやがらせをしたので、娘ともどもどこかへ消えてしまって消息不明だという話でした。

さてここで論争になっているのは、女は相手が光源氏だと知っていて歌を贈ったのか、それとも頭中将と間違えて贈ってしまったのか、という点なのです。先ほど源氏は自分だとわかるまいと気を許して、車から「すこしさしのぞきたまへれば」と言って顔を覗かせている場面がありました。そこをとらえて、夕顔の女は、そのとき顔を見ているはずだ、いや見えているはずはない、といった議論があるのです。

なぜそういう議論が起こるのか。ここでは、女が初対面の男にこんな浮気な歌を贈るものだろうか、という疑問がその発端となっています。つまり、女性は慎ましいものであり、男性にいきなり歌なんか贈って気をひくなど、そんな蓮っ葉なことをするはずはないのであって、夫だと思うから贈ったのであって、もう絶対に人違いであろう、という議論なのですね。まあ、余計なお世話ですよね。

後に頭中将の従者がいる一行を見て、夕顔のお付きの女房たちが騒いでいたことを惟光が報告して、源氏が彼女は常夏の女ではないかと勘づくという展開があるのですね。ですから、頭中将と間違えたということをあえて想定する必要が文脈上、まったくないですし、私たち読者は、源氏が、光源氏、光君と呼ばれているのを読んできているのに、「光添へたる夕顔の花」にある「光」を光源氏の光と読まないでおく理由がない。

また「光添へたる夕顔の花」の「夕顔の花」は夕顔の女をさしているとして、下の句を『源氏の光が添えられて夕顔の花も輝いています」ととる説もあります。あるいは、いま夕顔の花は源氏の手にわたっているのですから源氏を指しても問題はないととるか。

ずっとあとで、源氏と夕顔が互いに顔を見合う場面で交わす歌もまた、ここに続くものですから先に見ておきましょう。

源氏はずっと顔を隠して夕顔と逢瀬をつづけていたのですが、これほど親しくなって距離をおくようで女に悪いと思って顔を見せます。そこで次のように言います。

夕露に紐《ひも》とく花は玉鉾《たまぼこ》のたよりに見えしえにこそありけれ
露《つゆ》の光《ひかり》やいかに

「夕露に開く花は、玉鉾をたよりに見たあなたの縁であったことだ、露の光はいかがかな』と言って、明らかに夕顔の歌を引いています。夕顔は、次のように答えます。

光ありと見し夕顔のうは露はたそかれ時のそら目なりけり

こんなこと言っちゃっていいの？　と驚くかもしれませんね。「光があると見えた夕顔の上の露は、たそがれ時のそら目でした」というのです。女性がこういうひねりのきいた憎まれ口をきくのを当時の男たちは喜びました。生意気だと思うのではなくて、気が利いているなと思ったのです。話し言葉では、こういうのはあまり出てきませんけれど、歌では基本的には女の人はこうして相手のことばをとらえて切り返すのがふつうです。男としては、上手いぞと思うわけですね。うっとり恋にひたっている歌なんかを詠まれるよりは、こっちのほうが断然、楽しいわけです。だから源氏も、「をかしと思しなす」、いいぞと思っています。

この一連の歌をみていると、顔をみせるときに源氏が「夕露に紐とく花」といっていること、「夕顔のうは露」と夕顔が答えていることから、たそがれ時の夕顔の花は光源氏の顔をさしていて、そこに露の光が添えられているというふうに読んでよいのではないでしょうか。

ちなみにこの歌のロイヤル・タイラーの英訳をみますと、この論争にきっぱりと決着をつけているのがわかります。夕顔が初めに贈った歌「心あてにそれかとぞ見る白露の光添へたる夕顔の花」は次のように訳されています。

At a guess I see that you may indeed be he: the light silver dew
brings to clothe in loveliness a twilight beauty flower.

ここにタイラーは次のような注をつけています。

"You are Genji, are you not?" He is the dew, she the flower.

「あなたは源氏でしょう?」という歌意以外にないという宣言ですね。「心あてに〜」の歌は、頭中将と間違ったのではなく明らかに源氏に向けて送られた歌だと解釈しています。そして「光源氏が露で、夕顔が花」というのですから、夕顔の花を光源氏ではなく夕顔の女のこととして読む立場をとっています。したがって、この歌に対する源氏の返歌「寄りてこそそれかとも見めたそかれにほのぼの見つる花の夕顔」は、「近寄ってみてはじめて誰だかわかるでしょう、黄昏時にぼんやり見た私の顔を」と源氏が言ったというのではなくて、次のように訳されます。

Let me then draw near and see whether you are she, whom glimmering dusk
gave me faintly to discern in twilight beauty flowers.

ここでは夕顔が女と解釈されるので「私を近寄らせてあなたがだれだか見せておくれ」というふうになっていますね。ただし、そのあとで正体を明かしたときの歌では夕顔の花を源氏の顔として解釈しているようですから、全体としてみて一貫性があるのは、やはり源氏を夕顔の花にたとえたとみる読み方なのではないかと私は思っています。

さて、少し先へ急ぎましょう。

光源氏は惟光に隣の家の住人は誰なのか素性を探れと命じています。惟光のほうは母親の見舞いにきてくれたかと思ったら、もう女の話かとうんざりしている。けれども、ちゃっかり隣家に自分の恋人をつくって探索にいそしむのです。同じ階層の女、従者の立場ですから女房階級の女と恋人関係になって、その女房からお宅の女主人は誰なのと聞き出そうとする作戦です。そうして手に入れた情報を、源氏のところに持ってきます。従者と男主人が連れ立ってある邸に行って、男主人が女主人と関係している間、従者は自分の恋人と楽しくやっているのです。こうして従者がその邸の人と男女関係を取り結ぶことで、はじめて男主人を手引きできるわけです。そうでなければ、貴人がどこかの邸に忍び込むようなマネはとうていできません。従者が恋人に、「今夜会いに行くよ」、「だったら裏木戸開けとくわ」などと算段したのにのっかって男主人の侵入が可能になるわけですし、その後の手紙のやりとりも、従者が恋人に持っていくものに紛れさせたりするのです。

光源氏が夕顔に惹かれる二つの理由

さて、光源氏は夕顔との関係をはじめるにあたっていったい何を考えていたのでしょう。空蝉のときと同じく、やはり「雨夜の品定め」で知った身分違いの女への興味なのですね。惟光に女の素性を偵察をさせながら、源氏は次のように思います。

かの下《しも》が下と人の思ひ捨てし住まひなれど、そのなかにも思ひのほかに口惜《くちを》しからぬを見つけたらばとめづらしく思《おも》ほすなりけり。

あの「雨夜の品定め」で頭中将が下の下は話にならないと言っていたような住まいではあるけれど、そんななかに思いもよらず素敵な女を見つけられたらと、わくわくしているのです。こうした夕顔への興味は空蟬への興味と一続きなので、ここで源氏は空蟬のことを思い出します。

さて、かの空蟬のあさましくつれなきを、この世の人には違《たが》ひて思《おぼ》すに、おいらかならましかば心苦しきあやまちにてもやみぬべきを、いとねたく負けてやみなんを、心にかからぬ折なし。

空蟬の女が本当につれない人なので、普通の女とは違っていると思うものの、もし素直に心を許してくれたなら、心苦しいがちょっとした過ちとして、その場限りで関係は終わったかもしれない。けれども、うまく事が進まぬまま、負け越しているので余計に気になっているというのです。

かやうのなみなみまでは思《おも》ほしかからざりつるを、ありし雨夜の品定めののち、いぶかしく思《おも》ほしなる品々あるに、いとど隈なくなりぬる御心なめりかし。

この程度の身分の女にかかずらわったことはなかったのに、あの「雨夜の品定め」以来、そそられる女の幅がひろがって、あれこれ心を動かされているようだ、というのです。「なめりかし」は語り手の推測ですね。

源氏が夕顔との関係へ駆り立てられる理由の一つは、空蟬との関係が不首尾に終わったことにあります。もう一つの理由として、六条御息所との関係、あるいは正妻葵の上との堅苦しいつきあいに嫌気がさしているということがあります。逆に言えば、中の品との関係によって、高貴な女性との関係がいかに気詰まりなものかをはじめて認識させられたのです。
さて、そうこうするうちに季節は夏から秋へと移っていきます。

秋にもなりぬ。人やりならず心づくしに思《おぼ》し乱るることどもありて、大殿には絶え間おきつつ、うらめしくのみ思ひきこえ給へり。

光源氏は相変わらず、左大臣家、つまり正妻のところへ通っていません。「心づくしに思し乱ること」とありますから、いろいろな女のことを考えている。その一人に六条御息所がいます。

六条わたりにも、とけがたかりし御けしきをおもむけきこえ給ひてのち、引き返しなのめならんはいとほしかし。されど、よそなりし御心まどひのやうにあながちなることはなきも、いかなる事にかと見えたり。女は、いとものをあまりなるまでおぼししめたる御心ざまにて、齢《よはひ》のほども似げなく、人の漏り聞かむに、いとどかくつらき御夜離《よが》れの寝覚《ねざ》め寝覚め、思《おぼ》ししをることいとさまざまなり。

はじめ、六条御息所は、源氏がいくら口説いてもなびかなかったのです。けれどもいざこちらになびいてしまってからは、源氏はそれを持て余しているというか、飽きているというか、興味を失っているのですね。自分にまったく興味を持ってくれなかったときは、せっせと通っていたようなのですけど、関係を持つようになってしまってからは冷めてしまったという、ありがちなパターンではありますね。

源氏の問題もありますが、そればかりともいえないのは、六条御息所は割と思いつめるタイプの女性のようで、光源氏より彼女の方が年上で不釣り合いだということにも悩んでいます。源氏十七歳、六条御息所は二十四歳です。源氏にもて遊ばれて捨てられたなどと人々にうわさされて恥をかきたくない。六条というのも、このごろ「夜離《よが》れ」つまり男が訪ねてこない夜が続いているからで、そんな夜には眠れずに一人悶々と思い悩んでいるというのです。男としてはますます重い関係ですね。

ここは少し奇妙に感じられる展開をするところで、次の一文で六条御息所のところで一夜を過ごした翌朝の場面になっています。

霧のいと深きあした、いたくそそのかされ給ひて、ねぶたげなるけしきにうち嘆きつつ出で給ふを、中将のおもと、御格子一間《みかうしひとま》上げて、見たてまつりおくり給へとおぼしく御几帳引きやりたれば、御頭《ぐし》もたげて見出《みい》だし給へり。前栽の色々乱れたるを、過ぎがてにやすらひ給へるさま、げにたぐひなし。

御息所はうわさがたつことを恐れているわけですから、夜が明けきらないうちにさっさと男を追い出すのですね。源氏はまだ眠そうな様子でしぶしぶ出ていきます。中将のおもとという女房が気を利かせて格子戸をあけて、几帳をのけて、去っていく源氏の姿が見えるようにしてあげています。まだ床に寝ころんだままの六条御息所は、頭を少し上げて見送っています。手入れのよく行き届いた邸ですから、庭の植え込みも立派なのですね。源氏は色とりどりに咲かせた花に目をとめて、立ち止まって眺めています。その姿がたぐいもなく美しい。

やがて源氏は六条御息所から見えないところへ行ってしまいます。

廊の方へおはするに、中将の君、御供《とも》に参る。紫苑色《しをんいろ》の折にあひたる、薄物《うすもの》の裳《も》あざやかに引き結ひたる腰つき、たをやかになまめきたり。

源氏はなにも一人で邸内を歩いているのではなくて、ちゃんと見送りの女房がついているのですね。中将の君という美しい人です。紫苑色の秋の季節にぴったりの着物を着ていて、薄物の裳をつけています。裳は正装するときに腰の後ろにつける飾りですが、それを結ってある腰つきがたおやかになまめいているのを源氏は見ているのですね。

見返り給ひて、隅《すみ》の間《ま》の高欄《かうらん》にしばしひき据《す》ゑ給へり。うちとけたらぬもてなし、髪の下がり端《ば》、めざましくもと見給ふ。

廊下の欄干《らんかん》に彼女をわっと押し寄せて、彼がその前に立つ。そういう感じです。隙のない様子も好ましいし、髪の短く切ってあるところもきれいだし、目が覚めるほど美しい。魅力を感じたので、その女を自分のもとに源氏は引き寄せて、こんな歌を詠んでいます。

咲く花に移るてふ名《な》はつつめども折らで過《す》ぎ憂《う》き今朝《けさ》の朝顔

美しく咲いた花に心を移したという評判ははばかられるけれども、その美しい花を折らないで通り過ぎてしまうのは、勿体ないと思われるような今朝の朝顔だ。こんなことを光源氏は中将の君に言って、

「いかがすべき」、どうしようなどといいながら女の手をとる。すると女は馴れた様子ですぐに次の歌を返します。

朝霧の晴れ間も待たぬけしきにて花に心を止めぬとぞ見る

中将の君は機転を利かせて、源氏の愛情を自分にではなく、自分の女主人、六条御息所にかけられたものとして詠みなして「朝霧の晴れ間も待たずに帰っていくなんて、花に心をとめていないものとみえますよ」と「おほやけごとにぞ聞こえなす」のです。自分への私的な感情ではなくて、女主人をたてた言い方をしたわけですが、こんなときに女主人の男が女房と関係を持つことはあり得ないことではないのです。あとで出てくる六条御息所の嫉妬の激しさを知れば、おそろしくてとてもそんな真似はできないかもしれませんけれども。

さて、惟光が探索中の夕顔の素性についてだいぶ分かったので報告にきます。

まことや、かの惟光《これみつ》が預かりの垣間見《かいまみ》は、いとよく案内見取《あないみと》りて申す。

ここにある「まことや」ですが、前に話題にしていた話を引き戻すときにしばしば使われます。現代語訳としては「ああ、そうそう」「そういえば」のようになるでしょうか。

ここで、先ほどお話したように夕顔の家の人達が頭中将の従者の名前をあげているのを聞いたという報告をしています。それで源氏は常夏の女ではないかとピンとくるわけですね。惟光の手配で、源氏は夕顔の邸に通いはじめます。

惟光、いささかのことも御心に違はじと思ふに、おのれも隈《くま》なき好き心にて、いみじくたばかりまどひ歩《あり》きつつ、しひておはしまさせ初《そ》めてけり。このほどのことくだくだしければ、例《れい》の漏《も》らしつ。

惟光は源氏の命を受けて、自分も好き者なので、ちゃっかり恋人を作って、源氏を手引きして通わせる算段をつけた。「おはしまさせ初《そ》めてけり」とあるので、もうこの時点で通わせはじめているのですね。これについて語り手が「このほどのことくだくだしければ、例の漏らしつ」と言っているのが面白いところですね。どうやって算段したとか、惟光の恋愛話などはくどいので、例によって省いた、というのです。第四回で語り手が重層化しているというお話をしましたが、この語り手というのは、どのような語り手なのでしょう。語りもらしたのか、聞きもらしたのか、ともかく省きますというふうに言っている人が確かにいる。「帚木」巻冒頭の語りをみれば、これは作者の言だとは言えないわけですね。だからといって誰かに特定できない。こうした言い回しが可能であるのも古典語の特徴でしょう。光源氏の視点で語られたかと思うと、同じ文章のなかで語り手の視点になっていたりする。現在の日本語で、そこまで自在な表現をすれば、読者は混乱してしまうでしょうね。

これを英訳するとどうなるかというと、「私はここを省きました」という主体としての「私」、Iという主語を立てざるを得なくなってしまいます。ロイヤル・タイラー訳では次のようになっています。

All that makes a long story, though, so as usual I have left it over.

ここに現れるIとは誰なのかはわかりませんが、おそらく英訳本の読者は作者の声として読むのではないでしょうか。

以前に、エドワード・サイデンステッカー訳で、語り手のIが訳出されているところを調べてみたことがあるのですが、ほとんどすべてがこうした省筆のところにでてくることがわかりました。その他の語り手の評などは受動態などを駆使して処理しています。いつも省略したことを告げる人としてIが出てくるのならば、自然と作者の声として理解されるでしょう。英訳にしたとたんに、特定される主体を古典語だと不特定のまま表現できるので、姿を現わすのはあくまでも語り手で、作者でないのです。

さて夕顔との逢瀬を遂げると、源氏は前にもまして夕顔にのめりこんでいきます。互いに素性を明かさぬままでいるので、源氏はもしこの女がどこかにいなくなってしまったら、どこを訪ねていったらいいだろうと心配しはじめます。というのも、ここは夕顔の住まいというよりは、仮に移り佇んでいるように見えるからなのですね。そこで源氏は、この人を自分の二条の邸に迎え取ってしまおうとまで考えます。

互いに名乗りあわないばかりか、源氏は顔さえ隠していたのです。女の家のほうでも源氏の素性を知ろうとして跡をつけさせたりもするのですが、わからずじまいに終わります。このあたりは三輪山神話を引用していると言われているところです。三輪山神話は毎夜女の所にやってくる男がいて、素性が知れないので、男の衣に糸のついた針をつけて辿ってみると、男は三輪山の蛇だったというお話です。そんな伝説が引用されるような不思議な逢瀬でしたので、源氏も「げに、いづれか狐《きつね》なるらんな。ただはかられ給へかし」などといって、狐の化かしあいにたとえています。「どちらが狐だろうね、ただ化かされていらっしゃいな」というのですね。

八月十五夜、隈なき月影、隙《ひま》多かる板屋残りなく漏り来て、見ならひたまはぬ住まひのさまも珍しきに、暁《あかつき》近くなりにけるなるべし、隣《となり》の家々、あやしき賤《しづ》の男《を》の声々、目覚まして、「あはれ、いと寒しや」「今年《ことし》こそなりはひにも頼むところ少なく、田舎の通ひも思ひかけねば、いと心細けれ。北《きた》殿《どの》こそ、聞き給ふや」など言ひ交《か》はすも聞こゆ。

八月十五夜の月が照っています。隙間だらけの板屋で奥のところまで月影が入ってくる。影というのは光ですから、月明かりが板のあいだからもれているわけです。源氏はこんなに貧乏くさいところは珍しいのです。そんな家の建っている界隈ですので、近所の人たちも貴族ではありません。ですから、早起きなのですね。「あやしき賤の男」というのは、下賤の人々ということで、一般庶民を指しますが、話し声が聞こえてくる。「いやぁ寒いねぇ」「今年は商売も見込みがないし、田舎通いもあてにはならないから大変だよ。北殿、聞いてますか」などと言い合っています。

いとあはれなるおのがじしの営みに起き出でてそそめき騒ぐもほどなきを、女いと恥づかしく思《おも》ひたり。艶《えん》だちけしきばまむ人は消えも入りぬべき住まひのさまなめりかし。されど、のどかに、つらきも憂《う》きもかたはらいたきことも思ひ入れたるさまならで、わがもてなしありさまはいとあてはかに子《こ》めかしくて、またなくらうがはしき隣の用意なさをいかなることとも聞き知りたるさまならねば、なかなか恥ぢかかやかんよりは罪許されてぞ見えける。

近所の声をききながら女すなわち夕顔は恥ずかしいと思っています。こんな所帯じみたところにいる女であることが恥ずかしいのですね。風流ぶってきどった人であったら消え入りたくなるような住まいのありさまであろう、というのは源氏が思っていることととっていいでしょう。けれども夕顔は言い訳がましくとりつくろったりなどしないので、そこがいいと源氏は思うのです。おっとりとしていて、つらいことも、苦しいことも、きまりがわるいことも、深く思い悩むようではなくて、身のこなしは上品であどけない。それに隣家の不作法を理解しているふうもないので、なまじ恥ずかしがって顔を真っ赤にしているよりは、「罪許されてぞ見えける」と源氏は思うのです。「罪」はそれほど大袈裟な話ではなくて、「難《なん》」ぐらいにとって、かえって無難だという程度です。

ごほごほと、鳴る神よりもおどろおどろしく踏みとどろかすから臼の音《おと》も枕上《まくらがみ》とおぼゆる、あな耳かしかましと、これにぞ思さるる。何の響きとも聞き入れ給はず、いとあやしうめざましき音なひとのみ聞き給ふ。くだくだしきことのみ多かり。白妙《しろたへ》の衣打つ砧《きぬた》の音もかすかにこなたかなた聞きわたされ、空飛ぶ雁《かり》の声、取り集めて忍びがたきこと多かり。
端近《はしちか》き御座《おまし》所なりければ、遣戸《やりど》を引き開けてもろともに見出《みい》だし給ふ。ほどなき庭に、されたる呉竹《くれたけ》、前栽の露はなほかかる所も同じごときらめきたり。虫の声々乱りがはしく、壁のなかの蟋蟀《きりぎりす》だに、間遠《まどほ》に聞き慣《な》らひたまへる御耳にさしあてたるやうに鳴き乱るるを、なかなかさま変へて思さるるも、御心ざしひとつの浅からぬによろづの罪許さるるなめりかし。

ご近所から生活音が次々と聞こえてきます。今度は石臼をひく音です。現代ではほとんどの人が既に聞いたことのない音かもしれませんが、雷の音のようだというのです。それが枕上から聞こえてくるかのような大音量で響いていますす。源氏は臼など見たことがないので、ごうごうと鳴るのを、何の音だか分からなくて、ただうるさいなとだけ思っている。

それから砧を打つ音もあちこちの家から聞こえてくる。砧というのは、木製の槌《つち》で布をたたくために使います。織ったばかりの布は堅いので、たたいてなじませるのですね。

虫の声だって、遠くからつつましく響いてくるものと思っていたら、耳元で鳴いているかのようなコオロギの声が壁のなかから聞こえてくる。ただ庭の朝露だけは、こんな小さくてみすぼらしいところでも同じように輝いているというのです。庭をみるために遣戸をあけていますので、夕顔の姿が朝の光のなかではっきりと見えます。

白き袷《あはせ》、薄色のなよよかなるを重ねて、はなやかならぬ姿いとらうたげにあえかなる心地して、そこと取り立ててすぐれたることもなけれど、細やかにたをたをとして、物うち言ひたるけはひ、あな、心苦しと、ただいとらうたく見ゆ。

「なよよか」「あえか」「たをたを」などの表現で夕顔のかわいらしさが伝わってきます。夕顔はきりっとしたところが全くなくてほわんとして可愛らしい。それで源氏は、「心ばみたる方をすこし添へたらば」、もう少し凛《りん》としたところがあったらなとも思っていますが、とにかくもう少しこの人といたいというので、こんなうるさいところを離れて別な所へ行こうと誘います。

「いざ、ただこのわたり近き所に心やすくて明かさむ。かくてのみはいと苦しかりけり」とのたまへば、「いかでか。にはかならん」といとおいらかに言ひてゐたり。

夕顔は「そんな、急な」とは言うのですが、それも「いとおいらかに」、たいへんおっとりと言うのです。そこで夕顔の一番近くで仕えていて、彼女の全てを知っている女房である右近一人を連れて出かけます。

さて、このあとからいよいよ怪談話がはじまるわけですが、その前触れのようにして源氏の不吉な想念がさしはさまれています。

明け方も近うなりにけり。鳥の声などは聞こえで、御嶽精進《みたけさうじ》にやあらん、ただ翁《おきな》びたる声に額《ぬか》づくぞ聞こゆる。立《た》ち居《ゐ》のけはひ耐《た》へがたげに行《おこな》ふ、いとあはれに、あしたの露にことならぬ世を、何をむさぼる身の祈りにか、と聞き給ふ。「南無当来導師《なもたうらいだうし》」とぞ拝《おが》むなる。「かれ、聞きたまへ。この世とのみは思はざりけり」とあはれがりたまひて、

またしても近所から、年老いた翁が御嶽精進をしている声が聞こえてきます。この人はこれから吉野の金峰山にお参りにいくので、精進潔斎《しょうじんけっさい》のお祈りをしているのですね。源氏は朝露ほどのはかないこの世になのに、何を欲かいて祈っているのかなどと思っています。ここにある「南無当来導師」は弥勒菩薩への帰依のことばです。先にお話したように、当時は阿弥陀信仰まっさかりだったのですが、一〇五二年には末法の時代に入って、仏法が終焉するときがくるとされていました。末法に入ると阿弥

陀信仰にとってかわって弥勒信仰がさかえていきます。弥勒菩薩は、釈迦入滅後、五十六億七千万年後にこの世に降りてきて衆生を救うと信じられていました。また釈迦の次にブッダになる未来仏といわれていました。未来で衆生を導く導師だから「当来導師」は弥勒菩薩ということなのですね。源氏は、この世のことだけではなくて、来世のことまで心配しているよ、と言いながら次の歌を詠みます。

優婆塞《うばそく》が行ふ道をしるべにて来《こ》む世も深き契りたがふな

「優婆塞」というのは、ここでは「南無当来導師」と言っている老人をさしていて、在家で仏道に励んでいる人のことです。「老人の修行の道をしるべとして来世も深い契りを違《たが》えないで」、つまり来世もずっと一緒にいましょうね、ということですね。この歌に次のような源氏の思いが付け加えられていいます。

長生殿《ちゆうせいでん》の古きためしはゆゆしくて、翼《はね》をかはさむとは引きかへて、弥勒《みろく》の世をかね給ふ。

「長生殿」は「桐壺」巻にでてきた「長恨歌」にあった玄宗皇帝の邸です。またここで、玄宗皇帝、楊貴妃の物語が引き出されているのです。「長恨歌」は、「桐壺」巻で桐壺更衣を死へと導いていった例にあたっていますので、不吉な物語ですよね。「翼をかはさむ」は、「天に在りては願わくは比翼《ひよく》の鳥となり、地に在りては願わくは連理《れんり》の枝とならん」という詩文からの引用です。二つで一つの翼のようにずっと一緒にいようねと玄宗皇帝と楊貴妃が誓い合ったことばです。ですから、「翼をかはさむ」と言ってしまうと、楊貴妃の物語、つまり死の物語がずるずると引き出されて縁起が悪いと思ったので、源氏は「弥勒の世」というかたちで別な意味に慌てて変えたのです。

「ゆゆし」と源氏が感じた不吉な予感は、言い換えによっていったんは廃棄されますが、一方でここを読む読者にとっては、楊貴妃の物語から、女の死が予感される仕掛けにもなっているのです。

さて、右近を連れて、二人は「なにがしの院」へとたどり着きます。界隈は庶民的でやかましいわけではないのですが、手入れの行き届いてない空き家で、うっそうと木々が生い茂り、かえって不気味な雰囲気です。女も怖がっているふうなので、源氏はここで顔を見せます。先にみた「露の光やいかに」のやりとりがここにあるのですね。夕顔の気の利いた返歌をきいて源氏は魅力を感じていますが、同時に次のようにも思っています。

げにうちとけたまへるさま世になく、所がらまいてゆゆしきまで見え給ふ。

またここに「ゆゆし」という表現が出てきました。この世のものとは思えないほどしっとりと美しくて、それが場所がらかえって「ゆゆし」くみえるというのですね。不吉さがひたひたと攻めよってくるようです。

名のること

源氏はここで「今だに名《な》のりし給へ。いとむくつけし」と言って女が誰だか名乗らせようとします。

「いとむくつけし」は本当に気味が悪いということですが、なにやら変化めいたものにとりつかれているような気分になってきているのでしょうね。けれども彼女は「海人《あま》の子なれば」と答えるだけで教えてくれない。海人というのは海の職能民ですが定住民ではなかったので、「白波の寄するなぎさに世を過ぐす海人の子なれば宿も定めず」という歌があります。実際夕顔も自分の邸に住んでいたわけではなかったので、「宿を定めず」を引き出して答えているのですね。同時に女性職能民の生き方は遊女にも通じていますので、「海人の子なれば」ということばから夕顔の遊女性が論じられることもありました。

さて、この名のり、すなわち名のらせたり、名のったりする行為について少し考えてみましょう。

みなさんは誰かと話をするときに、相手のことを名前で呼ぶ習慣があるでしょうか。名前を聞くのを聞きにくいと感じていませんか。英語圏の人たちの気軽さに比べると、日本語圏では相手の名前を聞いたり、呼んだりするのをなんとなく避けるような感覚を持っているのではないでしょうか。

名のりをさせる行為は、『源氏物語』のなかでは人間同士だけではなく、物の怪出現場面に用いられています。人に憑りついた霊は、いろんな恨みつらみを言うのですけれど、退治するときには、お前は誰だと聞いて名のりをさせます。逆に、名のりをしてしまったら、その霊は退治させられてしまうわけですね。『源氏物語』の物の怪といえば、六条御息所です。生きているときには生き霊となり、亡くなってからも死霊となって何度も登場します。葵の上の憑りついたときに、源氏は、六条御息所の霊だとわかっていながら、名のりせよといって退散させています。こういう例をみるにつけ、名を名のることは、相手に魂を握られるというか、手の内を見せてしまうようなところがあるのだと感じます。だから相手の名を呼び続けると、相手を支配しているようで、なんとなく失礼な気がするのかもしれませんね。

さていよいよ物の怪出現の場面へと進んでいきましょう。

惟光尋《これみつたづ》ねきこえて、御くだ物など参らす。右近が言はむこと、さすがにいとほしければ、近くもえさぶらひ寄らず。かくまでたどり歩《あり》きたまふ、をかしう、さもありぬべきありさまにこそはと推《お》しはかるにも、我いとよく思ひ寄りぬべかりしことを譲《ゆず》りきこえて、心ひろさよ、などめざましう思《おも》ひをる。

惟光は、源氏が突然いなくなってしまったので、探し当てて、果物を持ってきます。こんなことになって右近に叱られそうなので、あまり源氏のそば近くに寄らないようにしています。ここからがちょっと面白いところで、惟光の視点で語られています。源氏がこんなにも夢中になるなんて、そうするだけの価値のある女君だったのだと推し量って、「オレが言いよってもよかったのを源氏に譲ってあげて、心が広いな」などと考えているのです。それを語り手が「めざましう」、生意気な、と評しているのですね。

二人はべったりとくっついて夕焼け空を眺めたりして過ごし、いよいよ夜になりました。格子戸を下ろして、灯りを持ってこさせます。ここで源氏は、誰にも内緒でこんなところへ来てしまって心配している人があるだろうと、次のように考えています。

内にいかに求めさせ給ふらんを、いづこに尋《たづ》ぬらんと思《おぼ》しやりて、かつは、あやしの心や、六条わたりにもいかに思ひ乱れ給ふらん、うらみられんに苦しうことわりなりといとほしき筋はまづ思ひきこえ給ふ。何心もなきさし向かひをあはれとおぼすままに、あまり心ふかく、見る人も苦しき御ありさまをすこし取り捨てばやと思ひ比べられ給ひける。

源氏はまず父帝のことを思います。源氏のことをどんなに探しているだろうか、いったいどこをたずねまわっているだろうと考えて、次に自らの通いどころの一つである六条御息所のことを思い出します。ここに「かつは、あやしの心や」とついているので、夕顔に夢中になっていることを我が心ながら不思議だ、というのですね。もともと「六条わたりの御忍びありきのころ」として物語がはじまっていたわけですから、夕顔に魅了されてすっかり縁遠くなってしまった御息所がどんなに思い乱れているだろう、うらまれるのはつらいけれど当然のことだと思うのです。そして目の前の無邪気な夕顔をいとおしいと思いながら、六条御息所と思い比べるのです。御息所の心深く思い詰めるところが、こちらにも重苦しく感じさせるので、そんなところを少し取り捨てて、夕顔のようにおっとりかまえていたらいいのに、と。他の女と比べられて文句を言われたら、どうですか。激怒しますよね。

さあ、いよいよです。

宵過《よひす》ぐるほど、すこし寝入《ねい》り給へるに、御枕上《まくらがみ》にいとをかしげなる女ゐて、「おのがいとめでたしと見たてまつるをば尋《たづ》ね思ほさで、かくことなることなき人をゐておはしてときめかし給ふこそいとめざましくつらけれ」とて、この御かたはらの人をかき起こさむとすと見給ふ。

まだ夜更けでもないので、源氏はしっかりと眠ったわけではなく、ふと寝入ってしまったまどろみのなか、枕上にたいそう美しい女が座っているのを見ます。「私がすばらしいと思い申し上げている方を訪ねようとも思わないで、こんなつまらない女をそばにおいてちやほやしているのが不愉快でうらめしい」、こう言って、かたわらに寝ている夕顔をかき起こそうとするのを見たのです。

物におそはるる心地しておどろき給へれば、火も消えにけり。うたて思《おぼ》さるれば、太刀《たち》を引《ひ》き抜《ぬ》きて、うちおき給ひて、右近を起こし給ふ。これもおそろしと思ひたるさまにて参り寄れり。

「物におそはるる心地」というのは、ぞくっとする感じでしょうか。「おどろく」は目を覚ますこと。源氏が目を覚ますと灯りが消えていて、あたりは真っ暗です。気味が悪いので、太刀《たち》を鞘から引き抜いて、抜き身の刀を魔除けとして枕元におきます。右近を起こしますと、右近もおそろしいめにあった様子です。

「渡殿《わたどの》なる宿直人《とのゐびと》起こして、「紙燭《しそく》さして参れ」と言へ」とのたまへば、「いかでかまからん、暗うて」と言へば、「あな若々し」とうち笑ひ給ひて、手をたたき給へば、山彦《やまびこ》の答ふる声いとうとまし。人え聞きつけで参らぬに、この女君いみじくわななきまどひて、いかさまにせむと思へり。汗もしとどになりて、われかのけしきなり。

ここに寝泊まりしている宿直人を起こして、灯りをもってこいと言えと命じますが、右近は「どうして行かれましょう、暗くて」と怯えているので、源氏は笑って「子どもじみた振る舞いだな」といいながら、人を呼ぶために、パンパンと手を叩くのですけれど、暗いなかからこだまのようにして音がかえってくるのです。誰かが向うで手をたたいているみたいで不気味ですね。しかもその後しんと静まり返って、誰もかけつけてこない。ふと夕顔をみると、がたがたと体をふるわせて、汗をびっしょりかいて正気を失いつつあるようです。

「物おぢをなんわりなくせさせ給ふ本性《ほんじやう》にて、いかに思さるるにか」と右近も聞こゆ。いとか弱くて、昼も空をのみ見つるものを、いとほしと思して、「われ人を起こさむ。手たたけば山彦の答ふる、いとうるさし。ここに、しばし、近く」とて、右近を引き寄せ給ひて、西の妻戸《つまど》に出でて、戸をおしあけ給へれば、渡殿の火も消えにけり。

右近は、夕顔は「怖がりの人なので、どんなふうに思っていらっしゃるか」と心配します。本当にか弱くて、昼もぼんやり空をみているような人だから、かわいそうだと思った源氏は「自分が人を起こしに行こう、手をたたくとこだまが聞こえてうるさいから」と言って、右近を夕顔の元へ引き寄せます。このときの「ここに、しばし、近く」という短いことばの連続が緊迫感をよく表わしていますね。廊下に出てみると、そこの灯りも消えていて真っ暗です。

風すこしうち吹きたるに、人は少なくて、さぶらふ限りみな寝たり。この院の預《あづか》りの子、むつましく使ひたまふ若き男《をのこ》、また上童《うへわらは》一人、例の随身ばかりぞありける。召せば御答《こた》へして起きたれば、

「紙燭《しそく》さして参れ。「随身も弦打《つるう》ちして絶えず声《こわ》づくれ」と仰せよ。人離れたる所に心とけて寝《い》ぬるものか。惟光朝臣の来たりつらむは」と問はせ給へば、「さぶらひつれど仰せ言もなし、暁《あかつき》に御迎へに参るべきよし申してなんまかではべりぬる」と聞こゆ。

お付きの者はみな寝入っています。もともとここに連れてきた人は少ないのですが、起こして、灯りをともすための火を紙につけてもってこさせます。随身には弦打ちして声を出せと命じています。これも魔除けの行為で、弓の弦を引っ張っては放して、音をたてて鳴らすのが弦打《つる》ちです。また「火の用心」などと声を出せというのですね。こんな人里離れた廃屋でぐっすり寝るものがあるか、といって叱りつけてもいます。「惟光がきていたようだが、どうした」と問うと、別に仰せ事もなかったので、明け方に迎えにくるといって出ていきました、という返事です。こんなとき頼りにできるのは惟光しかいないのですが、彼はきっと恋人に会いに行ってしまったのでしょうね。

このかう申すものは、滝口《たきぐち》なりければ、弓弦《ゆづる》いとつきづきしく打ち鳴らして、「火あやうし」と言ふ言ふ預りが曹司《ざうし》の方《かた》に往《い》ぬなり。内をおぼしやりて、名対面《なだいめん》は過ぎぬらん、滝口の宿直申しいまこそ、とおしはかり給ふは、まだいたう更《ふ》けぬにこそは。

滝口というのは、滝口の武士と呼ばれて、宮中で夜に弓を鳴らしながら警護する役人です。そういう人がちょうどいたので、慣れたようすで弦を鳴らして「火あやふし」と言いながら庭をまわっています。滝口の武士の連想から、源氏は宮中を思います。名対面《なだいめん》は過ぎたころだろう、滝口の宿直《とのいもう》中しはいまごろだろう、今何時ころかなということを考えているんですね。「名対面」というのは、午後の九時くらいに勤務の人が本日某が勤務いたしますなどと名前をいう儀式です。そのあと宿直勤務する者が名前を言う儀式が続きます。ということは、まだ夜はそんなに更けていないはず。

かえり入りて探り給へば、女君はさながら臥して、右近はかたはらにうつぶし臥したり。「こはなぞ、あなもの狂ほしの物怖《ものお》ぢや。荒れたる所は狐などやうのものの人をおびやかさんとてけ恐ろしう思はするならん。まろあればさやうの物にはおどされじ」とて引き起こし給ふ。「いとうたて乱り心地の悪しうはべれば、うつぶし臥してはべるや。御前にこそわりなく思さるらめ」と言へば、「そよ、などかうは」とてかい探り給ふに、息もせず。引き動かしたまへど、なよなよとして我にもあらぬさまなれば、いといたく若びたる人にて、物にけどられぬるなめりとせむ方なき心地し給ふ。

源氏は暗いなかを夕顔が寝ている部屋に戻ってきます。夕顔はそのままの状態。右近はその横で突っ伏している。「これはどうしたんだ、全く気狂いじみた怖がりようだぞ、こんな荒れたところでは狐のようなものが人をおどかそうとして、怖がらせるのだろう。私がいればそんなものにはおどされはしないぞ」といさましく、右近を引き起こします。

右近は「どうにも気分が悪くなってうつぶせていましたが、夕顔こそおそろしがっているでしょう」というので源氏は、まったくほんとだよと言って夕顔を手探りでさわると、息をしていない。揺り動かしてみるけれども、くたっとして意識がない様子なので、ああ若い人だから変化《へんげ》の物に憑りつかれたのだと思うのですね。

物の怪は若い女、幼い子どもに憑くと考えられていました。病気になったり、具合が悪いときなどは、物の怪が憑いて悪さをしていると考えて、加持祈祷といってお経をよんだり、おまじないをしたりします。その際、憑りついた霊を退治するのに、いったん別の人に霊をつけて外に追い出します。霊をつけられる人を「憑座《よりまし》」とよぶのですが、それを担当するのは若い女性でした。そういうわけで夕顔も魅入られてしまったのではないかと源氏は思っているのですね。

そこへ、ようやく灯りがきます。

紙燭《しそく》持て参れり。右近も動くべきさまにもあらねば、近き御几帳を引き寄せて、「なほ持て参れ」とのたまふ。例ならぬことにて、御前近くもえ参らぬつつましさに、長押《なげし》にもえのぼらず。「なほ持《も》て来《こ》や。所に従ひてこそ」とて召し寄せて見給へば、ただこの枕上に、夢に見えつるかたちしたる女、面影に見えてふと消え失《う》せぬ。

右近がおびえきってまったく動けないので、源氏は灯りを持ってきた男に夕顔が見えないように、几帳を引き寄せて隠します。「もっとこっちへ持ってこい」というのですが、ふつうは身分の低い者は、室内には入ってこないで、女房がとりついでもってくるものなのです。命じられてもそうしていいものやら男はまごついてなかなか入ってこない。源氏はイライラして「もっと近くに持ってこい。遠慮はところにしたがってこそだ」と言うので、やっと灯りが近くにきて、ぱっとその場が明るくなります。すると倒れている夕顔の枕上に源氏が夢に見た女が、また見えて、ふっと消えたというわけですね。

むかしの物語などにこそかかることは聞けといとめづらかにむくつけけれど、まづこの人いかになりぬるぞと思ほす心さわぎに、身の上も知られ給はず添ひ臥して、「やや」とおどろかし給へど、ただ冷えに冷え入りて、息はとく絶えはてにけり。

霊が現れてふっと消えるなどというのは、昔話には聞いたことがあるけれども、現実に起こるとはと気味悪く思いながら、では物の怪に魅入られた夕顔はどうなってしまったかと胸騒ぎがして、抱き寄せて「やや」と声をかけるのですが、からだは「ただ冷えに冷え入りて」、息はとっくに絶え果てていたのです。「身の上も知られ給はず」は、自分も霊に憑りつかれる危険がありますし、亡くなっているならば死の穢れにふれることになるのですが、それどころではないというのです。

源氏は夕顔を抱きしめて「あが君、生《い》き出《い》で給へ。いといみじき目《め》な見せ給ひそ」、どうか生き返っておくれ。悲しい目にあわせないで、と言います。けれども時間が経過するにつれて、「冷え入りにたれば、けはひもの疎《うと》くなりゆく」、すっかり冷たくなったからだが死体らしくなっていくといいますか、不気味な気配をはなっているのを感じています。

結局、惟光は朝になってからやってきます。秘密の逢瀬でしたから、問題はこの死体をどうするかということになるわけです。惟光は、自分の父親の乳母だった人がいま尼になって住んでいるところがあるから、そこへ連れていくので、ともかく源氏は二条院にお帰りくださいというのですね。それで自邸に帰るのですが、夕顔が生き返って私がいないと知ったらどう思うだろうと心配したり、火葬する前に、どうしてももう一度会いたいと騒いで惟光に連れて行ってもらったりします。

夕顔が物の怪に憑りつかれて死んでいく場面は、原文のままでも情景が目に浮かんできて、古文が読める気になれたのではないかと思います。短い文を積み上げて、臨場感と緊張感たっぷりに描かれていますし、また視覚的にイメージが浮かんでくるところも多いですね。この巻は当時の読者もドキドキわくわくしながら読んだことと思います。

この後、源氏は右近を呼び寄せて夕顔の素性を聞きます。頭中将とのあいだにもうけた子は、のちに玉鬘として物語に登場してきますので、夕顔の物語はあとにもつづいていく大きな物語の発端ということになります。「夕顔」巻の最後には、空蝉のその後も描かれています。空蝉は伊予介に伴われて地方へくだっていってしまうのでした。

みんなのコメント❻

● 源氏が六条御息所と関係を持った後、飽きたというのは、男は昔から釣った魚にエサはやらないスタンスだったのかと納得してしまいました。

● 今では顔がまずアイデンティティを示すものであるが当時は顔が見えなくとも「歌」という手段で個性を表していた。特に女は歌がうまく詠めなかったらろくろく結婚もできないのだろう。光源氏の「女を落とす術」的なものは呆れるほど精巧で手が込んでいる。毎度毎度妙に感心してしまう。

● 六条御息所の女房、中将の君と光源氏との場面で起こっていることはいわゆる壁ドンで、当時からあったんだと驚きました。

● 源氏はもの凄い行動力の持ち主だなあとつくづく思う。自分の好みの女性を見つけに外出したり、女性に会うために低い身分に扮したりと恋愛にすべてを懸けているようにさえ思う。私も源氏を見習って積極的に外へ出て行かなくては！　と感じた。

● 歌で強気な女は私からみてもいいなあと思う。おしとやかなだけではだめなのか。いつの時代もいい女のハードルは高い。

● 平安時代の男性はドSなんですね（笑）。そして源氏のヘタレぶりに驚いた。女性を口説いたりとかなりガツガツしてるかと思ったらビビリなんですね。

● 現代でもモテる女性はかけひきが上手いというイメージは大きいが、この時代からあったことなのだと思った。女性はやっぱり頭の回転がはやい人がすてきだと感じる。勉強面ももちろんだけど、教養がある人の魅力は今も昔も変わらないのだと思う。

● 名前を名乗ることがタブーというが、体の関係を持つことの方がよっぽどタブーなことのように思われる。

第七回　形代を求めて――「若紫」巻その一

誰が夕顔を殺したか

前回読んだ「夕顔」巻ですが、夕顔の女君を取り殺したのは誰なのかについて、巻の最後に種明かしがありますので、そこを確認しておきましょう。

夕顔の四十九日の法要を終えたあと、源氏は夕顔の夢を見ます。

君は夢をだに見ばやと思しわたるに、この法事し給ひてまたの夜、ほのかに、かのありし院ながら、添ひたりし女のさまも同じやうにて見えければ、荒れたりし所に住みけんもののわれに見入れけんたよりにかくなりぬることと思し出づるにも、ゆゆしくなん。

源氏の君は、せめて夢にでも夕顔の姿を見たいと思っていると、四十九日の法要の翌日の夢に、最後に二人で過ごした荒れ果てた邸にいるのを見ます。しかも、あのとき枕上にいた霊の女の姿もあの日と同じように見えた。そこで源氏は、あの女の正体は、荒れ果てたところに住み着いた物の怪が自分に魅入って、それでこういう結果となったのだ、考えます。そうやって思い出すこと自体が「ゆゆしくなん」と評されています。

ここに注がついていますので見てみましょう。

物の怪の正体が明かされるところ。死んだ夕顔と並んでここに出て来たからには、言ってみれば一つの夢の映写幕に二人が一緒にいることになる。この霊女は従って死霊であって生霊のたぐいではない。「荒れたりし所に住みけんもの」という源氏の判断はその正体を言い当てている。

ここで、「死霊であって生霊のたぐいではない」というのが何を意味しているかといいますと、六条御息所の生霊なのではないかという読みの可能性を否定する立場を示しているのです。たしかに、源氏はその幽霊の女のことを「荒れたりし所に住みけんもの」と考えています。そもそも幽霊屋敷は古今東西、廃屋のような、もう人が住まなくなった荒れ果てたところに設定されています。狐に化かされるということをくり返し口走ってもいたのですから、そうした妖しき変化《へんげ》のものに憑りつかれたと考えても不思議ではありません。

一方で、物語のしかけとして、この場面全体に六条御息所の情念が漂っているようにも描かれています。そもそも「夕顔」巻は、「六条わたりの御忍び歩きのころ」といって、六条御息所の邸に通っているところから始まっていますし、六条御息所のところへ通わなくなった最大の理由が、五条の夕顔のところに入り浸るようになったせいだと説明されてもいます。さらに、怪異事件が起こる直前にも、六条御息所が思い乱れてうらんでいるかもしれないと源氏は思っていて、夕顔の方がかわいらしいなどと「思ひ比べ」ている。「思ひ比べ」るというのは、幾重にも六条御息所のプライドを傷つける行為です。まず第一にわたしたちの普通の感覚でも、他の女と比べて、あれこれ言われることほど頭にくることはないですよね。その上、六条御息所は、こんな五条あたりにひっそり住んでいる女とは断然に格が違うのです。そんな下々のものと比較されること自体、心外なことに違いありません。その「思ひ比べ」の直後に女の霊が出てきて、私が素晴らしいと思っている人を相手にしないで、何でこんな女を相手にしているのと言うのですから、読者はこれは六条御息所のことを言っているのではないかと思いますよね。読者にはピンときているのですけれども、なにしろそんな比較をしてしまう光源氏ですから、本人は六条御息所だなんて思いもよらないで、あの邸に住みついた霊なのだろうと思っているのかもしれない。

このののち、「葵」巻になると、源氏の正妻が六条御息所の生霊に憑りつかれ殺される場面がでてきます。そこまで読んだ読者は、ならば「夕顔」巻のあの亡霊も六条御息所がらみの霊だったのではないかと思っても不思議はない。六条御息所は、死後も死霊となって物語に登場してきます。いつも光源氏の前だけに姿を現すのです。読み進めていくうちに、もしかして夕顔を殺したのも六条御息所がらみの霊じゃないのかしらと読者が思い込んでも全く不思議はないように、あちこちに六条御息所を刺激し、傷つけ、生霊化させるような源氏の思いが描き込んであるのです。

先の注では、廃屋の女の霊は六条御息所とは関係ないものだと特定し、源氏がそれを「正しく」言い当てているという解釈を示しているわけです。もちろんそうではない解釈を読者がしたって構わない。というのも、この注の説明は破たんしているのです。四十九日の法要後に夢にみた場面をとって、夕顔は死んでいて、その死者たる夕顔のそばに一緒にいるのだから、その女も死の世界にいると解釈していますす。これは死霊なのであって、生霊ではないから六条御息所ではないという解釈がなされているのですね。

しかしどうでしょうか。廃屋で源氏の夢に女の霊がでてきたときは、夕顔は「汗もしとどに」、わなないていたのでしたよね。つまり、生きていたわけです。絶命するまでには少し時間がかかっていたはずです。生霊であるか死霊であるかが、六条御息所がらみの霊であるか、廃屋の霊であるかを決めるとするならば、はじめに女の霊が出てきたときに、生きている夕顔と共にいたのだから、これは生霊だと主張することができてしまいます。その意味では、源氏の思ったことが、正しい判断であったかどうかを決する解釈は結局は示されていないことになります。そんなことをあれこれ考えながら読むことも、わたしたち読者のお楽しみとして残されているわけですね。

霊を信じていたか

ところで、当時の人々は、こうした霊について、どのように考えていたのでしょうか。『源氏物語』がこれほど有名になるきっかけをつくったのは藤原道長ですが、歴史書によれば、道長は敵対する勢力と互いに呪いをかけあう呪詛合戦をしていたようなのです。紫式部は道長の娘、彰子に仕えていましたから、そうした呪詛合戦について見聞きすることもあったかもしれません。主に対立していたのは彰子より前に一条天皇に入内していた定子で、そこに仕えていたのが『枕草子』を書いた清少納言ですね。定子の父親は早くに亡くなって、兄の伊周《これちか》が父を継いでいます。この伊周が道長たちを呪詛したことを理由に大宰府に左遷されています。このように、呪詛は、役人を左遷させるに足るものとして考えられていたということがわかります。呪詛をしてくれる呪術の得意な僧侶や陰陽師などが存在していたこともわかります。詳しくは、繁田信一『呪いの都平安京――呪詛・呪術・陰陽師』（吉川弘文館、二〇〇六年）、上野勝之『夢とモノノケの精神史――平安貴族の信仰世界』（京都大学学術出版会、二〇一三年）などを読んでみてください。

さて、『源氏物語』にはそのような呪詛による権力闘争は描かれていません。代わりに、僧侶や陰陽師による加持祈祷をどれだけ尽くしても、それを食い破るようにして出現する女の妄執を描きました。それが六条御息所の生霊、死霊です。

女の妄執を描いたものといえば、能の「鉄輪《かなわ》」という作品が有名です。若い女と一緒になった元夫を呪うために、女が夜な夜な貴船神社に通い、ついには鬼と化す話です。貴船神社の丑の刻参りというものですね。鬼となった女を調伏するのが安倍清明です。鉄輪というのは五徳のことで、これを頭にかぶって、とがっている部分に蝋燭をたてて鬼の形相の面をつけて演じられます。この能の演目を現代に置き換えて、さらに能舞台のイメージを取り込みながら撮られた映画が、新藤兼人監督『鉄輪』（一九七二年）です。こちらも併せておすすめしておきましょう。

ところで呪術について調べようと思ってネットで検索していましたら、呪いグッズが出てきて、藁人形と五寸釘セットも通販されているということを知りました。丑の刻参りでは、人形を憎んでいる相手にみたててうらみをこめて釘を打ちこむのですが、この風習はいまだ密かにいきているようです。

さて気味の悪いお話はこれくらいにして、次の「若紫」巻に進みましょう。

光源氏、北山へ

若紫は、光源氏が恋慕する藤壺の宮にそっくりの女の子、のちに紫の上と呼称される人です。これから読むところは、はじめて源氏が若紫を見出す場面です。

冒頭から見てみましょう。

わらは病《やみ》にわづらひ給ひて、よろづにまじなひ、加持など参らせ給へど、しるしなくてあまたたびおこり給ひければ、ある人、「北山になむ、なにがし寺といふ所にかしこき行ひ人はべる。去年《こぞ》の夏も世におこりて、人々まじなひわづらひしを、やがてとどむるたぐひあまたはべりき。ししこらかしつる時はうたてはべるを、とくこそこころみさせたまはめ」など聞こゆれば、召《め》しに遣《つか》はしたるに、「老《お》いかがまりて室《むろ》の外《と》にもまかでず」と申したれば、「いかがはせむ。いと忍びてものせん」とのたまひて、御供にむつましき四五人ばかりして、まだ暁《あかつき》におはす。

源氏は「夕顔」巻で死の穢れに触れて、「わらは病《やみ》」という病《やまい》にかかっています。言ってみれば、もののけに憑りつかれている状態になっているわけです。それでおまじないとか、僧侶による呪法を受ける。それらの効き目がなく、ときどき「おこり」つまり発作を起こす。そんな折、北山の何とか寺というところに、効験のある行者がいますよと、言われます。去年の夏も多くの人々が病になったけれども、他の人たちが上手くおさめることができなかったのに、その北山の行者の手にかかるとあっというまにおさまったのだ、ともかくその人にお会いなさいという人がいる。そこで源氏のもとに来てくれるように使者を遣わしたところ、もう年をとって外には出られませんと言ったので、源氏自らが四、五人の供を連れて出かけて行ったのです。

源氏が山へ向かうくだりは飛ばしますが、なかなか綺麗な景色なんですよ。三月の終わり頃なので、街の、下界の桜は終わっているのですけれど、山桜はあとから咲きますから、まだ盛りになっていて、とても美しい。貴族ですから山になど来ることはないので、源氏はその美しさにびっくりしています。
山の上に着きまして、源氏は高い所から景色を見渡しています。あちらこちらに僧坊が建っているのが見えています。源氏のいるところから、つづらおりの道を下ったところに、小柴垣を巡らしたすてきな家が見えます。誰が住んでいるのかと源氏が問うと、某の僧都が二年ばかり籠っていたところだといいます。眺めていると、「きよげなる童《わらは》などあまた出で来て、閼伽《あか》たてまつり、花折りなどするもあらはに見ゆ」というので、まだ成人していない童髪の子たちが、「閼伽」つまり仏にそなえる水を汲んだり、花をつんだりしている姿が見えている。どうも女性がいるらしいのも見えていて、「かしこに女こそありけれ」「いかなる人ならむ」と口々に言い合っています。下りて見に行く人がいて、「をかしげなる女子《ご》ども、若き人、童べなん見ゆる」と言います。それで源氏は興味をそそられるのですね。

君は行ひしたまひつつ、日たくるままに、いかならんと思したるを、「とかうまぎらはさせ給ひて思し入れぬなんよくはべる」と聞こゆれば、しりへの山に立ち出でて京の方を見給ふ。はるかに霞みわたりて、四方《よも》の梢そこはかとなう煙《けぶ》りわたれるほど、「絵にいとよくも似たるかな。かかる所に住む人、心に思ひ残すことはあらじかし」とのたまへば、「これは、いと浅くはべり。人の国などにはべる海山《うみやま》のありさまなどを御覧ぜさせてはべらば、いかに御絵いみじうまさらせ給はむ。富士の山、なにがしの嶽《たけ》」など語りきこゆるもあり。また西国《にしぐに》のおもしろき浦々、磯の上を言ひ続くるもありて、よろづにまぎらはしきこゆ。

「行ひ」というのは、修行の行ということで、お経を読んだりなど仏道に励むことをいいます。それで良くなったかしらと思っていると、「なにかと気をまぎらわせて、あんまり鬱々と考え込まない方がよろしゅうございます」と言われる。この病気の原因に、夕顔が亡くなった悲しみにくれて、気がふさいでいることがあるというのを言い当てているような診断ですね。それで周りの従者たちも源氏の気をまぎらわすためにしきりと話をします。源氏は山の上から京の方を見る。霞みがかかって美しいので「絵に描いたような景色だね、こんなところに住んでいたら、存分に描けることだろうね」と言います。それを聞いた従者が「こんなものは大したことはないですよ。もっと遠い国に行って、海とか山とかを見れば、あなたの絵も必ずや上達するでしょう」と言って、地方に行ったことのある者たちが、世の中の絶景についてあれこれ話します。富士山の名もあがります。源氏は京都にいますから富士山は見たことがないのですね。西国の海の浦、磯の景色もあがってきます。この従者たちは受領階級で地方官としていろんなところに行ったことがあるので、それを源氏に語って聞かせているわけです。

ここで、ある人が、「近き所には、播磨の明石の浦こそなほことにはべれ」と言って、明石の浦の話をします。この明石の浦というのが、この後、源氏が政界を追われ須磨に蟄居後、移り住むこととなる場所です。つまり既にここで、源氏の明石行きの伏線がはられているのです。ここで何が語られているかというと、近衛中将の官職を捨てて播磨守となった人が、都への帰還を断念し、出家して家族と住んでいるという話です。田舎暮らしであっても若い妻子のために風流な暮らしぶりだという。そこに娘がいることを源氏はこのときはじめて知ります。その娘が明石の君といって、後に源氏と出会い、源氏の子を産むことになるのです。その子は明石の姫君といって、後に源氏の子として天皇に入内する大切な娘となっていくのですが、そうした展開の予兆がもうここにあるわけですね。

源氏はさっそく興味を示して、その娘はどんな人なのかを尋ねます。美しい人で、代わる代わる任官する国司が、そのたびにその女と結婚したいと言うのだが、父親は受け付けない。というのも自らは地方に落ちぶれているが、娘こそは京に上らせての栄達を望んでいるからでした。そこでこんな遺言までしていると聞きます。「もし我におくれて、そのこころざし遂げず、この思ひおきつる宿世違《すくせたが》はば、海に入《い》りね」、この宿願がかなわぬまま父親が先立ってしまったときは、海に入って自殺しろというのですね。それを聞いた源氏は「海竜王《かいりうわう》の后になるべきいつき娘ななり。心高さ苦しや」と笑います。海の中には竜宮城があって竜王が住んでいます。「海に入りね」ということですから、その竜王の妃になるつもりかねというわけです。竜宮城のお話は浦島太郎だけではないのですね。古来人々は海の中には海の世界を支配している竜王がいるという観念を持っていて、海が荒れたりすれば、海の神たる竜王に祈りました。他にも海の神としては住吉明神などもいまして、『土佐日記』では、海が荒れたときに、大切な宝である鏡を海に沈めて、住吉明神に捧げています。今も特に海沿いの地域では、海の神を祀るお祭りをやっているところが多くありますね。

さて、従者たちは口々に播磨の女の噂話をしていますが、これもすべて源氏の気をまぎらわせるためだったのです。大徳が「もののけが憑いているようですから、今宵は静かに加持をしてもらってからお発ちになりなさい」と言うので、山にとどまることになりました。この「もののけ」というのは源氏の夢にも出てきた夕顔に憑りついていた女でしょうが、それが病気の原因と言い当てられているのです。

さて、源氏はこんな山の世界は経験がないので、興をそそられて、どうするかというと、さきほど女がいるときいていた小柴垣の家に出かけていきます。

源氏は例の惟光と二人で垣間見をします。西側の部屋が見えています。そこに仏像を据えてお経を読んでいる尼が見えています。

中の柱に寄りゐて、脇息の上に経を置きて、いとなやましげに読みゐたる尼君、ただ人と見えず。四十余《よ》ばかりにて、いと白うあてに、痩せたれど、つらつきふくらかに、まみのほど、髪のうつくしげにそがれたる末も、なかなか長きよりもこよなう今めかしきものかなとあはれに見給ふ。

ここでは垣間見をしている源氏の目をカメラとして、彼に見えているものが映し出されていきます。柱に寄りかかって、「脇息」という腕をおいて寄りかかる調度の上にお経を置いてつらそうに読んでいる尼がいる。その尼君はなんとも高貴な感じがするんですね。四十過ぎの女性で、色白で、とても痩せているんだけれども、「つらつき」つまり顔はふくらかで、目元も美しげで、尼そぎにした髪の毛先もなまじ長いよりも新鮮な感じがする。

当時の出家した女性は、頭髪を全剃りにはしないです。尼そぎというのは、背中の真ん中ぐらいのあたりで切る、いまでいうロングヘアです。この髪型にもっとも近いのが子どもの髪型ですから、むしろ若々しくみえる髪型でもありました。源氏はちょっと美しい女性の尼そぎ姿を見て素敵だなと思っているのですね。出家には俗世を捨てて男性の欲望から逃れる意味がありましたが、むしろ髪を切って可愛くなってしまう。源氏は尼萌えしているのですね。
さて、次の場面は、教科書で読んだことがあるところかもしれません。

きよげなる大人二人ばかり、さては童《わらは》べぞ出《い》で入《い》り遊ぶ、中に十ばかりやあらむと見えて、白き衣《きぬ》、山吹などの萎えたる着て走り来たる女子《をむなご》、あまた見えつる子どもに似るべうもあらず、いみじく生ひ先見えてうつくしげなるかたちなり。髪は扇を広げたるやうにゆらゆらとして、顔はいと赤くすりなして立てり。

「何ごとぞや。童べと腹立ち給へるか」とて尼君の見上げたるに、すこしおぼえたるところあれば、子なめりと見給ふ。「雀《すずめ》の子をいぬきが逃がしつる。伏籠《ふせご》のうちに籠めたりつるものを」とていと口惜しと思へり。このゐたる大人、「例の心なしの、かかるわざをしてさいなまるるこそいと心づきなけれ。いづ方へかまかりぬる。いとをかしうやうやうなりつるものを。烏《からす》などもこそ見つくれ」とて立ちてゆく。髪ゆるるかにいと長く、めやすき人なめり。少納言の乳母《めのと》とこそ人言ふめるはこの子の後見《うしろみ》なるべし。

いよいよ若紫の登場です。大人の女性二人がいるところに、子どもが幾人かいて、ばたばた出入りして遊んでいる。その中に十歳くらいではないかという子で、白い着物を着て、山吹の着なれた上着を着ているのが走ってくる。その女の子は、他の子どもたちと全然似ても似つかないほど、この先成長したらさぞや可愛いだろうという美しい顔立ちです。髪は扇を広げたようにゆらゆらと揺れていて、泣きはらした赤い顔をしています。

泣いているので、さっきの美しい尼君が「どうしたの、他の子どもと喧嘩したの」ときいています。顔が似ているところがあるので、この尼の子どもなのだろうと源氏はみています。実際は、親子ではなくて、尼君の孫なのですけれど、ここは源氏の視点ですべて描かれているので、女の子が十歳ぐらいだとか、尼の子だろうとかいうのは源氏の推測にすぎないということに注意する必要があります。

そして有名なセリフですね。「いぬきが雀の子を逃がしちゃったの。籠を伏せて、その中に飼っていたのに」というのです。「いぬき」というのは一緒に遊んでいた童女の名前です。それを聞いた女房が「例の心なしの」と言っているので、どうもいぬきは、いつもそんなことをしてしまう子のようですね。とても可愛らしく雀は育っていたのに、鴉が見つけて食べちゃったらどうしましょうなどと言いながら出て行きました。女性は、少納言の乳母と呼ばれているようで、この女の子の乳母なのだろうと源氏は思っています。

尼君は「いで、あな幼なや」、私が今日明日の命かもしれないのに、雀のことにこんなに真剣になっているとは、と嘆きつつ、こっちへいらっしゃいといって女の子を抱き寄せ髪をかき撫でなぐさめます。源氏からみえている女の子の様子が語られます。

つらつきいとらうたげにて、眉のわたりうちけぶり、いはけなくかいやりたる額つき、髪《かむ》ざしいみじううつくし。ねびゆかむさまゆかしき人かなと目とまり給ふ。

顔立ちがほんとうにかわいらしい。眉は、化粧するようになると抜いてしまうのですが、まだ子どもなのでそのままに生えているのですね。それを「眉のわたりうちけぶり」と言っています。あどけなく髪をかき上げた額の感じ、髪などがたいそう美しい。成長していく姿をみてみたい人だなと目がとまる。なぜこんなにもこの子から目が離せないのか、そのわけに源氏は次の瞬間に気づきます。

さるは、限りなう心をつくしきこゆる人にいとよう似たてまつれるがまもらるるなりけり、と思ふにも涙ぞ落つる。

ああ、この子は、私が限りなく心を寄せているあの人によく似ているから、見つめてしまうのだ。源氏は、この子が藤壺の宮に似ていることに気づいて、はらはらと涙を流すのです。この展開、巧みですね。ここまでじーっと女の子を見つめ続けてきた源氏は、自分でも思いがけず、女の子が藤壺に似ているということを知って、自分の感情を理解するよりもなにより先に、まず涙が落ちてくるのですね。それから源氏はこの子をどうにかして、自分の手元に引き取りたいと思うようになるのです。

ここで、奥の方から僧都がやってきて、こんなに開け放していて駄目じゃないか、光源氏がここの山にきているんだよといいながら、簾を下してしまったので源氏は帰ります。

あはれなる人を見つるかな、かかればこの好き者どもはかかる歩《あり》きをのみして、よくさるまじき人をも見つくるなりけり、たまさかに立ち出づるだにかく思ひのほかなることを見るよとをかしう思す。さても、いとうつくしかりつる児《ちご》かな、何人ならむ。かの人の御代はりに、明け暮れの慰めにも見ばやと思ふ心、深うつきぬ。

源氏は、夕顔の死にもこりず、いまだ「雨夜の品定め」の恋の冒険に夢中になっています。それで、あの子がかわいらしかったことを思いながら、好き者の男たちは、こうやってあちこち出歩いて女を見つけるのだろうな、こうしてたまさか出かけただけでも、こんなに思いの外のことがあるのだからと思うのです。そして、「かの人」つまり藤壺の宮の代わりに、明け暮れそばにおいて慰めとしたいという思いが深くきざすようになるのです。藤壺は天皇の后ですから、おいそれと会える人ではありません。それでせめて面差しの似たその子をそばにおきたいと思うのですね。

その後、先ほど簾を下げた僧都と会って、この子の素性をききだします。母親は亡くなっているのですが、その子の父親が兵部卿宮だったと知ります。兵部卿宮は藤壺の宮の兄です。だから、あの子は藤壺の姪にあたっているのです。それであんなにも顔立ちが似ているのだと源氏は理解するのです。

なぜ兵部卿宮の子がひっそりとこんな山奥で暮らしているかというと、兵部卿宮の正妻が嫌がらせをしたらしいのです。夕顔のときと同じですね。夕顔は頭中将とのあいだに女の子を産みましたが、正妻が圧力をかけてきたから逃げたのでしたね。

この後、この子を引き取りたいと尼君に願い出ますが、固辞され、尼君が亡くなると、兵部卿宮に引き取られてしまう前に、先んじて二条院に連れ帰る展開となります。この巻まできて『源氏物語』の主人公と生涯連れ添うことになる女君がようやく見出されたのです。

みんなのコメント❼

●源氏がまだ若い紫の上を気に入り、連れ去ってしまうというストーリーは初めて読んだときこそ気持ち悪！　と思ってしまったのですが、これだけ女性遍歴の豊富な源氏なら何てことないことですね。むしろＮＧな女性のタイプを知りたいです。

●能の般若のお面も嫉妬に狂っている女の哀しみが表現されており、五寸釘の呪いも女の強い嫉妬の現れだということを聞いて、それで女性が恋愛に対して強く執着するというイメージがつくられたのかと思った。しかし男の嫉妬のほうが執着が強くて面倒なのではと個人的には考えている。

●源氏が覗き見している姿を想像するとおもしろいけど、少しこわい感じもある。昔はかわいい人やきれいな人に対する思いが情熱的な感じがする。

●源氏の年齢のストライクゾーンはつくづく広すぎると思う。（四十すぎのおばさん尼から十すそこその女の子まで）あるいは年齢より外見なのか。どちらにしても髪がポイントらしい。

●プライドの高い女の人が怒るとかなりコワイと感じました。

●尼萌え、おもしろいです。男との関係断ち切るつもりが、ただのイメチェンになって逆効果。マンネリ化から脱している感じが魅力的かもしれない。

● 私はこの授業で先生の話す、ジェンダーと『源氏物語』(昔の生活や文化)が結びついているお話がすごく興味深いと思います。

● 療養に来ながらものぞき見にはげむ、源氏もなんだかフリーダムです。

第八回　禁忌を犯す――「若紫」巻その二

若紫への執心

前回、北山で藤壺の姪にあたる女の子を偶然に発見するところを読みました。このくだりについて、光源氏はペドフィリア（paedophilia）、つまり小児性愛の傾向があるのではないか、あるいはロリコンだというふうに考える人がいます。でもよく考えてみてください。源氏は十二歳で元服、結婚しています。その時点で、いまの年齢の感覚とまったく違いますよね。十二歳で結婚年齢だったわけです。女性の場合の結婚年齢はもっと具体的に生理がはじまった後ということになります。結婚すればすぐにも出産することが見込まれていましたから、子どもが産める年齢である必要があったわけですね。

高畑勲監督『かぐや姫の物語』（二〇一三年）をご覧になった方は覚えているかもしれませんが、ある日、おばあさんがお赤飯をたくシーンがありました。あれはかぐや姫に生理がきたことを示していて、結婚年齢に達したという意味だったのです。それでおめでたいのですね。当のかぐや姫本人は結婚など望んでおらず、ずっと子どものままで野山を駆け回っていたいと思っていたので悲しそうな顔をしていましたが。現在の民法では、結婚は、女性は十六歳以上、男性は十八歳以上となっています。これも実は奇妙な話で、既婚者でない限り、十八歳未満の男女との性愛は「淫行」ということになって条例に反する行為です。十六歳の女性との性的行為は禁じられているが、結婚はよいというのはそもそも矛盾していますね。

ところが、平安時代の昔にはそのような基準も拘束もなかったわけですから、源氏が十歳ぐらいの女の子を見て、大人になったらどんなに美しいだろうと考えることは、それほど奇妙なこととはいえません。それに、若紫に惹かれた最大の理由は藤壺に似ているということにあるのですから、藤壺は源氏より五歳年長ですし、それを考えてもロリコンとはいい難いのではないでしょうか。

それから藤壺に似ているという理由で愛されるのはかわいそうだという声もありますね。それはまったくその通りだと思います。形代《かたしろ》という言い方がありまして、だれかの代わりという意味です。平安時代の宮廷物語には、こうした誰かの代わりを求める話がさまざまに描かれています。『源氏物語』にしても、桐壺更衣の代わりに藤壺であるとか、後半の源氏が亡くなって、その息子の薫が主人公となる宇治十帖と言われる巻々でも、薫は宇治の八の宮の邸で大君、中の君という姉妹に出逢って、大君に恋しますが、大君が亡くなってしまうと、異母妹の浮舟をもとめます。これも大君の形代ということなのですね。

それから形代は、身代わりとしての人形《ひとがた》とも重なるわけですが、いまの読み方では、まさに「にんぎょう」。この人形《ひとがた》の分身機能についても説明しておきましょう。

前回、呪いの藁人形の話をしましたが、人の形をした人形は、その人の分身だという考えがありました。たとえば、のちに源氏は明石で出逢う女君（「若紫」巻の最初に話題になっていた娘ですね）とのあいだに娘をもうけます。この子どもをひきとって、正妻格の若紫（のちの紫の上）が育てて天皇に入内させるわけなのですが、その子どもに天児《あまがつ》とよばれる人形を添えて送り出す場面があります。この天児《あまがつ》という人形は、子どもがあそぶようなお人形ではなくて、一種の魔よけとして、子どもが三歳になるまで枕元においておくものでした。子どもにとり憑こうとする悪い魔物を、身代わりの人形につけて、祓《はらえ》の日にそれを川に流し、悪いものも共に流したのです。いま三月三日の雛祭りに、流し雛をする地域があると思いますが、あれのはじまりはこういう考えにあったわけですね。三月の最初の巳の日、十二支でぐるぐるまわるので、いつも同じ日にはならないのですが、それが上巳《じょうし》の祓《はらえ》の日でした。巳はことよめるので、三月三日に行うことになっていくのですが、『源氏物語』でも上巳の祓をやっているのですよ。

源氏が須磨に蟄居しているころ、「須磨」巻の最後で上巳の祓をします。人形に自分についた悪いものをつけて海にながすのですね。その地方にいる陰陽師を呼んで、舟に人形《ひとがた》を乗せて海に流す祓えの儀式をします。するとたんに空がかき曇り、たいへんな嵐になるのです。天が感応したのですね。雷が落ちて須磨の住まいが火事になったりとんでもないことが起こるのですが、源氏の夢に亡き父、桐壺院がでてきて、なぜこんなところにいるのだ、冥界でいろいろ忙しくしていて気付いたらおまえがこんなことになっていてびっくりしたので来た。今から都に言っておまえの兄帝に会ってくるといって消えます。都も嵐が吹き荒れているころで、兄朱雀帝の夢に桐壺院がでてきます。院は怒ったようにじーっと朱雀院をにらみつけるのですね。朱雀院は夢のなかで父親ににらまれたせいで目が覚めると目を病んでいます。こわくなった帝が源氏を都にもどす宣旨をだす決意をするという展開になっています。こんな奇跡を起こすきっかけになるのも上巳の祓という儀式だったのです。

藤壺の宮との逢瀬

似た人を形代に求めるということが実際にあったかどうかはさておき、少なくとも物語の基本構造としてはそれがある種の、常套表現としてあったといえるでしょう。そういうわけで若紫発見のこの巻には、その出逢いと交差するかたちで藤壺との情交が描かれていくのです。

藤壺の宮、なやみ給ふことありて、まかで給へり。上のおぼつかながり嘆ききこえ給ふ御けしきも、いといとほしう見たてまつりながら、かかる折だにと心もあくがれ惑《まど》ひて、いづくにもいづくにも参《ま》うで給はず。内《うち》にても里《さと》にても、昼はつれづれとながめくらして、暮るれば王命婦《わうみやうぶ》を責め歩き給ふ。

藤壺は体調をくずして里の家、つまり実家に帰ります。「なやみ」というのは病気や生理のような体調不良をさします。藤壺が実家に帰るということは、天皇から離れているわけですから、藤壺に想いを寄せている源氏にとってはチャンスです。天皇は藤壺の容態を心配していますが、源氏は心が体を勝手に抜け出していってしまいそうなほどに浮ついた気持ちになっています。そのためにいろいろと通う女がいるにもかかわらずどこにも行かないでいる。もちろん正妻のところにも行きません。昼はぼーっとして、夜になれば王命婦に藤壺と会わせてくれとせがんでいる。この王命婦というのは藤壺付きの女房です。

さて、ここで話が急展開します。

いかがたばかりけむ、いとわりなくて見たてまつるほどさへ現《うつつ》とはおぼえぬぞわびしきや。

この突然挿入される「いかがたばかりけむ」は、いったいどのように画策したのでしょう、という語り手のことばで、この一言であれこれすっとばしていきなり情事の場面に入るという読者への合図になっています。ようやく実現した逢瀬も、源氏にはまるで現実のものと思えないほどにせつなくつらいものだというのです。

宮もあさましかりしを思し出づるだに世とともの御もの思ひなるを、さてだにやみなむと深う思したるに、いと憂《う》くて、いみじき御けしきなるものから、なつかしうらうたげに、さりとてうちとけず心深う恥づかしげなる御もてなしなどのなほ人に似させ給はぬを、などかなのめなることだにうち交じり給はざりけむとつらうさへぞ思さるる。何ごとをかは聞こえ尽くし給はむ、くらぶの山に宿りも取らまほしげなれど、あやにくなる短夜《みじかよ》にて、あさましう、なかなかなり。

「宮」は藤壺の宮のことですね。「あさましかりしを」と続きますが、この最後の「し」は過去形の「き」が変化したものですので、あさましかった出来事。あってはならないはずの出来事を思い出すだけでも物思いの種であって、せめてあれを最後にしようと心に固くちかったのに、また源氏とあってしまったというような意味になります。ということはすでにこれまでに源氏と藤壺との逢瀬は実現していたということになります。しかし読者にとってはここがはじめての逢瀬の場面なのです。このことから、実は現存していない巻があって、そこに一回目の逢瀬場面が描かれていたのではないかという説が生まれてくるわけです。第五回でお話しした「輝く日の宮」巻の存在を想定する説ですね。

さて、藤壺は源氏の侵入に困っていますが、それでも親しみがこもったかわいらしさで、かといって打ち解けてしまいはしない。源氏は藤壺のすばらしさは誰にも比べようがないと感じています。なぜ少しの欠点もないのだろうと、欠点でもあれば思いきれるのにとせつなく思うのです。ここに情交があったわけですが、それは描かれません。「あやにくなる短夜」で、まだまだ共に過ごしたいのにという気持ちが表されているだけです。二人の歌のやりとりがあります。

見てもまた逢ふ夜まれなる夢のうちにやがてまぎるる我が身ともがな

こうして逢っても、また次に逢えるときはなかなかない。そんな夢のような逢瀬であったけれども、私はその夢のなかに紛れてしまいたい。そんな意味です。そうして源氏は泣いています。その様子がかわいそうなので藤壺は返歌をします。

世語りに人や伝へんたぐひなく憂《う》き身を覚めぬ夢になしても

自分の憂《うれ》うべき身の上を覚めない夢としてしまっても、人が噂したらどうしましょう、という意味です。帝の后である人との関係が噂になったら、これは大変なことです。

さて、源氏と藤壺の間に性的関係があったということがわかるのは、このあとです。

命婦の君ぞ御直衣などはかき集め持て来たる。

藤壺の女房である命婦が、源氏が脱ぎ散らかした直衣をかき集めて持ってきたということですね。第五回で紹介した森谷明子『千年の黙』では、藤壺と源氏の関係を描いた「輝く日の宮」を何者かが破棄したことに気づいた紫式部が、あとからこの一文を書き入れて、二人の関係があったことを決定的なものにしたという設定になっていました。たしかに、直衣を脱いでいたのなら情交があったことは明らかになりますね。

源氏は逢瀬のあと自邸に帰り、手紙を送りますが、ご覧になりませんとだけ女房から返事がくる。通常の男女の恋人たちには、逢瀬の翌朝に「後朝《きぬぎぬ》の文《ふみ》」といって男から女に手紙を書く習慣があります。その返事の到着が速ければ速いほど愛が深い証になります。ですから男が帰っていったあと、女はやきもきしながら寝ずに待っています。もちろん源氏と藤壺との関係では、そんなふつうの恋愛めいたことができるはずもありません。そんな折に事件が起こります。藤壺が妊娠するのです。

宮もなほいと心憂《う》き身なりけりと思し嘆くに、なやましさもまさり給ひて、とく参り給ふべき御使ひしきれど、思しも立たず。まことに御心地例のやうにもおはしまさぬは、いかなるにかと人知れず思《おぼ》すこともありければ、心憂くいかならむとのみ思し乱る。暑きほどはいとど起きも上がり給はず。三月《みつき》になり給へば、いとしきるほどにて、人々見たてまつり咎むるに、あさましき御宿世のほど心憂し。人は思ひ寄らぬことなれば、この月まで奏せさせ給はざりけることと驚ききこゆ。わが御心ひとつにはしるう思《おぼ》し分くこともありけり。

天皇から藤壺に、はやく宮中へ戻ってきなさい、という使いがきますが、藤壺はさらにいっそう体調が悪くなっていています。いつもと違う体の変調に、藤壺自身は思い当たることがあるのです。そうしているうちに妊娠三カ月となって人目にも明らかになってきます。藤壺はあってはならない、しかし逃れ難い源氏との宿縁を思います。まわりの人たちは当然、天皇の子を懐妊していると思っていますから、どうしてもっと早く報告しないのだというわけです。帝の子をみごもったのなら、これはたいそうよろこばしいことであり、それをお知らせしなければ、と思う。しかし、藤壺にはお腹の子は光源氏の子だとわかっているわけですね。

御湯殿などにも親しう仕《つか》うまつりて何事の御けしきをもしるく見たてまつり知れる御乳母子の弁、命婦などぞあやしと思へど、かたみに言ひあはすべきにあらねば、なほ逃れがたかりける御宿世をぞ命婦はあさましと思ふ。

お風呂に入るときには、ごくごく親しい女房が仕えます。ここでは乳母子として子どものころから一緒にいる弁と例の命婦ですね。この女房達は藤壺の妊娠に気づいていました。なぜかというと妊娠をすると乳首が黒くなるからですね。二人の女房は妊娠に気づいているのですが、お互いに口にできずにいます。源氏を手引きした命婦はこれを逃れ難き宿命だと思っています。

内には御物の怪のまぎれにてとみにけしきなうおはしましけるやうにぞ奏しけむかし。見る人もさのみ思ひけり。いとどあはれに限りなう思されて、御使ひなどのひまなきも、そら恐ろしう、ものを思《おぼ》すことひまなし。

天皇には、妊娠の知らせをするのが遅くなった理由を物の怪のせいですぐに気づかなかったと説明したのですね。天皇はたいそう喜んで、使いを何度もやってきては様子をきいてきます。お使いもひまなしでやってくるならば、物思いもひまなしというわけですね。一方、そうしたなかで源氏はどうしていたのでしょう。

中将の君もおどろおどろしうさま異《こと》なる夢を見給ひて、合はする者を召して問はせ給へば、及びなう思しもかけぬ筋のことを合はせけり。

中将の君が源氏です。源氏はびっくりするような不思議な夢をみます。変わった夢を見たので、夢合わせをしてくれる人を呼んできいてみると、思いがけないことを言われます。夢は個々人の精神状態を反映するものなどではなく、夢という回路をとおして異界から何かを告げ知らせてくれたり、夢の中で恋しい人に会えたりなど、外側に通じている場として信じられていました。ですから、不思議な夢を見れば、夢占いにその意味を教えてもらうのですね。なんと言われたのでしょうか。

「その中にたがひめありてつつしませ給ふべきことなむはべる」と言ふに、わづらはしくおぼえて、「みづからの夢にはあらず、人の御ことを語るなり。この夢合ふまでまた人にまねぶな」とのたまひて、心のうちにはいかなることならむと思しわたるに、この女宮の御こと聞き給ひて、もしさるやうもやと思し合はせたまふに、いとどしくいみじき言の葉尽くしきこえ給へど、命婦も思ふに、いとむくつけうわづらはしさまさりて、さらにたばかるべき方なし。はかなき一くだりの御返りのたまさかなりしも絶え果てにたり。

これからうまくいかないことがあるから少し静かにしている必要がありますよ、と言われたのです。「たがひめ」というのは運命の糸がこんがらがっているとか、階段の踏み外しなどのような真っすぐには進まないことをさしています。これがのちに源氏が須磨に左遷されることを暗示しているのですね。それを聞いた源氏は、夢合わせした人に言い訳をします。これは私の夢ではなくて人から聞いた夢なんだ、だからこの夢が実現するまでは他言するなと口止めをするのです。そう言いながらあの夢は何をさしているのだろうと思っていると藤壺の懐妊の報を耳にするのです。源氏は、夢でみたことはこの妊娠と関係しているのだと自分で夢合わせするのですね。そこで藤壺にことばを尽くした手紙を書きますが、あちらは秘密がばれないようするのに必死ですから、証拠になるような手紙などが送られては迷惑というものです。これまでもたまさか一行ばかりのことばをいただく程度だったのですが、それすらも絶え果ててしまいます。

七月になりてぞ参り給ひける。めづらしうあはれにて、いとどしき御思ひのほど限りなし。すこしふくらかになり給ひて、うちなやみ面痩せたまへるはた、げに似るものなくめでたし。例の、明け暮れこなたにのみおはしまして、御遊びもやうやうをかしき空なれば、源氏の君も暇《いとま》なく召しまつはしつつ、御琴、笛などさまざまに仕うまつらせ給ふ。いみじうつつみ給へど、忍びがたきけしきの漏り出づる折々、宮もさすがなることどもを多く思し続けけり。

七月になって、藤壺はようやく宮中に戻ってきます。藤壺は、おなかがふっくらと大きくなっていますが、顔は思い悩んでやつれている。しかしそれでも美しいわけです。源氏は天皇のお気に入りなので、始終お召しがあります。そこには藤壺もいます。音楽を奏でるのによい季節となって、夜な夜な源氏を召しては琴を弾け、笛を吹けという。源氏は自分の気持ちを隠しているわけですが、ときに忍びがたくてもれてしまう。それに勘づくのは藤壺です。二人は共に隠し持つ秘密の重さに悩まし気にしています。ここで場面が一区切りとなります。

藤壺が妊娠したのはやはり源氏の子で、その子はのちのち帝位につくことになります。天皇と弘徽殿女御の間に源氏の異母兄にあたるのちの朱雀帝がいます。藤壺との間に生まれた子が朱雀帝のあとを継いで冷泉帝として即位するのです。けれども、冷泉帝は天皇の子ではないわけですね。のちに母藤壺の死後、冷泉帝は自分の父親が源氏だということを知ってしまいます。父をさしおいて自分が即位するのはおかしいのではないかと思い悩み、歴史書をさまざま読んでみるけれども、唐土にはそういう例が多くみられるが、日本には例がない。といってもこうして秘密にしていることを、どうして伝え知ることができようかと冷泉帝は思うのです。このくだりがあることで、藤壺密通事件がただのフィクションのなかの出来事ではすまなくなってくるのです。冷泉帝は、歴史書をみているのですから、実在の天皇の系にもそんなことがあったかもしれないと読者に想像させることになります。それはことに戦時下の天皇制には絶対の禁忌のまさに核心だったという論もあります。戦時下には天皇は神、現人神《あらひとがみ》でした。天皇の祖先をたどっていくとアマテラスまでたどれる万世一系とされていました。ですから、たとえフィクションとはいえ、密通関係で誕生した天皇がいることはもとより、日本の歴史書には書かれていないだけでそんな関係があったなどという発言を見逃すわけにはいかなかったのです。谷崎潤一郎は『源氏物語』を三度訳していますが、戦時中に出された最初の版では、藤壺との密通にかかわる部分は削除されていました。『源氏物語』は不敬の書として、天皇への尊崇をそこなうものとされていましたし、恋愛物語が風紀を乱すといったこともあって、戦中に『源氏物語』の芝居が上演できなくなったりもしました。それらの元凶となったのが、藤壺密通事件なのです。

藤壺のゆかり

源氏が秋の夕べに口ずさんだ歌があります。歌は基本的には誰かとやりとりするもので、それを研究の場では贈答歌《ぞうとうか》と言いますが、それに対してこうして一人口ずさんだ歌は独詠歌《どくえいか》とよんでいます。

手に摘みていつしかも見む紫《むらさき》の根《ね》にかよひける野辺の若草

あの藤壺にそっくりな若紫を手に入れたいと思いながら詠まれた歌です。紫というのは藤壺のことです。その藤壺と根が通っている、つまり血縁関係にある若紫。その若紫を手に入れたい、という意味ですね。

やがて若紫の世話をしていた尼君が亡くなります。源氏の若紫を引き取りたいという願いを固辞しつづけた人が亡くなったわけですから、源氏は半ば強引に若紫を二条院に連れ帰ります。尼君の死後、源氏が弔問に訪れたあたりから読んでいきましょう。

君は上を恋ひきこえ給ひて泣き臥し給へるに、御遊びがたきどもの、「直衣着たる人のおはする、宮のおはしますなめり」と聞こゆれば、起き出で給ひて、「少納言よ。直衣着たりつらむは、いづら。宮のおはするか」とて寄りおはしたる御声、いとらうたし。「宮にはあらねど、また思し放つべうもあらず。こち」とのたまふを、恥づかしかりし人とさすがに聞きなして、悪《あ》しう言ひてけりと思して、乳母にさし寄りて、「いざかし、ねぶたきに」とのたまへば、「今さらに、など忍び給ふらむ。この膝の上に大殿籠《おほとのごも》れよ。今すこし寄りたまへ」とのたまへば、乳母の、「さればこそ。かう世づかぬ御ほどにてなむ」とておし寄せたてまつりたれば、何心もなくゐたまへるに、手をさし入れて探り給へれば、なよらかなる御衣《ぞ》に髪はつやつやとかかりて、末のふさやかに探りつけられたる、いとうつくしう思ひやらる。

若紫は亡くなった尼君恋しさに泣き臥しています。すると例の遊び仲間の童べが「直衣を着た人がきていますよ、きっと父宮がいらしたのよ」と言いに来ます。若紫は起きて乳母の女房のところへいって「少納言よ、直衣を着た人はどこにいるの。父宮がきたの」というのです。いま、源氏と少納言は御簾ごしに会話をしていましたので、源氏側からすると声だけが聞こえてくるのですね。それで「御声、いとらうたし」と聞き取っているのです。源氏は、「父宮ではないけれども、同じぐらい大切に想ってい る人だよ、こっちにおいで」と言います。声をきいてすぐに源氏だとわかった若紫は、お客さまの前ではしたない態度をしたことを恥ずかしく思うのですね。それで照れたように乳母に寄り添って「行こうよ、眠いよう」と言うのです。本当に子どものような態度ですね。源氏は「いまさらどうして隠れるの。私の膝の上で眠りなさいよ。もっと近くへおいで」と言います。すると乳母は、「こんなふうに子供で仕方ないんですよ」と言いながら、御簾のそばへ若紫を押しやるのです。尼君が亡くなっていますので、少納言が考えることとしては父親である兵部卿宮にひきとってもらうか、源氏にひきとってもらうかです。兵部卿宮のところへ行けば、正妻の子どもたちがいますから、それより格下の扱いを受けるに違いありません。それを尼君も案じていたのだとこの直前に源氏にこぼしてさえいました。少納言としては源氏にひきとってもらった方がいいと判断したのでしょう。源氏は御簾の下から手をさしいれて、若紫を手探りに撫でています。しんなりした衣の上にかかる髪がつやつやとして、毛先がたっぷりとしているので、どんなにか美しい髪だろうと想像するのですね。

　手をとらへたまへれば、うたて例ならぬ人のかく近づき給へるは恐ろしうて、「寝《ね》なむと言ふものを」とてしひて引き入り給ふに、つきてすべり入りて、「今はまろぞ思ふべき人。な疎《うと》み給ひそ」とのたまふ。

手探りしているうちに源氏は若紫の手をにぎります。若紫はちょっと怖くなって、「寝るっていってるのに」とごまかしつつ手を引くのですが、源氏は「つきてすべり入りて」というのでその手を引いたのにくっついて簾の下から入ってきてしまいます。源氏は「尼君が亡くなった今となっては私こそが思うべき人ですよ、おうとみにならないで」と言っています。乳母は突然目の前に源氏が現れたので「いで、あなうたてや。ゆゆしうもはべるかな」とあわてますが、ちょうど天候が荒れて嵐の晩になります。人が少ない女ばかりの邸では源氏に頼るほかないという状態です。

　突然に霰が降って風がでてきたので、源氏は格子戸を下ろすよう指示したり、そば近くに人をかたまらせたりして、おそろしげな夜だから私が宿直人つまり衛りの人となりましょうと、いかにも慣れた顔で寝所に入っていきます。源氏は若紫を抱きしめて「私のところへおいで。おもしろい絵もたくさんあるし、雛遊びもできるよ」と誘います。

少納言は、尼の四十九日がすぎたら、父親の兵部卿宮が迎えにくる手はずになっていることを源氏に伝えます。一度、邸を去りますが、父宮に若紫をとられるまえにと焦った源氏は、再び若紫のもとへ向かい、少納言ともども二条院に連れ帰るのです。

当時の邸は母屋に対の屋というのがつきでていて、それぞれに女をすまわせたりしていましたが、源氏の二条院にも使っていない対の屋があって、そこを若紫の居室とします。何もないところだったので、源氏は惟光に几帳、屏風、夜具などをもってこさせて部屋を整えます。平安時代の屋内は畳敷きではなく、板の床でした。高貴な人は夜具の下に小さな畳を敷いたりします。部屋には基本的に仕切りがなく、屏風や几帳で仕切ってプライベート空間を確保します。

仕える女房たちもこちらにはいない。源氏は若紫のためにまず童べを呼び寄せます。遊び相手とするつもりだったのでしょう。源氏は、絵や遊び道具をだしてしきりと若紫の機嫌をとっています。二、三日の間は内裏にも行かずに、若紫がなつくようにとずっと自邸にいます。

やがて本にとおぼすにや、手習《てならひ》、絵などさまざまにかきつつ見せたてまつり給ふ。いみじうをかしげにかき集め給へり。「武蔵野と言へばかこたれぬ」と紫の紙に書《か》い給へる、墨《すみ》つきのいとことなるを取りて見ゐたまへり。すこしちひさくて、

ねは見ねどあはれとぞ思ふ武蔵野の露分けわぶる草のゆかりを

とあり。

ここの「やがて本に」の「本」はお手本の意味です。若紫が文字を書いたり、絵をかいたりするための手本になるように、いろいろと書きつけては見せているのですね。手習というのは文字を書くことですが、こうして誰かが書いたものをお手本にしてその書きぶりを真似して練習します。いまの習字と同じですね。ですから、筆跡というのは、その家の書きぶりが伝えられていくことになるのです。もし家に下手な人しかいないなら、上手な人の書いたものをもらって練習させます。光源氏は漢文も書きますが、こうした和歌などを書くかな文字もとても流麗に書くので、女文字の手本にもなっているのです。筆跡のことを「手」といいますが、若紫の「手」は源氏のものをうつしたものとなるはずです。源氏が紫色の紙に書きつけた「武蔵野と言えばかこたれぬ」、武蔵野のいうとうらみ言をいいたくなるという文字の脇には少し小さな字で歌が書いてあります。それを手に取って若紫が見事な筆跡を眺めています。「ねは見ねど」の「ね」には草の「根」と「寝」がかけられていますね。根っこはみてないけれど、と、寝てはいないけれど、というのがかけられて、それでもあわれだと思う、武蔵野の露をわけて近寄りがたい草のゆかりを、というのです。この草は、前にも説明した紫のゆかり、紫草をさしていて、藤壺の姪である根のつながりが示唆されているのです。藤壺と若紫のつながりをいう歌を若紫自身がいまながめているという状況です。

源氏はあなたも書いてご覧、とうながしますが、まだ上手にかけないのと無邪気に見あげる姿がかわいくて、思わずほほえみかけます。上手にかけなくても書かないのはよくないよ、教えてあげるからと言いますと、なにか書くのですが「書きそこなひつ」(書き損じちゃった)といって恥ずかしがって隠します。無理やり見てみると次の歌が書いてありました。

かこつべきゆゑを知らねばおぼつかないかなる草のゆかりなるらん

つい恨み言をいいたくなる理由を知らないのでおぼつかないのです、どんな草のゆかりなのでしょうか、というものです。幼いわりには上手な返歌で、思わず核心をついている歌になっていますね。若紫は藤壺の代わりとして自分が愛されていることなど知りませんから「いかなる草のゆかりなるらん」というのです。彼女の書いた文字をみて源氏は、「故尼君のにぞ似たりける」と思います。彼女が手本にしてきたのは尼の手なので似たような書き方をするのですね。源氏は今風の手を練習したらもっとよくなるだろうなと思っています。それから二人は、雛遊びをします。お人形遊びですね。ちゃんとドールハウスもつくりこんで遊んでいるのです。人形遊びは若紫お気に入りの遊びのようで、あとにも出てきます。こうして若紫は二条院でのあたらしい暮らしになれていくのでした。

みんなのコメント❽

● 源氏が藤壺のところに侵入するところ、会いたいと思って会ったのに現実と思えずつらい、というのは十八歳の私には正直わかりません。

●藤壺と源氏の密通で命婦が服を集めるという描写から彼らの関係を説くところがおもしろい。なんだか想像すればするほど昼ドラのようなどろどろした情景が浮かんできて……。どうして人間ってこういうのが好きなんだろう……。

●光源氏の若紫への愛情が深いことはわかりますが、やはりほんとうにもとめているのは藤壺なんだなぁと思いました。藤壺がどれほど光源氏を想っているのかも気になります。また、もし光源氏の本心を若紫が知ったらどう思うのかなぁということも気になります。

●源氏との関係に悩みながらも源氏の和歌に返事をするあたりが藤壺もまんざらでもないではないかと思った。別れるとき泣いてしまったことで藤壺の母性本能がくすぐられたのだろう。

●若紫の巻は読んでいて一番楽しい巻だと思う。若紫の描写でいっぱいのこの巻を読むと、自然とこの子を愛でる源氏の気持ちもわかってくるような気がする。でもただ「かわいい！」というのではなくて若紫を藤壺にだぶらせて見てしまう心もあるからなおのことおもしろいと思う。やはり新しく恋をする時に前の好きな人をだぶらせてしまうのは鉄板ですね。

●戦時中の日本政府が『源氏物語』にも検閲を行っていたという話がとても興味深かったです。戦中は天皇が神格化され、それを政府が守ろうとしていたことで古典作品までも影響を受けていたことに驚きました。

●『源氏物語』のなかでなんども男女の関係についての描写がありますが、これは日本の古典文学だけなのでしょうか。日本は性に関してとてもオープンなような気がします。

●よくよく考えてみると光源氏と藤壺の関係ってものすごいスキャンダルですよね。そんなことを物語に書いた紫式部にはどのような意図があったのか気になりますし、そんなとんでもない話が現代まで伝わっているのもすごいことだなと思いました。

●藤壺が源氏の侵入を許してしまったということは藤壺は天皇に不満があったのでしょうか。藤壺は天皇に桐壺更衣の形代にされ、紫の上は源氏に藤壺の形代にされるとは、何かの因縁を感じさせます。帝は源氏と藤壺が密通していたことを知っていたんじゃないでしょうか。

●情事のあとに男が女に手紙を送り、女はそれを待っていたということをきいて、現代も同じだなと思いました。今でもデートのあとメールを待っているということはよくあると思います。返事の早さや内容に一喜一憂してしまうのも昔から変わらないのだなと感じました。現代ではデートのあとに女性から先にメールを送るケースは多いと思いますが、『源氏物語』の時代、女性が先に手紙を送ることはＯＫだったのでしょうか。どんなに好きでも基本的には女性は待つというイメージが強いため、この時代の女性は強いなと思いました。

第九回　妄想の恋――「末摘花」巻

中の品の女を求めて

今回は「末摘花」巻を読んでいきます。

思へどもなほ飽《あ》かざりし夕顔の露におくれし心地を、年月経《ふ》れど思し忘れず、ここもかしこも、うちとけぬ限りの、けしきばみ心深き方《かた》の御いどましさに、け近くうちとけたりしあはれに似るものなう恋しく思ほえ給ふ。

亡くなった夕顔のことを源氏は忘れることができません。いま源氏がおつきあいしている女性は、葵の上も六条御息所も高貴な女性ですから堅苦しい関係なのです。夕顔との関係はそうではありませんでした。夕顔は親しく打ち解けてくれたわけです。そうしたことは他にはなかったなと回想しています。

いかで、ことことしきおぼえはなく、いとらうたげならむ人の、つつましきことなからむ、見つけてしかなとこりずまに思しわたれば、すこしゆゑづきて聞こゆるわたりは御耳とどめ給はぬ隈《くま》なきに、さてもやと思し寄るばかりのけはひあるあたりにこそ一くだりをもほのめかし給ふめるに、なびききこえずもて離れたるはをさをさあるまじきぞいと目馴《めな》れたるや。

夕顔のような可愛らしい人を見つけたいと、源氏は凝りずに思っています。中の品情報を耳にすると、手紙を出したりしてアプローチをしつづけています。源氏から手紙をもらってその気にならない女はいないので、ありきたりでつまらない。ここは語り手の評ですね。源氏が夢中になった恋愛は、空蝉と夕顔ですから、夕顔の想起からはじまった語りは空蝉回想へと向かいます。

つれなう心強きは、たとしへなうなさけおくるるまめやかさなど、あまり物のほど知らぬやうに、さてしても過ぐしはてず、なごりなくくづほれて、なほなほしき方に定まりなどするもあれば、のたまひさしつるも多かりける。

かの空蝉を、ものの折々には、ねたうおぼし出づ。荻の葉も、さりぬべき風のたよりある時は、おどろかし給ふ折もあるべし。火影《ほかげ》の乱れたりしさまはまたさやうにても見まほしく思す。大方《おほかた》なごりなきもの忘れをぞえしたまはざりける。

つれない態度をする気の強い女は、まったく情がなく生真面目すぎて、程度を知らないくせに、最後まで突き放せずに結局はしなだれかかってきたりして、退屈な関係に収まってしまうということもあるので、源氏の方が途中で言い寄るのをやめたりすることも多かった。強情な女といえば空蝉ですので、そうした折には「かの空蝉を」いつも思い出すのですね。空蝉は夫とともに地方に下ってしまいましたので、もう会うことはかないません。間違えて関係してしまった軒端の荻にも適当な折には便りをしているようです。

源氏は、空蝉と軒端の荻が碁を打つ姿を垣間見したことが忘れられないのです。あのときのように女を見つけられたならと思い続けています。最後の一言は、源氏の君は、どんな女性のこともすっかり忘れてしまうということはないのでした、という意味です。これぞ光源氏の真骨頂ですね。当時の女性読者にとっては、相手の男性がいつまでも未練がましく思い出してくれるというのは理想の恋愛だったのでしょう。

さて「末摘花」巻の冒頭は、夕顔や空蝉との出逢いを中の品との理想的な恋として引用されて幕開けました。それに対してこの巻でこれから語られる末摘花との出逢いは、そのパロディとなります。

末摘花の情報を源氏にもってくるのは、源氏の乳母子《めのとご》の大輔命婦《たいふのめょうぶ》です。乳母子というのは、源氏の乳母の実子ですね。

左衛門《さえもん》の乳母《めのと》とて大弐《だいに》のさしつぎに思《おぼ》いたるが娘、大輔命婦《たいふのみゃうぶ》とて内《うち》にさぶらふ、わかむどほりの兵部大輔《ひゃうぶのたいふ》なる娘なりけり、いといたう色好める若人にてありけるを、君も召し使ひなどし給ふ。母は筑前守《ちくぜんのかみ》の妻《め》にて下《くだ》りにければ、父君のもとを里にて行き通《かよ》ふ。

左衛門の乳母というのが源氏の乳母です。大弐はまた別の乳母で「夕顔」巻に出てきた惟光の母親です。左衛門の乳母は大弐の次に源氏が大切に思っていた乳母だとあります。高貴な人には乳母は複数いたことはお話しました。その左衛門の乳母には、大輔命婦とよばれる娘がいて内裏に女房出仕していました。この娘の父親が兵部大輔《ひょうぶのたいふ》だったので大輔命婦《たいふのみょうぶ》と呼ばれているのですね。兵部大輔はだいたい宮家の人がなる役職ですので、この人は皇室の血をひいているということです。兵部の兵は、兵士の兵で軍隊を組織するような部署です。とはいえ平安時代のこのころには戦争はありませんでしたので宮家の名誉職のようになっていました。

さて、この大輔命婦は色好みの女なのですね。色好みというのは、『伊勢物語』の主人公などにも使われる表現ですが、今風にいうと恋愛体質の人とでもなるでしょうか。源氏も宮中にいるときには大輔命婦と会っています。乳母の子なので子どものときから知っている。左衛門の乳母は役割を終えたあと、前の夫と別れて、筑前守《ちくぜんのかみ》を勤めている別の男と再婚し、筑前に一緒に下ってしまいました。離婚、再婚はとりたてて大騒ぎするような一大事ではありません。けれども残された娘にとっては問題で、母方の里の家を失った娘は、現在は父親のもとにいます。もともと父親は常陸宮邸《ひたちのみや》を里邸にしていたのですが、新しい妻ができて、ほとんどはその女の里にいるのです。けれども娘にとっては継母の邸というのはいかにも居心地が悪い。それで父親はもはやたまさか訪ねてくるだけになっているけれども、常陸宮邸を里邸としているわけです。この常陸宮というのが末摘花の亡き父親です。

故常陸親王《ひたちのみこ》の、末《すゑ》にまうけていみじうかなしうかしづき給ひし御むすめ、心細くて残りゐたるを、もののついでに語りきこえければ、あはれのことやとて御心とどめて問ひ聞き給ふ。

亡くなった常陸宮の末娘が、父親が亡くなってのち、一人心細い暮らしをしているということを大輔命婦は源氏に言います。源氏は俄然、興味を持ちます。宮家の女というので血筋はいいのだけれども、父親亡き今となっては、きちんとした婚姻関係を結ぶだけの後ろ盾がない。どんな人だか気になるわけです。

「心ばへかたちなど深き方はえ知りはべらず。かいひそめ人疎《うと》うもてなし給へば、さべき宵《よひ》など、物越しにてぞ語らひはべる。琴《きん》をぞなつかしき語らひ人と思へる」と聞こゆれば、

大輔命婦は、姫君の性格や容姿などについては詳しくは知らないといいます。あまり人付き合いが派手ではなくて、孤独に暮らしている。宵の頃にたずねていくと、御簾越しなので顔は分からないけれども琴をいつも一人奏でている。こんなことを大輔命婦は語ります。まさに深窓の姫君。そそられますよね。源氏は、姫君の奏でる琴の音を私に聞かせておくれよと注文します。

「三つの友にて、いま一種《ひとくさ》やうたてあらむ」とて、「われに聞かせよ。父親王《ちちみこ》の、さやうの方にいとよしづきてものし給うければ、おしなべての手にはあらじとなむ思ふ」とのたまへば、「さやうに聞こしめすばかりにはあらずやはべらむ」と言へど、御心とまるばかり聞こえなすを、「いたうけしきばましや。このごろのおぼろ月夜に忍びてものせむ。まかでよ」とのたまへば、わづらはしと思へど、内わたりものどやかなる春のつれづれにまかでぬ。

「三つの友にて」とあるのは、唐の白居易の漢詩に、琴と詩と酒を三つの友するとあるからで、琴と詩はいいけれど、酒に目がないなんていうなら嫌だね、ということです。きっとここは笑うところで、源氏は冗談を言っているのですね。ちなみに女性が飲酒しないということはありませんでした。『とはずがたり』の書き手、二条はお酒が大好きで恋人が忍んでやってきているときに、乳母にほらほらあな

たのお好きなものを持ってきましたよなどと酒好きを暴露されて赤面するエピソードがあります。

さて、父親の常陸宮は琴の名手だったので、あの宮に習ったのならばきっと上手いのではないかと源氏は想像をたくましくしています。琴などの楽器も手習の文字と同じで、家に伝わる弾き方が代々伝授されていくのです。その弾き方を同じように「手」というのですね。今のように楽譜さえあればだれが弾いても同じ曲が再現できるというのではなくて、能や歌舞伎、舞などの伝統芸能のように口伝えに伝授されていったのです。源氏の期待はむくむくとふくらんで「それを私に聞かせてよ」と言います。大輔命婦が「わざわざあらたまって聞くようなものではない」としぶれば、ますます期待が高まります。どうも大輔命婦は、わざと源氏の気の引くような言い方をしているようです。源氏は「ずいぶん気を持たせるじゃないか。こんどの朧月夜の晩に訪ねて行くから、あなたも里に下がっていてよ」と言うので、命婦は「わづらはし」と思うのですね。面倒なことになったなと思いつつも、内裏での用事がたてこんでいない春の日に約束を果たすことになります。

ここに大輔命婦は、継母のところには居つかず姫君の邸を里にしていることが語られているので、この流れからすると、大輔命婦は経済基盤を失った里邸に、男を引き入れて姫君への経済的援助を頼もうと仕組んでいるのではないかとも思われてきます。いずれにしろ、このくだりを読めば、女のところへ男が辿りつくためには、手引きする女房がいなければはじまらないということがはっきりとわかりますね。

こうして月夜の晩に源氏は出掛けて行くことになります。

楽器は、月のきれいな晩に奏でるものでしたので、命婦は今夜はそんなに空模様がよくないのになどと言って、さらに源氏をじらしています。それに対して源氏は、ここまできたからには何とか一声でも聞かせてくれるようにお願いしておくれよと頼んでいます。もう興味津々なのです。少し飛ばして続きを見てみましょう。

よき折かなと思ひて、「御琴の音いかにまさりはべらむと、思ひ給へらるる夜《よ》のけしきに誘はれはべりてなむ。心あわたたしき出で入りに、えうけたまはらぬこそ口惜しけれ」と言へば、「聞き知る人こそあなれ。百敷《ももしき》に行き交ふ人の聞くばかりやは」とて召し寄するも、あいなう、いかが聞き給はむと胸つぶる。

命婦が末摘花に語りかけます。「こんな夜にはぜひとも姫様の琴の音を聞きたいと思って来ました。いままであわただしく出入りしているので、ゆっくりと聴かせていただいたことがないのが残念で」。姫君は「琴の音をわかってくれる人がいたのですね」と喜びますが、「でも宮中に出入りしているような人に聞かせるほどではないのですが」と謙遜します。「百敷」というのは天皇がいるところ、宮中をさします。遠慮して弾かないのかとおもえば、すぐさま「琴を召し寄する」のですね。命婦としては、いえいえと遠慮をしてほしかったわけですが、末摘花はやる気満々です。「え。弾くんだ……」と察知した命婦は、困ったな、源氏が聞いたらどう思うだろうかとドキドキしています。このあたりの間合いも笑えるところですね。命婦は、お願いしてはみたけれど、弾いてくれなかったとでも源氏に言い訳するつもりだったのでしょうか。

ほのかに掻《か》き鳴《な》らし給ふ、をかしう聞こゆ。何ばかり深き手ならねど、ものの音《ね》がらの筋ことなるものなれば、聞きにくくも思されず。いといたう荒れわたりて寂しき所に、さばかりの人の、古めかしうところせくかしづき据《す》ゑたりけむ名残なく、いかに思《おも》ほし残すことなからむ。かやうの所にこそは、昔物語にもあはれなることどもありけれなど思ひ続けても、ものや言ひ寄らましと思せど、うちつけにや思さむと心恥づかしくて、やすらひ給ふ。

ここから源氏のほうに視点が移っていますね。遠くから、ほのかに琴をかき鳴らす音が聞こえてくる。たいした名手ではないが、琴自体が宮家代々に伝わる良いものなので、悪い感じではない。宮家といえども親を亡くして邸は荒れているようです。大切に育てられた娘が零落し、寂しく住んでいる。まるで昔物語のようだと源氏はうっとりするのでしょう。彼が妄想するのは、荒れ果てた邸に思いがけず美しい姫君を発見する物語です。源氏は姫君に近づいて声をかけたいと思うのですが、不躾ではないかと遠慮します。いままでの源氏を思えば、意外ですね。おそらく宮家の娘ということで六条御息所に対するときのような礼をつくした待遇が必要だと思ったのでしょう。

一方、姫君のそばにいる命婦はどうしているかというと、ここで命婦のほうへ視点が移ります。

命婦、かどある者にて、いたう耳馴らさせたてまつらじと思ひければ、「曇《くも》りがちにはべるめり。客人《まらうと》の来《こ》むとはべりつる、いとひ顔にもこそ。いま心のどかにを。御格子《みかうし》参りなむ」とて、いたうもそそのかさで帰りたれば、「なかなかなるほどにてもやみぬるかな。もの聞き分くほどにもあらで、ねたう」とのたまふけしき、をかしと思したり。

命婦は賢い人なので、すっかり聴かせてしまってはいけないと思って、「曇ってきました、私はお客様を待たせているんです」などと言って演奏を止めさせます。命婦は明らかに知っていますね、姫君の琴がそんなに上手ではないことを。そうして源氏のもとに戻ってくると源氏が文句を言います。「なんでこんな中途半端に終わっちゃうの、上手いか下手かを聞き分けることができないじゃないか。にくたらしい」。はい、それが狙いです。命婦としてみれば、しめしめと思うところですね。

「同じくは、け近きほどの立ち聞きせさせよ」とのたまへど、心にくくてと思へば、「いでや、いとかすかなるありさまに思ひ消えて、心苦しげにものし給ふめるを、うしろめたきさまにや」と言へば、げにさもあること、にはかに我も人もうちとけて語らふべき人の際は際とこそあれなどあはれに思さるる人の御ほどなれば、「なほさやうのけしきをほのめかせ」と語らひ給ふ。

また契り給へる方やあらむ、いと忍びて帰り給ふ。

さらに源氏が、どうせならもっと近くで立ち聞きさせてよ、とせまります。要するに手引きせよということですが、命婦は、まだまだ源氏をやきもきさせるつもりで、あの方は本当にひとり心細げにしていらっしゃるのでそんなことはできません、とさらにじらします。「際は際とこそあれ」と言っていますが、やはり宮家の娘とあっては、急に近寄るような真似はできないと源氏は思うのでしょう。ひとまず源氏は、姫君にお会いしたい旨をほのめかすよう言いつけて帰ります。やけにあっさり帰っていくので命婦は「また契り給へる方やあらむ」つまり、また別の女と約束があるのだろうと思うのです。女との約束にいそいそと出て行こうとする源氏に、命婦は次のように言います。

「上の、まめにおはしますともてなやみきこえさせ給ふこそ、をかしう思う給へらるる折々はべれ。かやうの御やつれ姿を、いかでかは御覧じつけむ」と聞こゆれば、

天皇は常々、源氏が真面目すぎるといって心配していますが、命婦は秘密を知っているのでまったく笑ってしまいますよ、というのですね。「こんなふうに人目を忍んでいる姿を天皇がご覧になったらどう思うのでしょうね」ということばは、どうも去っていく源氏の背中に投げかけたもののようです。

たち返り、うち笑ひて、「異人《ことひと》の言はむやうに、咎《とが》なあらはされそ。これをあだあだしきふるまひと言はば、女のありさま苦しからむ」とのたまへば、あまり色めいたりと思して、折々かうのたまふを恥づかしと思ひて、ものも言はず。

源氏は振りむいて、笑いながら次のように言います。「まったく自分が関係ないみたいにとがめだてしないでおくれよ、これをあだな振る舞いだと言うなら、どこぞの女は弁解も苦しいだろうね」。命婦は先に「いといたう色好める若人」として登場したわけですが、源氏はどうも命婦の男性関係を知っているようですね。言われた命婦のほうは、恥ずかしくて言い返すことができないでいます。

さて浮気者といえば、この人の登場です。

寝殿《しむでん》の方《かた》に、人のけはひ聞くやうもやと思して、やをら立ち退き給ふ。透垣《すいがい》のただすこし折れ残りたる隠れの方に、立ち寄り給ふに、もとより立てる男ありけり。誰《たれ》ならむ。心かけたる好き者ありけ

りと思して、陰《かげ》につきて立ち隠れ給へば、頭中将なりけり。

源氏は帰り際にちょっと姫君を覗き見しようと思って垣根の隙間を探していると、なんだか人の気配がする。そうすると自分よりも先にそこに男がいるのですね。誰だろう、彼女に恋する好き者がいるのだな、と源氏は思います。近寄ってみれば、それは頭中将《とうのちゅうじょう》だったのです。頭中将というのは、左大臣家の息子で、源氏の正妻、葵の上の兄です。年の頃もほぼ同じで、光源氏と並び称されながら、何もかもが源氏に劣っているという気の毒な役回りの貴公子です。

なぜここに頭中将がいたのでしょう。

この夕つ方、内よりもろともにまかで給ひける、やげて大殿にも寄らず、二条の院にもあらで引き別れ給ひけるを、いづちならむとただならで、われも行く方《かた》あれど、あとにつきてうかがひけり。

昼間二人は宮中に勤めていて、夕刻、それぞれの車に乗ってともに内裏をあとにしたのですが、頭中将は光源氏が左大臣家にも実家の二条院にも行かずに別の方向へ行ったので、どこに行くのだろうと思って、自分も女との約束があったのだけれど後をつけてきたのです。ここは源氏のあとをつけていく頭中将の視点で描かれているところですね。

あやしき馬に、狩衣姿《かりぎぬすがた》のないがしろにてきければ、え知りたまはぬに、さすがに、かう異方《ことかた》に入りたまひぬれば、心も得ず思ひけるほどに、ものの音《ね》に聞きついて立てるに、帰りや出《い》で給ふと下待《したま》つなりけり。

一緒に出て来たというのに、どこで変装したのかナゾですが、頭中将は立派すぎない馬に乗って、狩衣姿となっています。内裏で狩衣を着ているはずはありませんので着替えたのですね。よもや頭中将だとは見破られない姿で、源氏が知らない邸に入っていったので着いていくと、琴の音がしてきたので聞きながら、源氏が出てくるのを待っていたのです。

君は、誰《たれ》ともえ見分《みわ》き給はで、われと知られじと抜《ぬ》き足《あし》に歩み給ふに、ふと寄りて

源氏のほうは、垣間見している男が頭中将だとは見分けられずに、自分だと知られないようにと抜き足差し足で去って行こうとするのですが、そこへ頭中将が寄ってきて次のように言うのです。

「ふり捨てさせ給へるつらさに、御送り仕《つか》うまつりつるは。
もろともに大内山は出でつれど入る方見せぬいさよひの月」
とうらむるもねたけれど、この君と見給ふ、すこしをかしうなりぬ。

頭中将は、「見捨てられてしまったので、こっそりついてきましたよ」と言って、次の歌を詠みます。「一緒に大内山つまり内裏を出たけれど、入る方を見せないいざよいの月」。源氏を月にたとえて文句を言っているのですね。源氏は、頭中将だったと知っておかしく思っています。というわけで、源氏はこ

こではじめて頭中将だったとわかったので、少し前の「頭中将なりけり」は、語り手と読者のあいだでだけわかっていたことなのですね。なんとまぁ、頭中将なのでした、と語り手が読者に明かした一言だったのでした。けれども当の源氏は、頭中将に声をかけられるまで、まったく気づいていなかったということです。さて、二人はこの後、それぞれ約束していた女はいたのですが、それはほうっておくことにして一つ車に乗って、笛を吹きならしながら左大臣家へ向かいます。

女房中務の君

久しぶりの源氏の来訪に左大臣ははりきって高麗笛を出してきて、葵の上付きの女房で、上手なものに琴を弾かせ合奏をはじめます。笛は男性だけが吹く楽器ですが、琴や琵琶は男女ともに弾く楽器ですので、女房が呼び出されるのですね。ここに中務《なかつかさ》の君《きみ》という女房が登場します。

中務《なかつかさ》の君、わざと琵琶は弾けど、頭の君心かけたるをもて離れて、ただこのたまさかなる御けしきのなつかしきをばえ背《そむ》ききこえぬに、おのづから隠れなくて、大宮などもよろしからず思しなりたれば、もの思はしくはしたなき心地して、すさまじげに寄《よ》り臥《ふ》したり。絶えて見たてまつらぬ所にかけ離れなむも、さすがに心細く思ひ乱れたり。

中務の君は琵琶の名手ですので、このような催しのときには必ず呼ばれる人だったのです。けれども呼ばれていない。というのも、この中務の君は光源氏と関係を持っている女房なのです。頭中将もこの中務の君に言い寄ったのですが、彼女としては光源氏一筋なので断っています。源氏との関係は邸内でもおのずと知られるところとなって、葵の上の母大宮は、これをよろしくないものと思っている。源氏への恋心はつのれども、邸での居心地は悪い。いまもうつうつとして突っ伏している。もうこの邸を出たほうがいいのかもしれないとは思いつつも、源氏に二度と会えないところに行くのも心細くて思い乱れている、というのです。

女主人に仕える女房が、そこに通ってくる男と関係を持つことは、よくあることだというのは前にもお話しました。六条御息所のところに通った朝、中将の君という女房に声をかける壁ドン場面がありましたね。中将の君が体よくあしらって拒絶していました。けれども中務の君はむしろ源氏のとりこになっているのですね。左大臣家に仕える女房ですから、光源氏が葵の上のところに訪ねてくるたびに逢える。といっても源氏はなかなか左大臣家にやってこないのですけれど。葵の上は機嫌が悪いことが多いですから、女房がお相手をすることも多かったのでしょう。左大臣家の女房ということは、頭中将の里の家に仕えているということになりますので、彼も声をかけたわけです。美人で楽器がうまくて才覚のある女性なのでしょう。普通なら光源氏と頭中将の両方と関係を持ってもいいのです。別に自分の夫でもなんでもないわけですから。でも彼女は光源氏との関係を一途に大事にしている。とはいえ葵の上に仕えているのですから、「私の光源氏」だなんて思われても困るわけですね。それで立場が悪くなっているのです。

こんな女房は即刻追い出すべきだというふうには話が進まないのは、中務の君が光源氏をこの邸にひきつける役割をしているかもしれないからです。葵の上となるべく逢いたくないと思っている光源氏ですから、中務の君に逢いたいなと思って邸に立ち寄ってくれるのでもいいわけです。左大臣家としては葵の上に光源氏の子を産んでほしいわけですが、それにはまずは邸に来てもらうことが必要で、その目的が中務の君に逢うためであっても、この際かまわない。たとえ中務の君目当てであっても、左大臣家に来たからには正妻の元へまずは行くのが当然だからです。葵の上とも寝所をともにするが、そのあと中務の君のところにちょっと寄るということがあるとするならば、二人の女が同時に妊娠することもあり得ます。男が来るたびに、どちらもがお相手をするならば、二人がいっぺんに子どもを産むということもあるかもしれません。そうした場合は、中務の君は、葵の上の産んだ子どもの乳母に適役だということになるでしょう。ずっと葵の上に仕えている気心の知れた女房が同時期に子どもを産んで乳母になるのはいかにも好都合です。乳母は正妻の代わりにお乳をあげる役割を負いますから、子どもを産んだ人でなくてはなりません。わざわざよそで最近子供を産んだ女性を探しまわらなくてもいいわけですから、非常に合理的です。

というようなことは、ここには一切書かれていないのですが、正妻と女房が一人の男性を共に相手にするという私たちにとって非常に奇妙な関係は、乳母として仕えさせるということまでを組み込んだ性のシステムだとみることはできないかと私は考えています。

末摘花との逢瀬

さて、この巻の本題である末摘花との関係に話を戻しましょう。その後、源氏と頭中将は、互いに競うようにして末摘花に手紙を送ります。返事がないので、相手には来ているのかもしれないと不安を募らせてもいます。業を煮やした源氏は命婦をせっつくのですが、風流な男女のやりとりなどには不向きな人だと聞かされて、ただただ子供っぽい人というのもいじらしい感じでいいな、などと勝手に想像します。夕顔のことがあるからですね。ここに「わらは病《やみ》にわづらひ給ひ、人知れぬもの思ひのまぎれも、御心の暇《いとま》なきやうにて、春夏過ぎぬ」とあるので、末摘花の邸にはじめて訪ねていってから、末摘花に会うまでの間に、「若紫」巻で語られた藤壺懐妊の物語の時間がそっくり入っていたことがわかります。「若紫」巻の春夏を過ごして、秋になってようやく末摘花邸を訪ねていく手はずをつけるのです。

秋のころほひ、静かに思しつづけて、かの砧の音も、耳につきて聞きにくかりしさへ、恋しう思し出でらるるままに、常陸宮《ひたちのみや》にはしばしば聞こえ給へど、なほおぼつかなうのみあれば、世づかず心やましう、負けてはやまじの御心さへ添ひて、命婦を責め給ふ。

去年の今頃、夕顔は亡くなったのでした。季節がめぐって、源氏は再び夕顔との逢瀬を思い出しているのですね。あの砧を打つ音が耳についたことまでなつかしく思い出して、荒れた邸の出逢いという連想から、常陸宮邸の末摘花のことを思い出します。恋文は送り続けていたものの、はかばかしい返事がないので、空蝉との一件をも思い出すのでしょうか、「負けてはやまじの御心」で、なんとしても逢瀬を成就させようと、命婦を責めるのです。

源氏を手引きするにあたって命婦の頭をかすめるのは父兵部大輔がなんと思うかということでした。

命婦は、さらばさりぬべからん折に、物越しに聞こえ給はむほど、御心につかずはさてもやみねかし、またさるべきにて、かりにもおはし通はむを咎め給ふべき人なしなど、あだめきたるはやり心はうち思ひて、父君にもかかることなども言はざりけり。

命婦はあんまり源氏にせっつかれるので、適当な折にでも、御簾越しの対面でもさせみようと考えます。それで源氏の気に入らなければ、それで気がすむだろうし、もしそれをきっかけに通い始めるのであれば、源氏との交際を咎める者などいるはずがないと思うのです。こんなふうに思うことについて、「あだめきたるはやり心は」とあるのが面白いところですね。命婦は浮気っぽくてお調子者な人なので、源氏とならば文句ないだろうなどと思ってしまうのだというのです。命婦の父親は亡き常陸宮と縁戚関係にあるのですから、彼こそが姫君の婚姻の後見をすべき人なのですが、その父の意向も聞かずに勝手に源氏を案内するのです。

はじめは御簾《みす》越しに会話をしていますが、オクテの姫君はうんでもないすんでもない。源氏が歌を詠みかけると、姫君の返事がまるでないので、乳母子《めのとご》の侍従《じじゅう》という若い女房が気負って返歌します。源氏があれこれ語りかけてもまるで暖簾に腕押しなので、源氏は、さっと御簾《みす》を押し上げて中に入ってしまいます。命婦は、しまったと思うのですが、自分の責任にならないようにさっさと局《つぼね》に引っ込んでしまいます。

命婦、あなうたて、たゆめ給へるといとほしければ、知らず顔にてわが方へ往《い》にけり。この若人ども、はた、世にたぐひなき御ありさまの音聞きに、罪ゆるしきこえて、おどろおどろしうも嘆かれず、ただ思ひも寄らずにはかにて、さる御心もなきをぞ思ひける。

命婦は姫君に気の毒だとは思うのですが、知らず顔で去っていくのですね。まわりの女房たちは、世に類いなき姿だと噂にきいているので、そんな乱暴もなすがままに、大げさに騒ぎ立てたりしないのです。ただ、姫君には思いもよらない急な出来事で、そんなつもりがなかっただろうにと心配します。

正身《さうじみ》は、ただわれにもあらず、恥づかしくつつましきよりほかのことまたなければ、今はかかるぞあはれなるかし、まだ世馴《よな》れぬ人、うちかしづかれたると見ゆるし給ふものから、心得ずなまいとほしとおぼゆる御さまなり。何ごとにつけてかは御心のとまらむ、うちうめかれて、夜深《よふか》う出で給ひぬ。命婦は、いかならむと目覚《めさ》めて聞《き》き臥《ふ》せりけれど、知《し》り顔《がほ》ならじとて、御送りにとも声《こわ》づくらず。君も、やをら忍びて出《い》で給ひにけり。

ここで二人は関係するのですが、姫君はただただはずかしそうに遠慮するばかりで、源氏は、はじめはこんな風がよいのだとか、こんなことに馴れていないのだ、大切に育てられたのだなどと無理矢理に思い込もうとするのですが、心のどこかになにか解せないものがあるようで、楽しい一夜を過ごせる雰囲気ではなかったのでしょう、まだ夜中のうちに邸をあとにしています。命婦は源氏が帰っていくのに気づいていますが、知らんぷりを決め込んで、お見送りを！　などと声をあげたりもしないのですね。

こんな一夜でしたから、後朝《きぬぎぬ》の文もようやく夕方になってから送られたのでした。後朝の文の到着は速いほど愛情が深い印となるのですから、まるでピンと来ない逢瀬だったということになります。

それから源氏は朱雀院行幸という宮中行事の準備に忙しく、末摘花のもとへはまったくの音沙汰なしとなります。命婦はあんまりだというので、源氏に文句を言いにやってきて、気の毒になった源氏はそれから姫君のもとへ通うようになりました。ここでの源氏と命婦のいかにも親しげに慣れ合う会話も読みどころですが、少し先へ急ぎましょう。

いま、若紫を引き取ったところで、物語の時間はちょうど「若紫」巻のさいごに一致しています。

かの紫のゆかり尋ねとり給ひて、そのうつくしみに心入り給ひて、六条わたりにだに離《か》れまさり給ふめれば、まして荒れたる宿は、あはれに思しおこたらずながら、もの憂きぞわりなかりけると、ところせき御もの恥ぢを見あらはさむの御心もことになうて過ぎゆくを、またうちかへし、見まさりするやうもありかし、手さぐりのたどたどしきに、あやしう心得ぬこともあるにや、見てしかなと思《おも》ほせど、けざやかにとりなさむもまばゆし、うちとけたる宵居《よひゐ》のほど、やをら入り給ひて、格子のはさまより見給ひけり。

「かの紫」というのが若紫ですね。若紫をかわいがるあまりに六条御息所のところにすら光源氏はあまり行かなくなっています。ましてや荒れた邸に住まう末摘花にいたっては、たえず気の毒な人と思い出しはするものの、ぜひとも会いたい人ではないのです。それでいて、源氏は「顔を見たらほれちゃうかもしれない。手探りの感触ではどうもよくわからないところがあるし」などと期待を高めたりもするのです。男が女の邸を夜訪ねてきて、明け方に帰るという夜這い形式の恋愛では、薄暗い灯りのなかでの逢瀬となりますので、相手の姿をはっきりと見ることはできません。手ざわりなどの触覚で感じるほかないのです。その手探りの感触では、ちょっとどうなんだろうと思っているのですが、もしかしたら絶世の美女かもしれないなどと妄想するのですね。顔を見るためには暗くなる前に出かけて垣間見をしなくてはなりません。そこで源氏は垣間見をするのですが、邸内の様子は惨憺たるものです。調度品は由緒ありげで立派そうですが、とにかく古びています。若い女房の侍従は、もともと別の人に仕えているのでいなくなっています。ここに仕えているのはみな年老いた女房たちばかり。女たちの着ているものも薄汚れて見えるし、女房の髪型が儀式のときぐらいにしかしない髪上げ姿で、それもまた古めかしさに拍車をかけているわけです。髪上げ姿というのは、おでこの上のあたりの髪をお団子にまとめて、そこに櫛をさした髪型です。

中国の古い絵画などをみると女性は髪をすべて頭の上でお団子状にしていますが、奈良時代ごろまでは日本でも全部アップにしていたそうです。それが平安時代になってから髪をおろして長くのばすようになるのですが、儀式のときの正装としては依然として髪をすべて上げることになっていたそうです。けれども平安時代の女たちのようにあれだけ長い髪だとアップにはできませんよね。ですから形式的な名残りとして顔のまわりの髪だけをまとめるようになったというのです。

『紫式部日記』の五日産養での髪上げについては、次のように書かれています。

例は、御膳《おもの》まゐるとて、髪上ぐることをぞするを、かかる折とて、さりぬべき人々をゑらせ給へりしを、心憂しいみじと、うれへ泣きなど、ゆゆしきまでぞ見はべりし。

御膳を出す役の女房は髪上げをするものでしたが、今回は儀式を豪華にみせるために、とくに若い女房たちが選ばれて髪上げ姿で仕えることになったのです。「紫式部日記絵巻」にこの場面が絵画されていますから、どのような髪形だったのかがわかります。選ばれた女房たちは、晴れがましいというよりも「心憂し」つまり憂鬱であるとか、「いみじ」つまり嫌だとか言って憂い泣きしているというのです。なぜそこまで嫌だったのかは、みなさんにもよくわかるところではないでしょうか。いつも前髪がある人なら、おでこをだすのを恥ずかしいと思ったことはありませんか。おそらくはそれと同じで、垂らしている髪をまとめあげて、顔が丸見えになる感じが恥ずかしいし、その姿で人前に出るなどとんでもないことだったのでしょう。前髪問題を考えても、こういうのは若い人ならではの感覚かもしれません。ですから、末摘花の邸に勤めている女房たちは、普段から用もないのに髪上げ姿であることをなんとも思っていないということなのでしょう。髪上げ姿の人がいるというだけで、年のいった女房であることもわかってしまうわけですね。

さて、話を末摘花邸の垣間見場面に戻します。髪上げ姿の女房を見た源氏は「内教坊《ないけうばう》、内侍所《ないしどころ》のほどに、かかる者どももあるはやとをかし」と思っています。内教坊、内侍所ともに宮中の役所で、内教坊は女たちが楽器や舞を習う所です。内侍所は、宮中の温明殿にあって、神鏡が安置されているところです。のちに源氏は、源典侍という年取った女房と関係を結びますが、そのときに源氏が源典侍と出会う場も温明殿です。いわば宮中のなかの神社エリアで、そこには巫女役の女が仕えています。その人たちは常に儀式用の格好をしていて、かつ老女房なのでしょう。

結局、この垣間見で末摘花の姿を見ることができず、源氏は正攻法で末摘花と一夜を過ごすことにします。

例によって、情交そのものは描かれていないのですが、明け方女のもとにいることが語られることで、情交があったということがわかります。ここで光源氏はようやく末摘花の顔を見ることになります。冬です。雪が降っています。

からうじて明けぬるけしきなれば、格子《かうし》手づから上げ給ひて、前の前栽の雪を見たまふ。踏みあけたる跡もなく、はるばると荒れわたりて、いみじう寂しげなるに、ふり出でて行かむこともあはれにて、「をかしきほどの空も見給へ。尽きせぬ御心の隔《へだ》てこそわりなけれ」とうらみきこえ給ふ。まだほの暗けれど、雪の光にいとどきよらに若う見え給ふを、老い人ども笑みさかえて見たてまつる。

ようやく夜が明けてきた頃、光源氏みずから格子を上げます。そして前庭に積もった雪を眺めます。誰も踏んでいない真っ白な雪が広がっています。光源氏は荒れた邸のさみしさを感じて、さっさと帰ってしまうのもかわいそうだと思って、末摘花に「きれいな空だよ、見てごらん。そんなふうにいつまでも打ち解けてくれないのあんまりだよ」と言います。まだうす暗い時刻ですが、雪の明るさで光源氏が見える。老女房たちは、源氏の若く美しい顔を見てにこにこしています。

「はや出でさせ給へ。あぢきなし。心うつくしきこそ」など教へきこゆれば、さすがに人の聞こゆることをえいなび給はぬ御心にて、とかう引きつくろひてゐざり出で給へり。見ぬやうにて外《と》の方《かた》をながめ給へれど、しり目はただならず、いかにぞ、うちとけまさりのいささかもあらばうれしからむと思すも、あながちなる御心なりや。

女房は「はやくあちらにお行きになってください」と急かしています。風流をだいなしにするのは「あじきなし」、つまらないというのですね。「心うつくしきこそ」というのは、「素直なのが一番でございます」くらいの意味でしょうか。そういわれて、末摘花は人に言われたことに逆らったりできない人なので、縁側のところまで出て行きます。「とかう引きつくろひて」というので、寝乱れた髪や衣をさっと整えたのでしょう。光源氏は彼女のほうをあからさまに振り返ったりはしません。外を眺めている。顔をまじまじと見るのは失礼にあたりますので、見ないフリをしています。そうは言っても横目でなんとか顔を見ようとそわそわしているわけです。「どんな方だろう。素敵だったらいいな」と思っている。「うちとけまさり」は、「〜まさり」「〜劣り」と使われる語で、先にも「見まさり」ということばが出てきましたが、その行為をしたあとでもっとよくなるという意味です。一夜を過ごしてうちとけたことで、もっと魅力的になるなどということが少しでもあったらと思っているのですね。この源氏の願望について、語り手が「勝手な思い込みですね」と評しています。

次のところがいよいよ姿を見る場面になります。

まづ居丈《ゐだけ》の高く、を背長《せなが》に見え給ふに、さればよと胸つぶれぬ。うちつぎて、あなかたはと見ゆるものは鼻なりけり。ふと目ぞとまる。普賢菩薩の乗物とおぼゆ。あさましう高うのびらかに、先の方《かた》すこし垂《た》りて色づきたること、ことのほかにうたてあり。色は雪恥づかしく白うてさをに、額つきこよなうはれたるに、なほ下《しも》がちなる面《おも》やうは、おほかたおどろおどろしう長《なが》きなるべし。痩せたまへること、いとほしげにさらぼひて、肩のほどなどは、痛げなるまで衣《きぬ》の上まで見ゆ。何に残りなう見あらはしつらむと思ふものから、めづらしきさまのしたれば、さすがにうち見やられ給ふ。

まず座高が高い。背中が長く見える。それを見ての源氏の感想が一言「さればよ」。「ああダメか」と期待がそがれたのですね。とくにダメなのが鼻です。普賢菩薩の乗り物みたいだとあります。普賢菩薩の乗り物というのは象です。ですから、象の鼻のように長いということです。

ちなみに普賢菩薩というのは牙が六本ある白象に乗っています。普賢菩薩は文殊菩薩とペアで置かれることが多いですが、文殊菩薩は獅子に乗っています。

末摘花の鼻は長いだけではないです。先がちょっと下に垂れていて、赤くなっている。どんな鼻なのでしょうね。さらに続きます。肌は雪のように真っ白どころか青ざめてみえる。額が前に張っている感じで、面長です。痩せています。肩のところの骨が衣《ころも》から透けて見えるくらいに痩せている。最後に、源氏の後悔の弁です。「なぜこんなふうにすべて見てしまったのだろう」。それでもあまりに奇異でつい目がいってしまうのですね。続きです。

頭《かしら》つき、髪のかかりはしも、うつくしげに、めでたしと思ひきこゆる人々にもをさをさ劣るまじう、袿《うちき》の裾《すそ》にたまりて引かれたるほど、一尺ばかり余りたらむと見ゆ。

着たまへるものどもをさへ言ひたつるも、もの言ひさがなきやうなれど、昔物語にも人の御装束をこそまづ言ひためれ。聴《ゆる》し色のわりなう上白《うはじら》みたる一襲《ひとかさね》、なごりなう黒き袿《うちき》重ねて、表着《うはぎ》には黒貂《ふるき》の皮衣《かはぎぬ》、いときよらに香ばしきを着給へり。古体《こたい》のゆゑづきたる御装束なれど、なほ若やかなる女の御よそひには似げなうおどろおどろしきこと、いともてはやされたり。されど、げにこの皮なうてはた寒《さひ》からましと見ゆる御顔ざまなるを、心苦しと見給ふ。

やっといいところが出てきました。頭の感じや髪のかかり具合は非常に美しい。一般に美しいと言われている人にも劣らないほどにたっぷりと毛があって、しかも裾よりも一尺も長いほどです。髪の美しさはおおいなる美点です。たっぷりと毛が多く、長いのが美しいのです。

着ているものについてまで言うのは本当にいじわるみたいなのだけれども、昔物語にもどんなものを着ていたのかをまずは言うものでしょう、とあります。ここは源氏の目線で語られていますので、源氏の言とることもできますが、語り手の弁解ととってもいいところかもしれません。着ているものですが、「聴し色」というのは、禁色の色を薄くした色です。禁色というのは特定の人しか着ることができない色のことです。たとえば濃い紅や紫は禁色ですが、薄い紅や紫は「聴し色」です。その「聴し色」はもともと薄い色なのですが、それが白茶けているというのですね。その上に、もとの色がわからなくなった黒い袿を重ねて着ています。さらにその上に黒貂の毛皮を着ているとあります。毛皮と聞くとゴージャスだと感じるかもしれません。しかし当時、毛皮というのはもともと男性の着るものでしたし、さらにこの頃には時代遅れとなっていました。ここには宮家に古くから伝わったものが数々あるので、そのような一枚だったのかもしれません。要するにものすごくダサいファッションです。さすがに質のいいお香を焚き染めてはあります。源氏は、ひどい格好だけれども毛皮を着ていなければ、さぞ寒いだろうと思うのですね。

何ごとも言はれ給はず、われさへ口閉《くちと》ぢたる心地したまへど、例のしじまもこころみむと、とかう聞こえ給ふに、いたう恥ぢらひて、口おほひしたまへるさへ、ひなび古めかしう、ことことしく儀式官の練《ね》り出《い》でたる肘《ひぢ》もちおぼえて、さすがにうち笑み給へるけしき、はしたなうすずろびたり。いとほしくあはれにて、いとど急ぎ出で給ふ。

姫君は何も言いません。光源氏は、自分も口をつぐみたいような思いではいるけれども、なんとかしようと思って話しかけます。女性が話すときに、ふつう袖や扇で口を覆います。こうした口許や白い歯を見せないという習慣はかなり最近まで続いていた風習です。この時代もそうですが、江戸時代まで結婚した女性は鉄漿《おはぐろ》をしていました。笑うと口のなかは真っ黒です。白い歯を見せてさわやかに笑うのがよいとされるのはかなり最近のことで、白い歯が見えるのはみっともないと考えられていたのですね。今でも何となく口元を隠そうとして、手をあてて話す人、いますよね。口の中を見られるのが恥ずかしいというのは、案外、今も残っている感覚かもしれません。

末摘花は口元を隠すのですが、その仕方が変なんですね。笏を持っている人みたいに肘をはって口を覆っているのです。笏というのは、雛人形の男雛が持っているものですね。源氏が歌を詠みかけても末摘花は「ただ「むむ」とうち笑ひて、いと口重げなる」と描かれています。「むむ」という音でなにかこっけいな感じがよく伝わりますね。宮家の姫君ですから、由緒正しげなのだけれどもげんなりさせるような人なのです。それでも源氏は、その後、気の毒な姫君のためにさまざまに経済援助をします。下々の者たちのぶんまで衣を整えて贈りもします。こうした成り行きとなったことについて、亡くなった父宮のお導きだと源氏は思うのです。

さて、末摘花は醜女《しこめ》と言われたりもして、まあ不細工なわけですが、源氏にとっては、そこが問題なのかというと、そうでもないのですね。

かの空蝉の、うちとけたりし宵《よひ》の側目《そばめ》には、いとわろかりしかたちざまなれど、もてなしに隠《かく》されて口惜しうはあらざりきかし、劣るべきほどの人なりやは、げに品《しな》もよらぬわざなりけり、心ばせのなだらかにねたげなりしを、負けてやみにしかなとものの折ごとには思し出づ。

末摘花と空蝉とを比べています。軒端の荻と碁を打っているところを垣間見したときのことを思い出して、空蝉も不細工な人ではあったが、雰囲気がよくて残念な感じはしなかったというのです。末摘花は、空蝉に劣るような身分の人だろうか、と考えると、なるほど品にはよらないものなのだと、改めて思うのです。おだやかでしっかりしている人で、こちらの負けで終わってしまったなあなどと、ものの折には空蝉のことを思い出しています。思い返せば、空蝉の容姿の描写もかなり厳しいものでした。けれども、そこは問題ではないのですね。あくまでも気立てや身のこなしなどの、全体としての風情の問題なのです。

勘違い末摘花

年が暮れます。この日、光源氏は宿直です。すると宮中に仕えている大輔命婦がやってきます。末摘花との逢瀬の仕掛け人ですね。光源氏は髪を結ってもらいます。こういう身体に直接触れるようなことを頼むには、命婦のように恋愛に発展しそうもなく気心の知れた人がいいというのです。それでも恋の戯言のような冗談を言い合う。そういう仲ですので、別に光源氏が呼ばなくても大輔命婦に用事があるときには勝手にやってきます。命婦は末摘花から預かった手紙を渡します。「陸奥国紙《みちのくにがみ》の厚肥《あつご》えたるに、匂ひばかりは深うしめ給へり」とあって、厚手の白い和紙に書いてきたのですね。他の場面で源氏が恋文を書いているところを見ますと、だいたい薄い紙に薄墨で書いています。厚手の紙は公式文書に使うようで色気がない。ただしお香の匂いだけはたくさんつけてあります。香炉の上にザルを伏せたようなものを置いて、その上に着物や髪の毛や紙などをかざして匂いをつけます。そうやってしっかりと焚き染めた紙に歌が書かれています。

唐衣《からころも》君が心のつらければ袂《たもと》はかくぞそぼちつつのみ

あなたがつれない態度なので悲しくて袖が涙で濡れています、という歌です。下手な歌です。なぜ唐衣と言っているのか、源氏は首をかしげています。すると命婦が衣箱を押し出します。そこには源氏が正月に着るための衣が入っているんですね。新年には新しい着物で参内します。その着物を用意するのは正妻です。源氏の場合は葵の上の家がそうした装束を整えます。末摘花は、新年に着る装束を私が用意しないと、という思いで送ってきたのです。命婦は、ずうずうしいと思うのですが、突き返して決まりの悪い思いをさせるわけにもいかないし、源氏に渡さないで自分のところに置いておくのも何だと思って差し出したのです。つまり末摘花としては自分が大本命というつもりでいる。その勘違いぶりを二人で笑うのですね。

源氏は、「唐衣」の歌の脇に、次の歌を書きつけます。

なつかしき色ともなしに何にこのすゑつむ花を袖にふれけむ

親しみのある色でもないのに、なぜこの末摘花に袖をふれてしまったのだろう、という歌です。ここではじめて、末摘花ということばがでてきます。末摘花は英訳すればsafflower、紅花《べにばな》です。「花が紅い」と「鼻が赤い」とが掛詞になっているわけですね。末摘花はですから、花の名と鼻の赤い姫君とをかけて表しています。興味もないのに、どうしてあの姫君と関係を結んでしまったのだろう、というひどい意味です。

けれども、空蝉とはちがって、末摘花との縁は途絶えることがありません。源氏が須磨、明石での蟄居している間も、貧乏に耐えて源氏を待ち続けたいじらしさゆえに、源氏は生涯面倒を見続けるのです。「末摘花」巻最後の部分を見ておきましょう。源氏は二条院の自邸で若紫と遊んでいます。

絵などかきて、色どり給ふ。よろづにをかしうすさび散らし給ひけり。われもかき添へ給ふ。髪いと長き女をかき給ひて、鼻に紅をつけて見給ふに、かたにかきても見まうきさましたり。わが御影《かげ》の鏡台《きやうだい》にうつれるが、いときよらなるを見給ひて、手づからこの赤鼻をかきつけ、にほはして見給ふに、かくよき顔だに、さてまじれらむは見苦しかるべかりけり。姫君見て、いみじく笑ひ給ふ。

絵を描いて色をぬっています。源氏は髪のとても長い女を描いて鼻に赤い色をつけてみます。絵に描いても見るにたえない顔です。ふと顔をあげると鏡台の鏡に自分の顔がうつっています。源氏は自分の鼻に赤色をつけてみます。するとこんなに美しい顔立ちでさえ見苦しい顔になったというのです。若紫は源氏の顔をみて大笑いしています。

「まろが、かくかたはになりなむ時、いかならむ」とのたまへば、「うたてこそあらめ」とて、さも や染みつかむとあやふく思ひ給へり。そら拭《のご》ひをして、「さらにこそ、白《しろ》まね。用《よう》なきすさびわざな りや。内にいかにのたまはむとすらむ」と、いとまめやかにのたまふを、いといとほしと思して、寄 りて拭《のご》ひ給へば、「平中がやうに色どり添《そ》へ給ふな。赤からむはあへなむ」と、戯《たはぶ》れ給ふさま、いと をかしき妹背《いもせ》と見え給へり。

源氏は、私の鼻がこういうふうになったらどうする、ときいています。「いや〜」というので、拭いたふりをして「落ちなくなった、どうしてこんなイタズラしちゃったんだろう、天皇になんていおう」と真面目な顔をして言うのです。心配になった若紫が寄ってきて拭いてくれる。かわいらしい場面ですね。

ここに出てくる「平中」というは、やはり好き者の男がでてくる物語をさしています。男が、女の前で水をつけて嘘泣きをするので、女は水に墨をいれおき、男の顔が真っ黒になって嘘泣きがバレるという話です。それで平中みたいに余計な色をつけてはいけませんよ、といいながら二人でじゃれあっているわけです。その様子について語り手が「いとをかしき妹背と見え給へり」と評しています。「妹背《いもせ》」は、きょうだいという意味とやや古語ですが夫婦という意味があります。むつましい夫婦とみるべきか、兄と妹の戯れとみるかで解釈が変わってきますね。大和和紀『あさきゆめみし』では、若紫が源氏を「おにいさま」と呼んでいますから、兄妹と解釈したのだと思います。源氏ロリコン説は、二人が兄と妹のようであったという読みによるところも大きいと思います。

とはいえここで「をかしき妹背」と並び称することで、いったい何をほめあげているのでしょう。摂関政治下での権力は、他家と婚姻関係を結ぶことによって展開していくのですから、自家内での兄妹の結婚は何も生み出しません。そうしたエコノミーにしたがえば、ことほぐべき男女は、夫婦であるのが当たり前です。例えば、葵の上と頭中将が「をかしき妹背」といわれるところなどは想像できませんし、言ったところで何をほめあげようとしているのかもわかりません。男女がいちゃいちゃと戯れる場面に描かれるのは、恋人同士以外にはないのではないでしょうか。私は、ここは「夫婦」の意味にとりたいと思います。

巻の最終行には「かかる人々びとの末々、いかなりけむ」とあります。この人たちはこの後どうなるのでしょう、という語り手のことばで終わっているのです。つまりここに出て来た女君は長編物語の登場人物と目されているのですね。

さて、次回は「紅葉賀」巻に進みましょう。こちらも源典侍をめぐってのまたまた滑稽な恋愛譚となっています。

みんなのコメント❾

● ブサイク枠で登場した末摘花やかなり年上の源典侍など源氏はあらゆる女性と関係をもった恋愛マスターだなと思った。美しくてかわいい女性としか関係をもたないわけではないところが源氏が理想化されている理由なのかもしれない。

●末摘花は現代にいたら勘違いしがちのイタイ女性だと思った。よくほれた者負けという言葉に対して気持ちが強いほうが最後は強いとマンガなどで目にするけれど末摘花はまさにそのパターンなのだなと思った。すごく貧乏になっても待っていた甲斐があってよかったねと思った。

●今まで完璧な姫君ばかりが出てきていたため、身分は高くてもなんだか残念……というところの多い末摘花の話は聞いていて面白くほっとした。またそんな末摘花に、引く手数多の光源氏の興味を向けさせ通わせるまでにさせた命婦のプロデュース力も天晴れだと思った。

●落ちぶれた宮家の「ダサい」女子代表といわんばかりの末摘花には少し親近感を覚えた。こういう人、たまに今でもいるよなあという気がする。様式美というかマナーばかり気にしていて、それなのにそれが板についていなくて浮いて見えるような女子は多分この大学にもいると思う。今でいえば末摘花は「勘違い系女子」というのだろうか。正直、この巻を読んで、源氏と末摘花のどちらに同情（共感とはなにか言いづらい）したら良いのかわからずじまいだった。

●末摘花の琴の演奏を命婦が途中で切り上げるというのは現代でいうモテテクニックのように思った。一回で自分の能力をすべてをアピールするより小出しにしていくほうが上手くむすばれるんだなと思った。

●現代の男子も源氏を見習ってかわいくてスタイルのよい女性ばっかりじゃなくて広範囲で選んでほしいです（泣）。

●末摘花の巻、好きじゃありません。末摘花が本当に苦手で……。彼女の態度とか同じ女性としてはすごくイライラします。現代に生きていても仲良くなれないタイプです。でも女性の様子や心情からもやはり何年たっても女性の気持ちって変わらないものだなあと感じます。源氏物語の登場人物ってすごく親近感がわきます。だから人気なんだろうけど。

●今までの話にでてくる女とちがって、末摘花はネタにされてしまうほど残念に描かれており、面白かった。物語としてはいいアクセントだと思った（いつもすばらしくかわいらしい魅力的な女性だと物語としてはつまらないので）。とにかく延々と末摘花の姿やふるまいを古めかしくかたくるしいといっている（今風に言うとディスっている）のが笑えた。

●妄想だけで恋をしてはいけないなと思いました。会う回数が減ると自分のなかでどんどん美化されてしまって最終的に会ったときにあれ？　ちがう……ということはよくあることだと思うので、気をつけたいです。人間見た目ではないけれど、自分の中でいってもこれくらいだろーという平均点が性格が良いだけにあがってしまったんだろうな、と思いました。光源氏が一生懸命良いところを探そうとしているのにことごとくダメで面白かったです。

●末摘花の男性経験がなく光源氏に舞い上がって書いた手紙の内容をバカにしたり、容姿や服装を必要以上にけなしたり、笑い話というよりは読んでいて少しかわいそうになってしまいました。最終的にはずっと源氏のもとにいることになると知り、救いのある話で安心しました。でも最後の紫の上と源氏のやりとりはあんまりです‼

●「さればよと胸つぶれぬ」からがひどい。自分で勝手に想像してたくせに。というか末摘花の容貌はどうしてこんなにひどい設定にしたんだ。でもそれでも必死に沈黙をなんとかやぶろうとする光源氏が切ない。口おおいの仕方までぎこちないところにもはや親近感がわく。何をやっても完璧な光源氏と何をやってもおかしい末摘花が一緒にいるとすごく対照的でおもしろい。末摘花がけなげすぎて泣ける。人は見た目じゃない。久しぶりに純粋な愛の話に感動しました。末摘花、キャラ含め最高です。

第十回　同じ女を愛する父と息子――「紅葉賀」巻

朱雀院行幸の試楽

今回は「紅葉賀」巻を読んでいきます。

「紅葉賀」巻の冒頭の話題は朱雀院行幸です。現在の天皇の代替わりは基本的には天皇が亡くなったときですが、平安時代はそんなに年をとっていないうちに譲位して院と呼ばれる上皇になります。というのも、摂関政治下では、天皇の外祖父、つまり母方の祖父が摂政、関白となって天皇の政治を補佐するという建前ですから、権力主体は摂政・関白についた臣下にあるので、天皇が幼いうちに即位してもまったくかまわないわけです。むしろ幼い天皇であった方が摂政、関白にはやりやすいということもあったでしょう。ですから『源氏物語』が書かれた一条天皇の時代にも三人もの譲位した院が存命中という状況にありました。ちなみに摂関政治の直後に院政期がありますが、それは権力の中心が天皇ではなく、上皇に移ってしまった時期で、摂政、関白の力に寄らず院自らが権力の主体となった時期です。

朱雀院行幸というのは、いま天皇である桐壺帝が、前の天皇であった朱雀院を訪ねていく行事です。ここで天皇の名前についてちょっとお話しておきます。たとえば紫式部が宮中に仕えたときの天皇は一条天皇と呼ばれていますが、一条天皇は天皇の固有名ではありません。在位中に一条天皇と呼ばれたことはなく、里として住まった場所にちなんで、後に一条院と呼ばれるようになったのです。つまり在位中の天皇には呼称がないのです。一人しかいませんから、内とか上とか、あるいは今上帝で問題はありません。現天皇も、平成天皇とは呼ばれていませんね。明治以降は天皇代と元号が一致していますから、死後に在位中の元号によって明治天皇、昭和天皇などと呼称されるのです。

先の天皇は、いま朱雀院に住まっているのですね。注をみるとそこは三条の南、朱雀大路の西とあります。そこに邸があったのですね。朱雀院行幸には男性官人だけが参加し、舞や合奏などを院に披露する大きな催しです。女たちはみることができないので、桐壺帝は藤壺にぜひとも見せたいと思って、宮中で試楽、つまりリハーサルを行います。今回のメインイベントは、当代の二大貴公子、光源氏と頭中将の二人による舞です。これを藤壺にみせてあげたいと天皇は無邪気に考えたのです。藤壺はいま光源氏の子を妊娠しています。それでいて天皇のこの気遣いです。藤壺はいったいどのような気持ちだったのでしょうか。

藤壺は、おほけなき心のなからましかば、ましてめでたく見えましと思《おぼ》すに、夢の心地なむし給ひける。

藤壺は、源氏の大胆な恋情などがなかったなら、この舞をもっと楽しめたと思うが、心ここにあらずの状態なのでしょうか、夢の心地がするのですね。その夜、天皇の寝所で過ごしたのは藤壺でした。天皇が夜、今日の試楽は、源氏と頭中将の青海波のすばらしさに尽きるな、どう思ったかねなどとさっそく話題にしてきます。天皇は、一度見てしまったら本番でつまらないだろうけれど、あなたに見せたかったのだよなどというのですが、そんな配慮をされるたびに、秘密を抱えた藤壺は心苦しくなっていくのです。こうした複雑な藤壺の想いからこの巻ははじまります。

さて、少しとばして朱雀院行幸後のところを読んでいきましょう。光源氏は里下がりしている藤壺の邸を訪ねていきます。

藤壺のまかでたまへる三条の宮に、御ありさまもゆかしうて参り給へれば、命婦《みやうぶ》、中納言《ちゆうなごん》の君《きみ》、中務《なかつかさ》などやうの人々対面したり。けざやかにもてなし給ふかなとやすからず思へど、しづめて、大方《おほかた》の御物語り聞こえ給ふほどに、兵部卿宮《ひやうぶきやうのみや》参り給へり。

三条の宮といっているので、藤壺の里邸が三条にあることが分かりますね。源氏が訪ねて行くと、命婦、中納言の君、中務などの女房達がガードを固めて対面します。つまり藤壺とは直接対面できないでいるのです。そこへ藤壺の兄である兵部卿宮がやってきます。

この君おはすと聞き給ひて対面《たいめ》し給へり。いとよしあるさまして、色めかしうなよびたまへるを、女にて見むはをかしかりぬべく、人知れず見たてまつり給ふにも、かたがたむつましくおぼえ給ひて、こまやかに御物語りなど聞こえ給ふ。宮も、この御さまの常よりもことになつかしううちとけ給へるを、いとめでたしと見たてまつりたまひて、婿になどはおぼしよらで、女にて見ばやと色めきたる御心には思ほす。

ここは源氏と兵部卿宮が互いに心のなかでほめあっているおもしろいところです。源氏がいるときいて兵部卿宮は挨拶にくるのですね。源氏は兵部卿宮が上品で色気があって、しっとりとしているので「女にて」見てみたいと思うのです。藤壺の兄ですからどこか似たところがあるのでしょう。かつまた若紫の父親でもあるこの人に源氏は親しみをもって話しかけるのです。その源氏の様子に、兵部卿宮も、すばらしい人だなあ、女にしてみてみたいものだと思っています。実際は娘婿にあたる人になるはずなのですが思いもよらないのですね。この「女にて見む」は男性の美しさをいう常套表現です。男性は女性らしいことが美しいことだったのですね。ここではお互いに心のなかで「女にて」見たいと思い合っているのです。

兵部卿宮は藤壺の兄ですので御簾の内に入っていってしまいます。源氏にはそれは許されていないことなのでうらやましくてなりません。子どもの頃は自分だって御簾の内に入れてもらえたのになどと思いながら、光源氏は自邸に帰っていきます。

藤壺への恋情の道が途絶したとなると、源氏に頼るべきものは若紫しかいないので、話題は二条院の若紫に転じます。頃は正月、源氏は宮中へ参内する前に若紫の部屋に顔を出します。

　男君は、朝拝《てうはい》に参り給ふとて、さしのぞき給へり。「今日よりは、大人しくなり給へりや」とてうち笑み給へる、いとめでたう愛敬《あいぎやう》づき給へり。

ここで源氏が「男君」と呼ばれていることに注意しましょう。「男」「女」と示すのは恋愛物語を語るときの常套表現ですから、なにやらムードが変わったことを察知しておかねばなりません。新年で年を一つ重ねたところですから、源氏は「大人らしくなりましたか」と若紫に笑いかけます。その姿が魅力的であると見ているのは、少納言でしょうか。少納言は若紫が源氏に引き取られ、またとない寵愛を受けていることを尼が仏に念じた効験だと思って喜んでいます。ところが若紫は依然として幼く、相変わらず人形遊びに夢中です。

いつしか、雛をし据《す》ゑて、そそきゐ給へる、三尺の御厨子《みづしひと》一よろひに、品々しつらひ据ゑて、また小さき屋ども作り集めてたてまつり給へるを、所せきまで遊びひろげたまへり。「儺《な》やらふとて、いぬきがこれをこぼちはべりにければ、つくろひはべるぞ」とて、いと大事と思《おぼ》いたり。

お人形だけでなく、「小さき屋ども作り集めて」、いわゆるドールハウスもあるのです。これらをそこら中に広げて遊んでいます。この邸には、少納言だけでなく、雀を逃がしちゃったいぬきも一緒にやってきたのでしょう。例によって何かを壊したようです。「儺《な》やらふ」というのは、追儺《ついな》とよばれる年末の行事で、いまの節分と似ています。鬼を払うことで邪気を払って一年のはじまりに備えるのですね。いぬきが壊したということを源氏に言いつけています。それが若紫の天下の一大事なのです。源氏はやさしく、「げに、いと心なき人のしわざにもはべるなるかな。今つくろはせはべらむ。今日は言忌《ことい》みして、な泣い給ひそ」といって出ていきます。「ひどいことをするね。壊れたものを直すように命じよう。今日は晴れの日だから泣いてはいけないよ」というのですね。源氏を見送ったあと、「雛の中の源氏の君つくろひたてて、内に参らせなどし給ふ」とあります。人形セットのなかに源氏に見立てたものがいるのでしょうね。その人形をトコトコ内裏のほうへ歩かせるのです。若紫の非常に幼い感じがでている場面です。これをみた乳母の少納言がしかっています。

「今年《ことし》だにすこし大人びさせ給へ。十《とを》にあまりぬる人は、雛遊びは忌《い》みはべるものを。かく御男《をとこ》などまうけたてまつり給ひては、あるべかしうしめやかにてこそ、見えたてまつらせ給はめ。御髪《ぐし》参るほどをだに、もの憂《う》くせさせ給ふ」など、少納言聞こゆ。

日本でも明治時代のはじめまでは誕生日ではなく正月に一斉に一歳年を取る数え年で年齢をみていました。いまは誕生日ごとに年を取る満年齢を使っていますね。正月になって年齢が一つあがったので、「今年こそはもう少し大人になってください。もう十歳を超えた子は人形遊びなんてしないものです」としかるのです。ここで少納言のいう「かく御男などまうけたてまつり給ひては」ということばに注意しましょう。このように夫を持った身なのですから、それらしい態度をしなさいというのです。それを聞いた若紫の反応です。

御遊びにのみ心入れ給へれば、恥づかしと思はせたてまつらむとて言へば、心のうちに、「われは、さは、男まうけてけり、この人々の男とてあるは、醜《みにく》くこそあれ、われはかく、をかしげに若き人をも持たりけるかな、と今ぞ思ほし知りける。さはいへど、御年の数添ふしるしなめりかし。かく幼き御けはひの、ことに触れてしるければ、殿のうちの人々も、あやしと思ひけれど、いとかう世づかぬ御添ひ臥しならむとは思はざりけり。

ここで、はじめて若紫は自分が夫をもったことに気が付くわけです。「ああそうなんだ、私は夫を持っているんだ」と言っていますね。そして周りにいる女房たちの夫は醜い男たちだけれども、私は、こんなに若くて素敵な人を夫にもったんだと、今思い知るのです。こうしたことを理解できるようになったのも、年を一つ重ねたためでしょう、というのですね。というのも、女君の幼い様子も伝わるので夫婦というには妙だとは思う人もありながら、とりあえず、二条院の人々には若紫は妻だと認知されていたからなのです。まさか「世づかぬ御添ひ臥し」だとは思いもよらないというのです。つまりいまだに性的関係がないままでいるとは誰も思っていないというのです。このくだりは読み逃してはならないところです。若紫自身が夫を持ったことをきちんとここで認識していること、そして邸内の人々には妻だとみなされていたことをふまえておく必要があります。このあと光源氏は正妻葵の上の死後、はじめて若紫と関係するのですが、この場面をレイプだという議論があるのです。関係をもった翌朝、紫の上がふてくされていつまでも起きてこないので、無理やりに幼い女の子を犯したという読み方をする人がありたのですね。もし少女を犯す悪趣味があるなら、なぜ引き取ってから四年ものあいだ関係を持たずにいたのでしょうか。むしろ源氏は若紫の初潮を待って、さらには正妻の死を経て、妻として迎えたのだと読むべきだと私は思います。

藤壺出産

藤壺はいよいよ光源氏の子を出産します。生まれたのは男の子です。その子が四月になって内裏に参上します。まだ赤ちゃんです。

ほどよりは大きにおよすけ給ひて、やうやう起き返りなどし給ふ。あさましきまでまぎれどころなき御顔つきを、思し寄らぬことにしあれば、また並びなきどちは、げに通ひ給へるにこそはと思ほしけり。いみじう思ほしかしづくこと限りなし。

ふつうの子より成長が早くて赤ちゃんはもう寝返りをうつことができるようになっています。問題はその後です。これは天皇が思っているのですが、赤ちゃんは驚くほどまぎれもなく光源氏にそっくりな顔をしている。もちろん、天皇は密事のことは知りませんから、並びなく美しい人というのは似ているものなのだなと思って溺愛しています。

源氏の君を限りなきものに思し召しながら、世の人のゆるしきこゆまじかりしによりて、坊《ばう》にも据ゑたてまつらずなりにしを、飽かず口惜しう、ただ人にてかたじけなき御ありさまかたちに、ねびておはするを御覧ずるままに、心苦しく思しめすを、かうやむごとなき御腹に同じ光にてさし出で給へれば、疵《きず》なき玉《たま》と思しかしづくに、宮はいかなるにつけても、胸のひまなくやすからずものを思ほす。

天皇は光源氏のことをとても可愛がっていたけれども、東宮の地位にすえずに臣籍降下させました。本当は位につけたかったという思いがあったので、臣下として成長していくのを見るにつけ心苦しく思っていたのです。帝位につけられなかった理由は母親の出自のせいでした。一方、藤壺は皇室の出ですから身分は申し分ありません。そうしたやんごとない出自の人に光源氏と同じような美しい男の子が産まれたので、傷のない宝玉のように天皇は思っているのです。天皇の溺愛ぶりをみるにつけ、藤壺の心の悩みは深まるばかりです。光源氏にそっくりであることがその寵愛の理由なのですが、そっくりである原因に密通の秘密があるのですから、何かと冷や冷やするのですね。

例の、中将の君、こなたにて御遊びなどし給ふに、抱き出でたてまつらせ給ひて、「御子《みこ》たちあまたあれど、そこをのみなむかかるほどより明け暮れ見し。されば思ひわたさるるにやあらむ、いとよくこそおぼえたれ。いと小さきほどは、皆かくのみあるわざにやあらむ」とて、いみじくうつくしと思ひきこえさせ給へり。

中将の君とあるのが光源氏です。天皇は赤ちゃんを光源氏に見せて、次のように言います。「子どもたちはたくさんいるけれども、お前だけが小さいころから明け暮れ見てきた子だ。だから比べることができるのだと思うが、本当にそっくりだ。小さいころはみんなこんなふうなものなのかな」。想像してみてください。光源氏は天皇を裏切っているのですよ。その天皇に、お前にそっくりだ、と目の前で言われているのです。

中将の君、面《おもて》の色変はる心地して、恐ろしうも、かたじけなくも、うれしくも、あはれにも、かたがた移ろふ心地して、涙落ちぬべし。

源氏は顔面蒼白となって、恐ろしい、恐れ多い、うれしい、いたわしい、など様々な思いが錯綜します。もう複雑すぎて何とも言えない心境で、涙がこぼれそうになる。子どもが何かを話して笑っている様子がほんとうにゆゆしというほどに美しくて、こんな子に似ているのなら、自分がかわいがられたのも当然だと思っています。

宮は、わりなくかたはらいたきに、汗も流れてぞおはしける。中将は、なかなかなる心地の乱るやうなれば、まかで給ひぬ。

そのやりとりをそばで聞いている藤壺の宮は、どうにもいたたまれない気持ちで汗だくになっています。藤壺と光源氏を前にして、天皇は能天気なほどによろこんでいます。二人の秘密は読者も共有しているわけですから、天皇一人が知らないという場面で、読者も一緒になってハラハラするのです。

とんでもない背信行為ですが、あとで源氏はこの一件のしっぺ返しをくらうことになります。のちに妻として迎えた女三宮に男の子が産まれますが、それは頭中将の息子柏木との密通による子だったのです。源氏は柏木の密通に気づくと、そのときになってはじめて、実は天皇はなにもかも分かっていたのではないかと思い至ります。そしてまぎれもなく柏木の顔をうつした子を我が腕に抱くことになるのです。まさに因果応報ですね。

源典侍との情交

さて、いよいよ源典侍の登場です。まず話の前提として桐壺帝が色好みの天皇だということが語られます。

帝の御年ねびさせ給ひぬれど、かうやうの方、え過《す》ぐさせ給はず、采女《うねべ》、女蔵人《にょくらうど》などをも、かたち心あるをば、ことにもてはやし思しめしたれば、よしある宮仕《みやづか》へ人多かるころなり。

桐壺帝は年をとっても「かうやうの方」つまり男女の色事を見過ごすことはない。采女《うねめ》、女蔵人《にょくろうど》といった下級の女官まで美女を揃えていたのですね。采女というのは配膳や手水《ちょうず》を用意する役です。昔は水道がありませんから、顔を洗ったり、手を洗ったりするための水を外から持ち込まなければならなかったのです。食事の用意をするのはまた別の人ですが、台所で働いている者が直接、天皇の前まで食事を運ぶのではなくて、台所から廊下へ、廊下から天皇のお部屋の前まで、そしてそこから天皇の前に御膳を運ぶ係と分けられていました。その、天皇の前に御膳を出す係が采女です。天皇のそばにはいますが、采女というのはあまり位が高くないので、后にはなれません。天皇と関係することはあるかもしれませんが、子どもが生まれても生まれたな、と思われるだけです。女蔵人は女房に言いつけられた様々な雑事をする女官です。

はかなきことをも言ひふれ給ふには、もて離るることもありがたきに、目馴《めな》るるにやあらむ、げにぞあやしう好《す》い給はざめると、こころみに戯《たはぶ》れ事を聞こえかかりなどする折あれど、情けなからぬほどにうちいらへて、まことには乱れ給はぬを、まめやかにさうざうしと思ひきこゆる人もあり。

つまり光源氏は、そんなふうに美しい女性たちに囲まれて育ってきたのですね。それに目慣れていて、源氏が声をかければ応じない人はいないだろうに、浮気めいたことはまったくない。女の方から声をかけてみることもあるけれど、つれない態度にならない程度にあしらって本気にはならないので、女たちは真面目すぎてつまらないわねと言っています。そういえば桐壺帝もつねづね源氏が真面目すぎて浮いた噂もないのがつまらないことだと言っていましたね。女房たちは、別に源氏との結婚を夢見ているわけではないのです。ただ情を交わしたい。もっと露骨にいえば、光源氏をものにしたいと思っているわけです。女たちは、今夜は源氏がいらっしゃるそうよ、といった感じでおめかししたりしていたかもしれません。そんななかで関係をもった女がいた。それがこれから読む源典侍の話です。

年いたう老いたる典侍《ないしのすけ》、人もやむごとなく心ばせあり、あてにおぼえ高くはありながら、いみじうあだめいたる心ざまにて、そなたには重からぬあるを、かうさだ過ぐるまで、などさしも乱るらむと、いぶかしくおぼえ給ひければ、戯れ事言ひふれてこころみ給ふに、似《に》げなくも思はざりける。あさましと思しながら、さすがにかかるもをかしうて、ものなどのたまひてけれど、人の漏り聞かむも古《ふる》めかしきほどなれば、つれなくもてなし給へるを、女はいとつらしと思へり。

源典侍は年取っているけれども、あだめいている人で色事に関してはまだまだ現役です。家柄もよく才気もあって、高貴な人として一目置かれていたのだが、そっちのほうでは重々しくない、つまり軽々しい浮気をする人なのですね。年をとってもどうしてこんなにも多情なのだろうと、源氏は興味を持ったのです。そこで、戯れごとを言ってみると、まったく不釣り合いな関係とも思っていないようで、本気なのですね。源氏はあきれつつも、ますます興味をそそられて、けっこう相手をしているのですが、噂になるのを心配して、つれない態度でいる。それを女のほうはひどいと思っているのですね。

上の御梳櫛《けづりぐし》にさぶらひけるを、果てにければ、上は御袿《みうちき》の人召して出《い》でさせ給ひぬるほどに、また人もなくて、この典侍、常よりもきよげに様体頭《やうだいかしら》つきなまめきて、装束《さうぞく》ありさまいとはなやかに好ましげに見ゆるを、さも古《ふ》りがたうもと心づきなく見給ふものから、いかが思ふらむとさすがに過ぐしがたくて、裳《も》の裾《すそ》を引きおどろかし給へれば、かはぼりのえならずゑがきたるをさし隠して見返りたるまみ、いたう見延《みの》べたれど、目皮《まかは》らいたく黒《くろ》み落《お》ち入りて、いみじうはつれそそけたり。

源典侍が天皇の髪を整えています。それが終わると、着物をきせる係というのがまた別にいますので、その係を呼んで天皇は別の部屋に着替えをしにいきます。するとそこには源氏と源典侍の二人だけが残されて他に人がいないのですね。光源氏は源典侍をじっとみているのですが、なんだかいつもよりきれいに見えます。姿、頭の感じが色っぽくて、装束のセンス、着こなしが華やかで好ましい。どうしていつまでも若いつもりでいられるのだろうとちょっと不快にも思うのですが、それでも気になってしまう。そこで裳の裾を引っ張ります。裳は腰の後ろ側に垂らすもので正装のときにつけます。源典侍は顔を「かはぼり」で隠して振り向きます。「かはぼり」というのは扇《おうぎ》です。その扇には絵がかいてあります。女は男性の前では袖や扇で顔を隠すことは何度もみてきましたね。振り返った源典侍は流し目をおくってくるのですが、まぶたが黒ずんで落ち込んでいて、老けています。

似つかはしからぬ扇のさまかなと見給ひて、わが持《も》たまへるにさしかへて見給へば、赤き紙の、うつるばかり色深きに、木高《こだか》き森のかたを塗り隠したり。片《かた》つ方《かた》に、手はいとさだ過ぎたれど、よしなからず、「森の下草老いぬれば」など書きすさびたるを源典侍が派手な扇を持っていたので、源氏は自分の持っていたものと交換してよくみてみると、赤い紙に森のような絵が描いてあるんですね。そこに文字が書かれています。筆跡は年寄りじみているけれども風情がないわけではない。この扇に書かれた歌がきっかけとなって、光源氏と源典侍の軽妙な歌のやりとりがはじまります。

「森の下草老いぬれば」のもとの歌をまずみておきましょう。

大荒木の森の下草老いぬれば駒《こま》もすさめず刈る人もなし

この歌の一部分だけが書かれていたわけですが、当時の人は一部が書かれてあるだけで、もとの歌が思い浮かんだのです。「年老いてしまったので森の下草に馬は見向きもしないし刈る人もいない」という意味ですが、源典侍自身が森の下草だということですね。「森の下草」の一義的な意味は、馬が食む草ですが、ここでは、自分を馬に食まれることのない草だとたとえている。馬は男ということになります。馬と言えば、男根イメージを象徴する動物でもあります。そうすると「下草」は男根を受け入れるところだという、ものすごくエロティックかつ下品な歌になるわけです。源氏は「ことしもあれ、うたての心ばへや」、よりにもよって、あきれた趣向だなと笑いながら、「森こそ夏の、と見ゆめる」と言います。

これのもとの歌は次のものです。

ほととぎす来鳴くを聞けば大荒木の森こそ夏の宿りなるらめ

ほととぎすがたくさんきて鳴いているのを聞くにつけ、大荒木の森は夏の宿となっているのですよね、というものですが、込められた意味としては「いやいやあなたはモテモテらしいじゃないですか」ということです。源典侍の、私は年老いてしまって誰も相手にしてくれないわという歌に対して、いやいやたくさん男性がきているらしいじゃないですか、と答えているわけです。

年配の女から下卑た誘いの歌をもらっても、源氏は、いい加減にしろなどとは決して言わないのです。なんのなんのお盛んじゃないですかと切り返すのです。これが源氏のすばらしいところですね。女のプライドを傷つけない。

こうしてやりとりをしながらも、源氏は誰かにこのやりとりを見られたら恥ずかしいということばかり気にしているのですが、女のほうは全くそんなことを思いもしないので、さらに歌を詠みかけてきます。

君し来《こ》ば手《た》なれの駒に刈り餌《か》はむ盛り過ぎたる下葉なりとも

あなたが来たらあなたがみずからの手で飼いならした馬に刈った葉を食ませますよ、盛りを過ぎた下葉ですけれど、という意味ですね。馬が男根イメージだと思いながらよむと、「手なれの駒」というのは、なんだかものすごく下品な感じですね。この歌に対して源氏は何と返したか。

笹分けば人やとがめむいつとなく駒なつくめる森の木《こ》がくれ

笹を分け入ってそこに行ったならば、別の男がとがめだてするでしょう、いつもそこになついている馬がいるそうですから、という意味ですね。他に男がいるでしょう、というのです。さすがモテる男は違います。見事なお答えですね。

「わづらはしさに」とて、立ちたまふをひかへて、「まだかかるものをこそ思ひはべらね。今さらなる身の恥になむ」とて泣くさま、いといみじ。

源氏は切り上げて立ち上がろうとすると、今度は源典侍が泣き落としに入ります。「いまだこんなもの思いをしたことがありません。いまさらこの年になって恥をかくことになります」といって泣いているわけです。

「今聞こえむ。思ひながらぞや」とて、ひき放《はな》ちて出で給ふを、せめておよびて、「橋柱《はしばしら》」とうらみかくるを、上は御袿《みうちき》はてて、御障子《みさうじ》より覗《のぞ》かせ給ひけり。

源氏はそれを聞いて、「また今度ね」と言ってその場を去ろうとしています。そこに源典侍は「橋柱」と言ったとありますが、これも歌がもとにあります。「限りなく思ひながらの橋柱思ひながらに仲や絶えなむ」という歌です。源氏の「思ひながらぞや」というのは、意味としては、いつも思っているよ、ということですが、歌の引用だとすると、思いながらも仲が絶えてしまった、という意味が出てくるわけです。源典侍はとっさにこの歌を引用して「橋柱」というのじゃないでしょうね！　と言い返しているわけです。さて、そんなやりとりを着替えが終わった天皇が実は盗み見ていました。

似つかはしからぬあはひかなと、いとをかしう思されて、「好き心なしと、常にもて悩むめるを、さはいへど、過ぐさざりけるは」とて笑はせ給へば、典侍はなままばゆけれど、憎からぬ人ゆゑは、濡《ぬ》れ衣《ぎぬ》をだに着まほしがるたぐひもあなればにや、いたうもあらがひきこえさせず。

天皇は年が離れた不似合な関係だなと面白く思っています。「源氏には好き心がなく、常に悩みぐさだったけれども、こうやっていい女は見逃さないのだな」と笑うのです。こういうからには源典侍は天皇のお手付きの女房だったのでしょうね。すると天皇と源氏は同じ女と情交していることになります。源典侍との滑稽な恋愛も、藤壺出産が描かれた巻にあるのを考えると、笑いごとではすまない光と陰のように読めますね。

天皇に男女の仲をからかわれて源典侍はちょっと恥ずかしくもあるけれども、たとえ濡れ衣だとしてもうれしいことだったので、否定をしないのです。

源内侍と光源氏のやりとりそのものが滑稽ですが、そこへ頭中将が割って入ってきて、喜劇に拍車をかけます。

人々も、思ひのほかなることかなと扱ふめるを、頭中将聞きつけて、至《いた》らぬ隈《くま》なき心にて、まだ思ひ寄らざりけるよと思ふに、尽きせぬ好み心も見まほしうなりにければ、語らひつきにけり。この君も人よりはいとことなるを、かのつれなき人の御慰めにと思ひつれど、見まほしきは限りありけるをとや。うたての好みや。

源典侍と光源氏との関係がすでに噂になっています。それを頭中将が聞き付けて、そこは盲点だった！　と思うのですね。だいたい女関係はなんでも試している頭中将も源典侍との関係は思いも寄らなかったのです。源典侍のいつまでも尽きない色好みというのもぜひみてみたいと思ってさっそくアプローチして、たちまち懇ろな関係になりました。源典侍としては源氏との関係を成就させたいところなのですが、源氏はつれないし、頭中将も当代の貴公子として名高いし、と関係を持ちます。最後は語り手の評ですね。でもやっぱり本当に関係したいのは源氏なのだとか。困った色好みであることよ、というのです。

源氏は頭中将が源典侍といい仲になっていることなど知りません。会うたびに恨み言を言われるので、年のことを考えると気の毒だしなぐさめてやろうと思いつつもそのままになっていました。ある日、夕立ちがあって涼しくなった宵に温明殿へと向かいます。温明殿というのは、源内侍がつめている宮廷内神社のようなところです。ちょうど琵琶を弾いている音が聞こえてきます。

この内侍、琵琶をいとをかしう弾きゐたり。御前などにても、男方《をとこがた》の御遊びに交じりなどして、ことにまさる人なき上手なれば、ものうらめしうおぼえける折から、いとあはれに聞こゆ。

源典侍は琵琶の名手で、天皇たちが管弦の遊びをやっているときも召されて、男たちの合奏に交じっているほどです。ことに今は恋焦れている人がいるというので、いっそうしっとりと音色が響くのです。

源典侍は琵琶を弾きながら歌を唄っています。

「瓜《うり》作りになりやしなまし」と、声はいとをかしうて歌ふぞ、すこし心づきなき。鄂州《がくしう》にありけむ昔の人も、かくやをかしかりけむと、耳とまりて聞き給ふ。弾きやみて、いといたう思ひ乱れたるけはひなり。君、東屋《あづまや》を忍びやかに歌ひて寄り給へるに、「押し開いて来ませ」とうち添へたるも、例に違ひたる心地ぞする。

「山城」という催馬楽を唄っています。YouTubeに動画がありますので、どんな曲かを知ることができます。

「山城の　狛《こま》のわたりの　瓜作り……我を欲しと言ふ　いかにせむ　なりやしなまし」という歌の一部が引かれているのですね。瓜作りが我を欲しいといっているから瓜作りになってしまおうかしら、という歌で、頭中将と結ばれたのだから源氏とのことはあきらめてしまおうかしらという想いを込めて唄っていたのです。「声はいとをかしうて歌ふ」とあるので歌声も美しいのです。琵琶は上手、歌もうまいとあっては、魅力を感じずにはいられません。でも実際の源典侍の年齢を思うと残念でならない。「鄂州にありけむ昔の人も、かくやをかしかりけむ」というのは白楽天の漢詩で、旅先で十七、八歳の若い娘の美しい歌声が聞こえてくる。やがてその声が泣き声になったのでわけを聞いたが何も語らなかったという話です。そんな若い娘の歌う姿を思い浮かべてしまうほど惹かれているのですね。弾きやめた様子なので源氏は催馬楽の「東屋」を口ずさみながら近寄って行きます。

東屋の　真屋《まや》のあまりの　その雨そそき　我立ち濡れぬ　殿戸開かせ
鎹《かすがひ》も　錠《とざし》あらばこそ　その殿戸　我鎖さめ　押し開いて来ませ　我や人妻

これは男女がかけあいで唄う歌だそうで、源氏が前半を唄ったのですね。ちょうど夕立が降ったあとなので、雨に濡れて外に立っているので扉をあけてくれないか、というところを唄った。すると源典侍が「押し開いていらっしゃい」という続きを歌ったわけです。この当意即妙に続きを歌う風流が源典侍の最大の魅力です。このあとには「東屋」をふまえた和歌のやりとりで戯れあうことしか書かれていませんが、ここで源典侍と光源氏は関係したのですね。しかし、それは美しい恋愛物語にはならずにドタバタの喜劇になっていきます。

頭中将は、この君のいたうまめだち過ぐして、常にもどき給ふがねたきを、つれなくてうちうち忍び給ふ方々多かめるを、いかで見あらはさむとのみ思ひわたるに、これを見つけたる心地いとうれし。かかる折に、すこし脅《おど》しきこえて、御心まどはして、「懲りぬや」と言はむと思ひて、たゆめきこゆ。

ここは宮中です。頭中将はなんとか源氏の秘密の恋愛を暴露してやろうと思ってあとをつけてきたのです。源氏がいつもまじめぶって恋愛なんてしてないふりをするのが憎らしいので、実はこそこそ女のもとに通っている現場をおさえたいと頭中将は思っているのです。少し脅して、光源氏をびっくりさせて、「懲りたか」と言ってやりたい。それで頭中将は忍び込んで様子をうかがいます。

風冷やかにうち吹きて、やや更《ふ》け行くほどに、すこしまどろむにやと見ゆるけしきなれば、やをら入《い》り来《く》るに、君はとけてしも寝《ね》給はぬ心なれば、ふと聞きつけて、この中将とは思ひ寄らず、なほ忘れがたくすなる修理大夫《すりのかみ》にこそあらめと思すに

静かになったので、寝てしまったのかなと頭中将は思っていますが、源氏は心を許して眠り込んでいたわけではないので、物音を聞きつけます。誰かが入って来るのに気づくのですが、それが頭中将だとは思わずに、源典侍とかつて関係していると言われていた修理大夫《すりのかみ》が彼女を忘れられずにやってきたのだと思うわけです。修理大夫は、垣根が壊れたり屋根が壊れたりしたときに修理の手配をする役職の人です。

おとなおとなしき人に、かく似げなきふるまひをして、見つけられんことは恥づかしければ、「あなわづらはし。出でなむよ。蜘蛛《くも》のふるまひはしるかりつらむものを。心憂くすかし給ひけるよ」とて、直衣ばかりを取りて、屏風のうしろに入り給ひぬ。

立派な大人に、このような不似合な関係を見られるのは恥ずかしいと思った源氏は、「ああめんどうくさいな、こんな風に人が入ってくるということはあらかじめ知っていただろうに、私をだましたのだね」と文句を言いながら、脱いだ着物をとって屏風のうしろに入ります。

中将、をかしきを念じて、引きたてまつる屏風のもとに寄りて、ごほごほとたたみ寄せて、おどろ

おどろしく騒がすに、典侍はねびたれど、いたくよしばみなよびたる人の、先々もかやうにて心動かす折々ありければ、ならひて、いみじく心あわたたしきにも、この君をいかにしきこえぬるかと、わびしさに、ふるふるふるふ、つと控へたり。誰《たれ》と知られで出でなばやと思せど、しどけなき姿にて、冠《かうぶり》などうちゆがめて走らむ後《うし》ろ手思《で》ふに、いとをこなるべしと思しやすらふ。

光源氏の様子をみた頭中将はおかしくて仕方がないわけです。笑いをこらえて源氏が隠れている屏風のところにいって、がたがたと屏風をたたんでしまったのですね。源典侍もまた修理大夫が来たと思っているようです。長年の経験でこんな修羅場はかつても経験していたようですが、源氏に何かするのじゃないかと震えています。源氏は誰だかわからないうちに逃げてしまおうと思っていましたが、まだ衣を着ていません。しどけない姿で、頭にかぶっている冠をゆらゆらさせて走っていくのは、その後ろ姿を見られていると思うにつけ、かなりこっけいだろうなと思って躊躇しています。

この場合の冠は、立烏帽子ではなくてもう少し小さいものでしょう。平安時代の男性貴族は常にそうしたものを頭にかぶっていました。ちなみに、頭にのせるために月代《さかやき》といって額の上の毛がすれるので少し剃ってあります。それが極端に後ろの方まで剃られるようになると江戸時代の髪型になるわけです。

中将、いかで我と知られきこえじと思ひて、ものも言はず、ただいみじう怒《いか》れるけしきにもてなして、太刀《たち》を引き抜けば

声を出してしまうと、頭中将だということがバレてしまいますので、怒ったような様子をしながら太

刀を引き抜きます。

女、「あが君、あが君」と向ひて手をするに、ほとほと笑ひぬべし。好ましう若やぎてもてなしたるうはべこそさてもありけれ、五十七、八の人の、うちとけてもの言ひ騒げるけはひ、えならぬ二十《はたち》の若人たちの御中にてもの怖《お》ぢしたる、いとつきなし。

源典侍は「あなた、あなた」と言いながら拝むように手をすり合わせています。その様子に頭中将は笑ってしまいます。源内侍はいつもは上品で若々しくしているのですが、実際は五十七、八歳で、いまはあわてふためいて地が出てしまっている。二十歳の若者の間に入ってこうして本気でおびえて、見る影もないのですね。

かうあらぬさまにもてひがめて、恐ろしげなるけしきを見すれど、なかなかしるく見つけ給ひて、我と知りてことさらにするなりけりとをこになりぬ。その人なめりと見給ふに、いとをかしければ、太刀抜きたる腕《かひな》をとらへて、いといたう抓《つ》み給へれば、ねたきものから、え堪《た》へで笑ひぬ。

源氏はここでようやくこの男が頭中将だと分かります。源氏だと知ってこんなことをしているのだとわかるとばかばかしくなって、頭中将の太刀をかまえている腕をつねります。そうしてたまらなくなって笑い出します。光源氏は「たっまく正気の沙汰かい」といって「さてこの直衣を着るとしよう」と着替えようとしますが、頭中将はそれを妨害します。源氏は自分が着物を着られないので、「じゃあ、あなたも脱いでしまえ」と頭中将の帯をほどいて脱がせていきます。やめろやめろともみ合っているうちに着物が破れたりする。

こうして源典侍との一夜は笑い話に転じて終結します。末摘花の話と源典侍の話はどちらも正統派の恋愛話のなかにあってイレギュラーなコメディタッチのものでした。これで『源氏物語』のイメージが少し変わったのではないでしょうか。当時の読者も笑いながら読んだところでしょう。源典侍くらいの年齢の女房もいたでしょうから、あれこれ現実と比べて面白がったのではないかと思います。

実際、年増の女が若い男に真剣に恋する物語は、現在にもありふれたものではないでしょうか。世の中のジャニーズファンや韓流ファンの多くは年齢層高めだと言われていますよね。彼女たちが夢中になっているのは二十代前後の若者です。若いファンと変わらず、恋心をくすぐられ、わりと本気で妄想しているようにもみえます。そんなふうに重ね合わせると、源典侍の恋もあながち無茶なものでもない。むしろリアリティたっぷりの物語かもしれません。だからこそ面白いのですね。

藤壺立后

さて、「紅葉賀」巻は、このあとも頭中将が破り取った袖を源氏に送り返してくるなど面白いことが続きますが、巻の最後は藤壺が后にのぼる話題となります。そこを見ておきましょう。

七月にぞ后ゐ給ふめりし。源氏の君、宰相になり給ひぬ。

この七月には藤壺が后になるようだというのです。源氏は、中将の位から宰相の位にのぼりました。

帝おりゐさせ給はむの御心づかひ近うなりて、この若宮を坊にと思ひきこえさせ給ふに、御後見《うしろみ》し給ふべき人おはせず、御母方の、みな親王たちにて、源氏の公事《おほやけごと》知り給ふ筋ならねば、母宮をだに動きなきさまにしおきたてまつりて、強《つよ》りにと思すになむありける。

桐壺帝は帝の位をおりて、譲位しようという気持ちになっています。藤壺の産んだ若宮を次の東宮につけたいと思っていますが、しかし後見になる人がいないんですね。母方はみんな親王です。皇族の出ですから、天皇になる可能性もありますし、皇族の官職は名誉職のようなものであって、摂政、関白のような位にはつくことはない。そこで、母親を后にして盤石な地盤をつくろうと考えたのです。

前にも説明しましたが、后の位は、多くの入内した女たちのなかから男子を産んだ人があとから選ばれてつくものです。その子が次に即位するであろう、というときにつくのが通例なので、順番からいけば弘徽殿女御が立后するはずです。それなのに天皇は、藤壺を先に后にしようとしているのです。

弘徽殿、いとど御心動き給ふ、ことわりなり。されど、「東宮の御世、いと近うなりぬれば、疑ひなき御位なり。思ほしのどめよ」とぞ聞こえさせ給ひける。げに、東宮の御母にて二十余年になり給へる女御をおきたてまつりては、引き越したてまつり給ひがたきことなりかしと、例のやすからず世《よ》人《ひと》も聞こえけり。

弘徽殿女御が憤然とするのは当たり前ですね。けれども天皇は「あなたの息子の東宮はまもなく天皇になるのだから、そうすればあなたは自然とそうした位になるのだから、ちょっと我慢しなさい」といいます。周りの人たちも東宮の母として二十余年もあったのに、それを引き越して藤壺が先に后になるだなんておかしいのではないか、と言いあいます。天皇の心づもりでは光源氏にそっくりな子を次の東宮にしたい。そのために、母親を后の位につけておいて、もちろん次の東宮はこの子でしょうというふうにもっていきたいのですね。

参り給ふ夜の御供に、宰相の君も仕うまつり給ふ。同じ宮と聞こゆる中にも、后腹《きさいばら》の御子《みこ》、玉光りかかやきて、たぐひなき御おぼえにさへものし給へば、人もいとことに思ひかしづききこえたり。ましてわりなき御心には、御輿《こし》のうちも思ひやられて、いとど及びなき心地したまふに、すずろはしきまでなむ。

尽きもせぬ心の闇にくるるかな雲居に人を見るにつけても

とのみ独りごたれつつ、ものいとあはれなり。

藤壺が后の位について宮中に参内する儀式には、宰相となった光源氏も仕えていました。「后腹の御子」というのが藤壺のことです。身分の高い藤壺は、光り輝く宝玉のようで、天皇の寵愛も深い方なので誰もが特別な思いで仕えている。恋慕する源氏の心には、さらに格別です。藤壺は輿《こし》に乗って参内したので、その周りを固める従者役の一人に源氏がついているのですね。輿の内側は外からは見えないので、その中にいる藤壺を思って、さらに遠くへ行ってしまったとさみしく思っています。源氏の一人口ずさんだ歌。雲居は殿上という意味で、内裏の高みにいる人を見て、尽きせぬ心の闇にかきくれている、というのですね。

御子《みこ》はおよすけ給ふ月日に従ひて、いと見たてまつり分きがたげなるを、宮いと苦しと思せど、思ひ寄る人なきなめりかし。げにいかさまに作り変へてかは、劣らぬ御ありさまは世に出でものし給はまし。月日の光の空に通ひたるやうにぞ世人も思へる。

藤壺の産んだ皇子は、もう見分けがつかないくらい源氏に似ています。藤壺は気が気ではないのに、それに気づく人もいないようです。たしかに、どう作り変えても源氏に劣らぬ人がこの世に生れ出るとは思えない。だから皇子が似ているとはだれも思い至らない。源氏と皇子の美しさは、太陽と月の光が似ているように世間の人々は思っているのだ。またしても光の比喩で幕を閉じます。藤壺も「玉光りかがやきて」とありましたから、藤壺、源氏、皇子の三者が輝く光のイメージで結ばれて、世間の人々には気づかれない秘密を読者に照らしているのですね。

みんなのコメント⑩

● 昔の浮気というものはどのように考えられていたのか疑問に思った。源氏は様々な女性と関係を持つがそれが正当化されているような気がした。男は様々な女性と関係を持つべきで女はそれに気づいても黙っているべきものであるという慣習があるのかと思っていたが源典侍の行為からそのようなものではないのだなと思った。

●五十七、八歳の女の人に対しても優しく気遣って接するところ、ズルいです。私にはまだわかりませんが中年女性ってやさしくされるとコロッといっちゃいそうですよね……。同年代の男性には興味ないし。今、中年女性が韓流スターにドハマりしちゃうのも共通してると思いました。

●藤壺との密通によって子供が生まれた場面について、源氏は誰にも言えない過ちを犯したにもかかわらず、その後も懲りずに新しい恋へと進むところに驚いた。源氏にとって女性とはどんな存在だったのだろうか。

●韓流好きでツイッターなどを見ていると妄想専用のアカウントみたいなものがあり、みんな本当におもしろい話を考えていてファンの無限の才能を感じます。昔も媒体は違えど同じように楽しんでいたんだと思った瞬間すごく近く感じました。おもしろいです。

●源典侍の若々しさに驚かされた。平安時代の女性といえば男の前ではとくに奥ゆかしいものだと思っていたが、キャラクターの設定が面白い。胆がすわっている感じがする。当時これを読んだ女性は典侍のような人物をどう評価していたのだろうか。現代では年をとっても魅力のある女性に憧れる傾向があるようだが当時もまたそうだったのだろうか。

●源典侍が六十歳近いのにそんなに若い男が欲しいのかと、源氏を誘惑しようとしている姿に笑ってしまった（失敗で泣き落としにかかったところも）。だが、宮中で働いているということは昔は美しさもあったし、源氏とのやりとりからもわかったように学も音楽の才能もあることから昔は引く手あまただったのかなと思った。

●紫の上が自分が旦那さんをもらったことをはじめて知って驚いているという場面があってびっくりした。そういう時代だからしょうがないけれど、自分で結婚する人を選べないっていうのは嫌ではなかったのか疑問に思った。それでも紫の上は「こんなに若くてステキな旦那さん」と喜んでいて素直でかわいいなと思った。

●源氏のマザコンっぷりには驚く。いくら小さいときに母親を亡くし、心の奥にうめられない穴があったとしても異常だと思う。藤壺も自分が亡き更衣に似ていることで入内させられ、源氏にも好意を抱かれ、「私は藤壺よ！　更衣じゃないわ！」と帝に対しても源氏に対しても思っていたのではないか。そんな気持ちのなかで源氏の子を身ごもってしまった藤壺のことを思うと気の毒である。自分に好意をもってくれる男が、自分を「愛してくれている」のではなく、「亡き愛する人の影を追っている」のだとしたら、私は耐えられないと思う。それに加え、継子である源氏の子を授かり、誰にも言えない苦しさ、罪の意識ははかりしれない。

●子どもをつくることができれば位が上がるってすごい世の中ですよね。若くして結婚しなければならないし、きっと私には耐えられないと思います。

●典侍のがっつり下ネタっぷりに思わずドン引きしました。どんだけお盛んなんですかとつっこまずにいられません……。源氏がドン引きすることなく「いやいやモテモテじゃないですか」と返事しているあたり、完全に典侍がイニシアチブを握り、源氏が後手にまわっているのが妙におもしろかったです。また頭中将の源氏に対する嫉妬というか恨みつらみをなんとか晴らそうとする場面は読んでいて思わず爆笑してしまいました。五十七、八歳のオバさんが自分よりも若い男にみえを捨てて謝ったりと女が何もかもかなぐり捨てて素のままをさらけ出すのはいつ見ても楽しいですね。

●今まで源氏はただの女好きというイメージがありましたが、女性への接し方を熟知したとても魅力的な人だということが源典侍との恋の場面でよくわかりました。

第十一回　女の欲望――「花宴」巻～「葵」巻その一

谷崎潤一郎『夢の浮橋』

前回の話をうけて、天皇は光源氏と藤壺との密通に気が付いていたのではないか、密通をうながしたのは天皇が光源氏を藤壺の御簾のなかに入れて馴染ませたということが原因なのだから、天皇は認めていたのではないか、という意見をいただきました。これはたいへん鋭い読みです。というのも、まさにこうした発想で谷崎潤一郎が『夢の浮橋』（一九五九）という小説を書いているのです。

この小説は冒頭に「五十四帖を読み終り侍りて」とあって、明らかに『源氏物語』を引用してつくられています。主人公の乙訓糺《おとくにただす》の父親は、糺の実母亡きあと、継母としてやってきた人を実母と同じ茅渟《ちぬ》という名前で呼ばせ、実母と同様に接するようにうながします。かなり大きくなるまで実母のお乳を吸っていたときいた継母は、子を産んでいないので乳など出るはずもないのに糺に吸わせて添い寝したりもします。継母がやってきてから十一年たった頃、妊娠し男の子が産まれるのですが、父親はその子を里子に出してしまいます。父親の死後、糺は妻を迎えますが、そのさい乳母の口から、親戚が次のように噂していることを聞きます。糺と継母との不倫関係をうたがっていること、里子にだした子どもは糺の子であること、父親はそれを知っていて大目にみていたどころか、そうなることを望んでいたこと。継母は妻と二人でいるときに百足に刺されて亡くなってしまいます。妻が殺したのではないかと疑った糺は、離縁して、里子に出された子を引き取って二人で暮らしていくというストーリーです。乙訓糺の手記という体裁で書かれているので、都合の悪いことは隠されていて真相がはっきりわからない、というのが物語の趣向ですが、ともあれ、谷崎は噂話のなかに、父親が息子と継母の関係を自ら望んでいたとはっきりと書いて、一つの『源氏物語』の解釈を提示しているのですね。

花見の出逢い

さて、今回は「花宴《はなのえん》」巻を読んでいきましょう。

きさらぎの二十日《はつか》あまり、南殿《なでん》の桜の宴せさせたまふ。后、春宮の御局、左右にして、参《ま》う上りたまふ。弘徽殿女御、中宮のかくておはするを、折節ごとにやすからず思せど、物見にはえ過ぐし給はで参り給ふ。

如月ですから二月の二十日くらいに、宮中の紫宸殿でお花見をするという話です。二月二十日は今の暦では三月の末です。まさに桜の季節ですね。

桜を愛でながらさまざまなイベントをするのですが、その見物の座は天皇の両脇に后である藤壺と東宮の母である弘徽殿女御が並ぶかたちでした。弘徽殿女御は后が自分より上の位でそこにいるのを快く思ってはいないのですが、見物を逃したくなくてやってきたというのです。まず日中、「春」という文字を入れ込んで漢詩を作って競うという知的な遊びをしています。漢詩がつくられる場面は、ただ源氏の作がすばらしいなどと言うだけで、具体的にどのような詩を作ったのかが明らかにされることはありません。登場人物のオリジナルの和歌はいくらでも出てくるのに漢詩はでてこないのです。漢詩が男性にジェンダー化されたものだから、女性たちの物語にはあらわれてこないのでしょう。

夕方からは舞楽が行われます。

楽どもなどは、さらにも言はず調《ととの》へさせ給へり。やうやう入日《いりひ》になるほど、春の鶯囀《さへづ》るといふ舞《まひ》いとおもしろく見ゆるに、源氏の御紅葉《もみぢ》の賀の折思し出でられて、東宮、かざしたまはせて、せちに責めのたまはするに逃がれがたくて、立ちて、のどかに袖返すところを一折れ、けしきばかり舞ひ給へるに、似るべきものなく見ゆ。左の大臣《おとど》、うらめしさも忘れて涙落としたまふ。

春鶯囀という舞がすばらしかったので、東宮は紅葉賀での舞を思い出して、源氏に挿頭《かざし》の枝を差し出して、ぜひに踊ってくれというのですね。「袖返す」というのは舞の仕草です。全部ではなくて、袖を返すあたりを少しだけ舞ってみせるのですが、あまりにもすばらしい。左大臣は娘のところにちっともやって来ない婿殿の姿に、恨めしさもわすれて涙するのですね。

「頭中将、いづら。遅し」とあれば、柳花苑《りうくわゑん》といふ舞を、これはいますこし過ぐして、かかることもやと心づかひやしけむ、いとおもしろければ、御衣《ぞ》たまはりて、いとめづらしきことに人思へり。上達部《かむだちめ》みな乱れて舞ひ給へど、夜に入《い》りてはことにけぢめも見えず。文《ふみ》など講《かう》ずるにも、源氏の君の御をばえ、講師《かうじ》もえ読みやらず、句ごとに誦《ず》じののしる。博士どもの心にもいみじう思へり。

紅葉賀での舞は頭中将と二人で舞ったものですから、「頭中将は、どこだ。遅いぞ」と言われます。そこで頭中将は柳花苑という舞を源氏よりは少し長めに舞ってみせます。こういうリクエストもあろうかとどうも準備していたようです。たいへんよかったので、ご褒美に衣をいただきます。これは珍しいことなので、頭中将には格別のことでした。その後次々に人々が舞いをみせるのですが、もう夜になってよく見えない。

漢詩を読み上げるのは、文章博士です。源氏のものはすばらしすぎてすらすらとは読めないのですね。

かうやうの折にも、まづこの君を光にしたまへれば、帝もいかでかおろかに思されん、中宮、御目《め》のとまるにつけて、東宮の女御のあながちに憎み給ふらむもあやしう、わがかう思ふも心憂《う》しとぞ、みづから思し返されける。

おほかたに花の姿を見ましかばつゆも心のおかれましやは

御心のうちなりけむこと、いかで漏《も》りにけむ。

こうして人前にでるような催しのときにも、源氏の美しさ、すばらしさは比べ物にならないのですね。まず光源氏が催しの光、ハイライトとなるので、天皇もどうしてないがしろにできようか、というのです。藤壺は源氏のすばらしさを前にして、「なぜ弘徽殿女御は源氏を憎むことができるのだろう。なぜ私は源氏に惹かれてしまうのだろう」と考えるのですね。そんな自分はだめだとも思う。藤壺の歌は「普通の気持ちでこの花、すなわち光源氏の姿を見ることができたなら、少しも気がねなく称賛できるのに」という意味です。こんな関係ではなくて光源氏のことを見ることができたならもっと素直に絶賛できたのにと藤壺は思っているわけですね。「つゆ」という言葉は、つゆもないのように使われる「まったく、いっさい」という意味の「つゆ」と露に濡れるの「露」の掛詞です。葉の上に露をおくということばが見え隠れしているわけです。

このあとの語り手の評がおもしろいですね。藤壺のこの歌は口に出して詠んだものではないのに、「心のうちに思ったことが、どうして漏れたのでしょう」というのです。不思議な書き方ですよね。あくまでも誰かが見聞したものが伝わったという体裁をとるので、そんな秘密の歌がここに書かれているのは妙だというのです。『源氏物語』の語り手のことばについてはこれまでも何度か確認してきましたが、私たちが自然と理解するような作者とは離れたところに設定されているのですね。それが特異なところであり、面白さでもあります。ナラトロジーといって、語りがどのように物語を動かしているかをみる研究が盛んであった時期には、『源氏物語』は格好の研究対象で、各分野の人が『源氏物語』の語りの構造に注目していました。中山眞彦『物語構造論――『源氏物語』とそのフランス語訳について』（岩波書店、一九九五年）など、フランス語文法と比較する研究もあったのですよ。『源氏物語』の大きな特徴はやはり語りにあるので、ストーリーを追うだけなら翻訳でかまわないのですけれども、語り手のあり方を読むには原文で読むのがいいのです。

さて、花見の宴は夜が更けた頃ようやく終わったようです。

夜いたう更《ふ》けてなむ事果《ことは》てける。上達部おのおのあかれ、后、東宮帰らせ給ひぬれば、のどやかになりぬるに、月いと明《あ》かうさし出でてをかしきを、源氏の君、酔《ゑ》ひ心地《ごこち》に見過《みす》ぐしがたくおぼえ給ひければ人々は宮中を離れて行き、后や東宮も局に戻りました。宴会ですから、お酒も出ました。源氏は酔い心地で、月をながめながら宮中に残っています。月が美しいのを見過ごせないというので、どうするかというと藤壺に会おうと画策するわけです。

上の人々もうち休みて、かやうに思ひかけぬほどに、もしさりぬべき隙《ひま》もやあると、藤壺わたりをわりなう忍びてうかがひ歩《あり》けど、語らふべき戸口《とぐち》も鎖してければ、うち嘆きて、なほあらじに、弘徽殿の細殿《ほそどの》に立ち寄りたまへれば、三の口開きたり。

源氏はもしかすると入り込める隙があるかもしれないと、藤壺の局のあたりをこそこそうろついていますが、戸口はすべて閉まっています。そこであろうことか、弘徽殿女御の局のあるほうに向かうんですね。すると開いている戸があるのです。

女御は上の御局にやがて参《ま》う上《のぼ》り給ひにければ、人少ななるけはひなり。奥の枢戸《くるど》も開《あ》きて人音もせず。かやうにて世の中のあやまちはするぞかしと思ひて、やをら上りて覗き給ふ。

今夜、弘徽殿女御は天皇の局に参っていていません。藤壺の下におかれて宴を見物した苦々しい気持ちをなぐさめるためでしょうか、天皇が寝所に召したのです。それにしても不用心ですね。奥の戸も開けっ放しで人もいない。こういうところに、こういう男が忍び込んで、こんなふうにして世の中のあやまちは起こるんだよねと源氏は自分で思いながら、上がって奥を覗き見ます。

人は皆寝たるべし、いと若うをかしげなる声の、なべての人とは聞こえぬ、「朧《おぼろ》月夜に似るものぞなき」とうち誦じて、こなたざまには来《く》るものか。いとうれしくて、ふと袖をとらへ給ふ。女、恐ろしと思へるけしきにて、「あなむくつけ。こは誰《た》そ」とのたまへど、「何か、疎《うと》ましき」とて、

深き夜のあはれを知るも入る月のおぼろけならぬ契りとぞ思ふ

とて、やをら抱《いだ》き下ろして、戸は押し立てつ。あさましきにあきれたるさま、いとなつかしうをかしげなり。

人々はみな寝静まっているのに、若いいい感じの女の声が聞こえてきます。明らかに身分の高い人の様子で「朧月夜に似るものぞなき」と誦じながら、こちらにやってきます。

照りもせず曇りもはてぬ春の夜の朧月夜にしくものぞなき

この和歌の「しくものぞなき」を「似るものぞなき」に言い換えて、下の句だけを声にだして、月をながめに戸口のほうへやってきたのでしょう。この歌からこの女君は朧月夜と呼ばれることになります。「こなたざまには来るものか」は、臨場感にあふれる言い方ですね。はじめに女の声がきこえてきて、それがこちらに来たではないか！　というのです。

源氏はうれしくて女の袖をつかんで引き留めます。女は、こわがって「気味が悪いわ。誰なの」と言います。源氏は「そうこわがらないで」と、女の歌に呼応した歌を詠みます。

「こんな深い夜に、月にひかれてふらふらと私はやってきたのだけれど、その月にひかれてあなたも

ふらふらやってきた、これは契りですね」という意味で、朧月の「おぼろ」と「おぼろげではない」契りが掛詞になっているのですね。言いながら源氏は女を抱き上げて、部屋に入り込み扉を閉めてしまいます。女はびっくりしてあっけにとられているのですが、その様子がかわいらしいのです。

わななくわななく、「ここに、人」と、のたまへど、「まろは皆人に許されたれば、召《め》し寄《よ》せたりとも、なむでふことかあらむ。ただ、忍びてこそ」とのたまふ声に、この君なりけりと聞き定《さだ》めて、いささか慰めけり。

女はわなわな震えながら助けを求めます。「ここに、人が」というのですが、誰か来て！　という意味ですね。すると源氏は、「私は誰もに許されているのだから、人を呼んでもどうということはないのだよ。ただ静かにしていらっしゃい」と言います。ずいぶん傲慢な言い分ですけれども、女は、声から光源氏だとわかったのですね。それでほっとしているのです。またしてもレイプ論が出てきそうな場面ですが、「皆人に許されたれば」のことばも、花の宴での源氏のすばらしさがあれだけしつこく語られてきたあとでは、絶大な説得力を持つのです。あの光源氏となら、誰だって逢瀬を夢みないはずはないと思わせる絶賛ぶりでしたね。

わびしと思へるものから、情けなくこはごはしうは見えじと思へり。酔《ゑ》ひ心地や例ならざりけむ、許さんことは口惜しきに、女も若うたをやぎて、強き心も知らぬなるべし。らうたしと見給ふに、ほどなく明けゆけば、心あわたたし。女はまして、さまざまに思ひ乱れたるけしきなり。

女は、困ったことになったとは思いながらも、強情でかわいげのない女だと思われたくないと思うのです。源氏に嫌われたくはないのですね。源氏のほうは、酔っぱらっていたからか、このまま放してしまうのが惜しいという気になって関係しますが、女のほうも若くやさしい人で、心を強くして断るということを知らないようです。それを源氏は、かわいらしいなと思っている。「ほどなく明けぬれば」というわけで夜が明けてきます。夜明けまでのこの空白の時間に関係があったということです。みなさんが「朝チュン」と呼んでいる省略の方法ですね。あわてて別れるわけですが、女は周りの人々にバレないうちに早く出て行ってほしいけれども、まだ一緒にいたいと思い乱れている様子です。

「なほ名のりしたまへ。いかで聞こゆべき。かうてやみなむとは、さりとも思されじ」とのたまへば、

憂き身世にやがて消えなばたづねても草の原をば問《と》はじとや思ふ

と言ふさま、艶《えむ》になまめきたり。「ことわりや。聞こえ違へたる文字《もじ》かな」とて、

いづれぞと露のやどりを分《わ》かむまに小笹《こざさ》が原に風もこそ吹け

わづらはしく思すことならずは、何かつつまむ。もし、すかい給ふか」とも言ひあへず、人々起き騒ぎ、上の御局に参りちがふけしきどもしげく迷《まよ》へば、いとわりなくて、扇ばかりをしるしに取りかへて出で給ひぬ。

源氏は女の名を聞こうとしています。正確には名前というよりも、どこの誰だかを知ろうとしているのですね。「そうでなければ、どうやってあなたに手紙を贈ったらいいのですか。これでおしまいになるとは思っていないでしょう」と言います。そうすると女は歌を返します。「不幸な私がこのまま消

えてしまったら、草の根をわけてでも探しにこようとあなたは思わないの」という意味です。あなたの思いというのは、その程度のものなの、と聞かれて、源氏は「ほんとうだね。とんだ言い違いをしてしまった」と言うほかありません。けれども「どこにあなたがいるのか分け入って探しているうちに風が吹いて噂が立ってしまうかもしれません」と返歌して「迷惑ではないのなら、なぜ隠すのです。私をだまそうとしているのでは」などと言い合っているうちに、人々が起きだしたようで騒がしくなってきました。弘徽殿女御も戻ってくるようです。二人はあわてて目印にお互いの扇を交換します。この扇で相手が誰だか知る手がかりとするのですね。扇は、顔を覆ったりするのに常に持ち歩いているものですし、衣とおなじ香が焚き染めてありますから、その人の身の一部といってもいい。空蝉のところから彼女の脱ぎ捨てた衣を持ってきて大事にしたのと同じように、身に着けていたものは、その人の分身として愛でられるのです。

源氏の宮中の局は、実母桐壺更衣のいた部屋です。桐壺に戻ると源氏は、あのすてきな女君は誰だったのかと考えます。弘徽殿女御の妹たちであるのは間違いないとして、あの男女の仲になれていない感じは、五の君か六の君あたりだろうと思うのです。頭中将の正妻はその姉にあたる四の君ですね。六の君だとしたら、東宮に入内させようという心づもりだというから、気の毒なことをしたな、などと考えています。実際に、朧月夜は六の君だったので、東宮の妻となるべき人と関係してしまったということになります。東宮は弘徽殿女御の長男ですね。弘徽殿女御の妹が弘徽殿女御の息子と結婚するという近い関係での婚姻です。

源氏は朧月夜にまた会いたいと思っていますが、誰だか分からないし会う術《すべ》のないままでいました。そんなときに、右大臣家で藤宴《ふじのえん》が催されます。桜の次に藤が咲きますのでそれが満開になったから宴をしようということですね。

かの有明の君は、はかなかりし夢を思し出でて、いともの嘆かしうながめ給ふ。

私たちが朧月夜と呼んでいる人は、ここでは「有明の君」と呼ばれていますね。明け方会った人といった表現で、読者にわかる方法で示され、固有名のように名前が固定化していないのです。女は源氏とのはかない夢のような一夜を思い出して、物思いにふけっています。女のほうもどうかしてまた会いたいと思っているのです。

東宮には卯月ばかりと思し定めたれば、いとわりなう思し乱れたるを、男も、たづね給はむにあとはかなくはあらねど、いづれとも知らで、ことに許し給はぬあたりにかかづらはむも人悪く思ひわづらひ給ふに、弥生の二十余日、右大殿の弓の結《けち》に、上達部、親王《みこ》たち多く集《つど》へ給ひて、やがて藤の宴し給ふ。

朧月夜はやはりこの四月には東宮に入内するので、思い乱れているのです。ここに「男」と出てくるのは源氏をさしています。男女の恋物語を語るという合図ですね。源氏は女をたずねようとは思うけれども、弘徽殿女御には疎まれているのですから、そのあたりを無為にうろうろするわけにもいかない。ちょうど一月後の三月二十余日に右大臣家で弓を射って競う催しが行われて、男たちがあつまっているので、そのまま藤の宴が催されることになります。

花盛りは過ぎにたるを、「ほかの散りなむ」とや教へられたりけむ、遅れて咲く桜二木《ふたき》ぞいとおもしろき。

いまの暦で四月の末、桜の盛りは過ぎていますが、遅れて咲いた二本の桜が満開となっています。「ほかの散りなむ」は次の歌です。

見る人もなき山里の桜花ほかの散りなむ後《のち》ぞ咲かまし

誰も見るものがいない山桜は他のが散ったあとで咲くとよい、とでも教えられたかのように山桜の咲く季節に満開になったのですね。宴となれば光源氏がぜひいてほしいところ。右大臣は源氏を誘ってあったのですが、来ていない。来てもらわないと盛り上がらないので源氏を迎えにいかせます。

いたう暮るるほどに、待たれてぞ渡り給ふ。桜の唐《から》の綺《き》の御直衣、葡萄染《えびぞめ》の下襲《したがさね》、裾《しり》いと長く引きて、みな人は袍《うへのきぬ》なるに、あざれたる大君姿《おほきみすがた》のなまめきたるにて、いつかれ入《い》りたまへる御さま、げにいとことなり。花のにほひもけおされて、なかなかことざましになむ。

源氏は、だいぶ日が暮れてから、待ってましたとでも言われそうな頃合いに来るのですね。でも待った甲斐があったというもの。着こなしもあでやかで、それでいてカジュアル。高貴な人だからできるというかっこうでやってくるのです。他の人は正装の袍を着ているのですが、源氏だけ直衣姿でやってくるのです。この感じは、庶民がジーパンをはけばただの普段着ですが、セレブが着ていれば晴れ着のようにも見えてしまうというのに似ているかもしれません。せっかくの花見ですが、源氏の登場で花の美しさも負けてしまっているようです。

遊びなどいとおもしろうし給ひて、夜すこし更《ふ》けゆくほどに、源氏の君、いたく酔《ゑ》ひ悩めるさまにもてなし給ひて、紛《まぎ》れ立ち給ひぬ。

寝殿に、女一宮、女三宮のおはします、東の戸口におはして、寄りゐたまへり。藤はこなたのつまにあたりてあれば、御格子《みかうし》ども上げわたして、人びと出でゐたり。袖口など、踏歌《たふか》の折おぼえて、ことさらめきもて出《い》でたるを、ふさはしからずと、まづ藤壺わたり思し出でらる。

ここでいう「遊び」というのは合奏ですね。夜遅くなって源氏は酔ったふりをして宴会場を抜け出します。朧月夜は右大臣の娘ですから、ここへやってきたのも彼女を探すためなのです。宴会に出ているのは男たちばかりですが、女も御簾ごしに花見を楽しんでいます。格子戸の扉は開けてあって、御簾の下から女たちの袖口が出してあります。これを見て源氏は踏歌を思い出します。踏歌というのは正月の行事で、男たちが宮中の廊下を足を踏み鳴らしながら通っていくものです。このとき女たちは男たちの行列を見るために御簾ごしに居並び、御簾の下から袖や裾を出して、ここで女が見ていますよというサインをおくるのです。これを出し衣《いだしぎぬ》といいます。たとえば女が牛車に乗って祭見物に行くときにも簾の下から袖や裾を出して女車だということを示して、センスを競います。外から見る人は女の顔は見えないですが簾から出ている色合わせや生地から、洒落ているとか粋だとかを品定めするのです。

源氏は、その女たちがずらりと出し衣しているところへきて、ちょっと浮わついていると思って、藤壺のところではこんなことはないだろうと比べています。確かに桜の花見の晩も、藤壺のところはがっちり扉を閉ざしていたのに、弘徽殿女御のところはあけっぴろげでした。

「なやましきに、いといたう強《し》ひられて、わびにてはべり。かしこけれど、この御前《おまへ》にこそは、陰にも隠させ給はめ」とて、妻戸《つまど》の御簾《みす》を引き着たまへば、「あなわづらはし。よからぬ人こそ、やむごとなきゆかりはかこちはべるなれ」と言ふけしきを見給ふに、重々しうはあらねど、おしなべての若人どもにはあらず、あてにをかしきけはひしるし。

源氏は「気分が悪いのに、たくさん飲まされて困っているんだ。恐れ多いけれど、このあたりなら私をかくまってくださらないかしら」といって、御簾の下から入ろうとしている。それを聞いてある女房が「それは困ります。身分の低い者なら、高貴な人を頼って来るものでしょうけれど」と答えています。あなたはそんな人ではないでしょうというのですね。その女房は重々しいほどではないけれども、もののわかっていない若い人というのでもなく上品で趣味のよい感じがはっきりわかる。さすがは右大臣家、女房も一流の女たちをそろえているのでしょうね。

空薫《そらだき》ものいと煙《けぶ》たうくゆりて、衣《きぬ》の音なひ、いとはなやかにふるまひなして、心にくく奥まりたるけはひはたちおくれ、今めかしきことを好みたるわたりにて、やむごとなき御方々もの見給ふとて、この戸口は占めたまへるなるべし。

「空薫もの」はルームフレグランスです。部屋には煙たいほどのお香が焚かれていて、女が身じろぎするたびに衣擦れの音がする。派手好みな感じで、奥ゆかしい感じはない。むこうでやっている男たちの宴会を見ようと思って女たちがみんなここの戸口に集まっているようです。

さしもあるまじきことなれど、さすがにをかしう思ほされて、いづれならむと胸うちつぶれて、「扇を取られて、からきめを見る」と、うちおほどけたる声に言ひなして、寄りゐ給へり。

きっとここには右大臣の娘たちがいるだろうと思った源氏は、あるまじきことだとは思えどどこにいるのだろうと思って、ドキドキしながら女を探します。女とは扇を交換していますね。ですから、「扇をとられて困っているんだ」と呼びかけるのです。当人であれば、源氏の言っていることの意味がわかるはずだからです。するとなかから次の返事がかえってきます。

「あやしくもさま変《か》へける高麗人《こまうど》かな」

「扇のことを言うなんて変わった高麗人ですね」といった意味です。というのも源氏がそもそも引いているのが次の催馬楽だからです。

石川の　高麗人に　帯を取られて　からき悔《く》いする……

ですから、取られたのは帯のはずなのに、扇とは変だというのです。ともあれ、こういう答えをするということは事情を知らないということですから、あの女君ではないですね。だから源氏はそれには返事をしません。どうやら別にため息をついている女の気配がします。

いらへはせで、ただときどきうち嘆くけはひする方に寄りかかりて、几帳越しに手をとらへて、

「梓弓《あづさゆみ》いるさの山にまどふかなほのみし月のかげや見ゆると

なにゆゑか」とおしあてにのたまふを、え忍ばぬなるべし、

心いる方ならませば弓張《ゆみは》りの月なき空にまよはましやは

と言ふ声、ただそれなり。いとうれしきものから。

時折、ため息をついている気配のする方へ寄りかかって、几帳越しに手をとり、歌を詠みかけます。いつぞやちらっとみた月がまたみえるのではと、いるさの山をうろうろしています、という意味です。なぜでしょうね、とあてずっぽうに言いかけてみると、こらえきれずに返歌をしてきます。心にかけてくだっているのなら、月のない空でも迷いはしないでしょうに、という声が、まさにあの

女君のものでした。劇的な再開ですが、「じつにうれしいものの」という中途半端な言いさしの文章でこの巻はぷつりと終わってしまいます。

でもこの終わり方は素敵ですよね。あの女と会えないだろうかと思って藤の宴にやってきてみた。見つけ出すまで引っ張って、「と言ふ声、ただそれなり」と発見のクライマックスをもってきて、「いとうれしきものから」でポンと突き放す。そのあとどうなったのか、読者は想像をかきたてられますね。

この後、この女君は予定どおり東宮に入内します。けれども、そのあとも源氏との関係を絶ち切れず、関係しつづけます。東宮はのちの朱雀院ですが、源氏との関係は知っていて、「なぜ私の子を生んでくれなかったの。きっと光源氏とならすぐにも子供が生まれてしまうのだろうけど、彼との子ではたかが臣下の子だよ」とうらみごとを言う場面が出てきます。結局、朱雀院が出家したあとも二人は関係しつづけるのでした。

こういう話をすると、なんて平安時代の人たちは奔放なのだろうと思う人もいるかもしれません。前回いただいたコメントに、当時の貞操観念はどうなっているのかというものがありました。おそらく当時の感覚は、いまのみなさんとほとんど同じだと思いますよ。そもそも姦通罪があった時代にも不倫をしたときに罰せられるのは女性だけでしたし、貞操というのは女性を縛るためにのみあったことばです。ですから、現在でも浮気は男の甲斐性という考え方は残っていると思います。では実際のところ女性はどうかといえば、渡辺淳一の『失楽園』にしろ、人妻の不倫話は枚挙にいとまがありませんし、現実にも不倫関係を理由に離婚するケースは後を絶ちません。ですから現在、貞操観念がこの世にあると思っている人は実はいないのではないでしょうか。そんな感覚で平安時代をながめてみると、いまとあまり変わらないものに見えてくると思います。とくに平安時代は一夫一妻制ではありませんし、通い婚が主でした。男が女のところに通うわけですが、男が複数の女に通っているのなら、女にとっては数日に一度しか男がやってこないことになります。その間に、別の男を通わせることは、特異なことというよりは、物語的常識といっていい。末摘花邸を里邸にしていた大輔命婦の両親は離婚して、それぞれ再婚していましたね。平安時代にもいまと同じように離婚、再婚がごく当たり前にありました。

平安時代の恋愛は、信じられないことがいっぱいで遠いお話という気がしているかもしれませんが、読めば読むほど現在《いま》の恋愛事情にそっくりでもあるのではないかと思います。

女のうらみをかうべからず

「花宴」巻の次は「葵」巻です。この巻ではいろいろなことが起こりますが、冒頭から見ていきましょう。

世の中かはりて後《のち》、よろづもの憂《う》く思され、御身のやむごとなさも添ふにや、軽々しき御忍び歩《あり》きもつつましうて、ここもかしこもおぼつかなさの嘆きを重ね給ふ報いにや、なほわれにつれなき人の御心を尽きせずのみ思し嘆く。

まず「世の中かはりて後」が、天皇の代がわりがあったことをあらわしています。源氏の父が退位して、源氏の兄で弘徽殿女御の長男が即位したのですね。これで弘徽殿女御方に権勢が移ったのです。弘徽殿女御は源氏を疎んじているのですから、源氏にはおもしろくない世の中になったわけです。おまけに自分自身も身分が高くなってしまったので軽々しい忍び歩き、つまり女通いはできなくなって、あちらこちらの通いどころの女たちはちっとも源氏が訪ねてこないと嘆いている。その報いなのか、自分も会いたい藤壺にはまるで会えずにただ嘆いている。

今はまして隙《ひま》なう、ただ人《うど》のやうにて添ひおはしますを、今后《いまきさき》は心やましう思すにや、内にのみさぶらひ給へば、立ち並ぶ人なう心やすげなり。折ふしに従ひては、御遊びなどを好ましう世の響くばかりせさせ給ひつつ、今の御ありさましもめでたし。ただ東宮をぞいと恋しう思ひきこえ給ふ。御後《うしろ》見《み》のなきをうしろめたう思ひきこえて、大将の君によろづ聞こえつけ給ふも、かたはらいたきものからうれしと思す。

退位した桐壺院と藤壺はもはやただの夫婦のように二人より添っているので、源氏の入る隙はないわけです。「今后」と出てくるのが弘徽殿女御です。息子が天皇になりましたので皇太后となっています。弘徽殿女御は桐壺院が藤壺とべったり暮らしているので、内裏にばかりいます。かえって藤壺と張り合う人がいなくて桐壺院はなごやかな雰囲気です。院は折々に音楽会などを催して申し分ない暮らしをしていますが、東宮となった藤壺の子と離れて暮らしているので恋しく思っている。東宮の後見役は源氏で頼りにされています。源氏はそれを恐縮しつつもうれしく思っているのです。

まことや、かの六条御息所の御腹の前坊《ぜんぼう》の姫君、斎宮にゐ給ひにしかば、大将の御心ばへもいと頼もしげなきを、幼き御ありさまのうしろめたさにことつけて下《くだ》りやしなましとかねてより思しけり。

「まことや」という表現は前にもでてきました。前の話題を引っぱってくるときの常套句です。ここに持ち出される話題は、六条御息所が産んだ前東宮の娘が斎宮になったということです。斎宮というのはアマテラスを祀っている伊勢神宮に仕える役で未婚の皇女がつきます。斎宮は、天皇の代がかわると交替するので、あらたに選ばれたのですね。斎宮になれば、まわりには女性しかいない、ある意味、尼寺のような場に暮らすことになります。一三世紀後半に書かれた『我が身にたどる姫君』という物語には、前に斎宮としてつとめていた人が出てきます。前斎宮は伊勢で男性と縁遠かったので、仕えている女房たちと性的関係をもっていたという設定になっています。この作品は、レズビアン・ゲイスタディーズが日本に入ってきたときに、レズビアン小説として見出されたという研究の経緯もあります。実際は前斎宮は男性と結婚したくてたまらないのですから、レズビアンというわけではないのですが。

さて、六条御息所は、源氏がつれないので斎宮となった娘とともに伊勢に下ろうと考えています。娘について母親が伊勢に下るのは異例のことです。

院にも、かかることなむと聞こし召して、「故宮のいとやむごとなく思し時めかし給ひしものを、軽々しうおしなべたるさまにもてなすなるがいとほしきこと。斎宮をもこの御子たちの列《つら》になむ思へば、いづ方につけてもおろかならざらむこそよからめ。心のすさびにまかせてかくすきわざするは、いと世のもどき負ひぬべきことなり」など御けしき悪《あ》しければ、わが御心地にもげにと思ひ知らるれば、かしこまりてさぶらひ給ふ。

六条御息所の伊勢下向のうわさをきいて桐壺院が源氏に説教をしています。亡くなった前東宮が大切にした女性なのに、軽々しく他の女と同じような扱いをするとはかわいそうなことだ。私は斎宮も娘同然に思っているのだから、いずれにしても粗略なことがないようにするのがよい。いい気になってこうした好きわざをしていては、世間に後ろ指を指されることになるよと言って、たいそう機嫌が悪い様子です。源氏もそれを聞いて、まったくもっともだなと思います。

「人のため恥ぢがましきことなく、いづれをもなだらかにもてなして、女のうらみな負ひそ」とのたまはするにも、けしからぬ心のおほけなさを聞こし召しつけたらむときと恐ろしければ、かしこまりてまかで給ひぬ。

まだ説教は続きます。相手に恥をかかせてはいけない。いろんな女との付き合いは円満にするもので、女の恨みをかわぬようにしなさい、と桐壺院はいうのです。源氏は、自分と藤壺との関係を知られてしまったらどうしようと恐ろしい気持ちになって、小さくなっています。

ここで六条御息所のことで桐壺院が源氏に説教するということは、六条御息所と源氏との関係が世間にも知られていることを示しています。源氏にフラれた女君として世の中に知れわたっている、そのこと自体に六条御息所は悩んでいるのです。桐壺院の、女に恥をかかせてはならない、うらみを買うなということばが、「葵」巻の物語展開の下地となっているのですね。この後、葵祭での車争いがあって、そこでさらなる恥をかかされた六条御息所が葵の上の出産の際に生霊として現れる展開となるのです。

葵の上の妊娠

少し先を急いで葵の上の妊娠がわかる場面を見てみましょう。

大殿には、かくのみ定めなき御心を心づきなしと思せど、あまりつつまぬ御けしきの言ふかひなければにやあらむ、深うも怨《ゑ》じきこえ給はず。心苦しきさまの御心地に悩み給ひて、もの心細げに思いたり。めづらしくあはれと思ひきこえ給ふ。誰も誰もうれしきものからゆゆしう思して、さまざまの御つつしみせさせたてまつり給ふ。かやうなるほどに、いとど御心の暇《いとま》なくて思しおこたるとはなけれど、と絶《だ》え多かるべし。

大殿は左大臣、すなわち葵の上の父親、源氏にしてみれば舅です。この舅は源氏があまりにもあっけらかんとしているので娘をもっと大事にしてやってくれ、といったお小言を言えずにいます。さて、次の「悩み」という言葉で葵の上が妊娠していることがわかります。はじめてのことなので葵の上も心細そうにしています。源氏もいとおしく感じています。みんな懐妊をよろこんでいて、あれをしてはいけないこれをしてはいけないと大事をとるのです。源氏は正妻の懐妊に気ぜわしくしていて、思い出しはしつつも女通いが途絶えることが多いようだ、とありますが、これはあれだけ父院にしかられたあとですから六条御息所のことをさしていると読むべきところです。

そのころ、斎院も下りゐ給ひて、后腹の女三の宮ゐ給ひぬ。帝、后と、ことに思ひきこえ給へる宮なれば、筋異《すぢこと》になり給ふを、いと苦しう思したれど、こと宮たちのさるべきおはせず、儀式など、常の神《かむ》わざなれど、いかめしうののしる。祭のほど、限りある公事《おおやけごと》に添ふこと多く、見所《みどころ》こよなし。人がらと見えたり。

「そのころ、斎院も」とあるのは、斎宮に次いで斎院も交替となったことをさします。斎院は賀茂神社に仕える人でやはり未婚の皇女から選ばれます。弘徽殿女御の妹の女三の宮が選ばれました。「帝」とここで言っているのは父親の桐壺院のことで、両親は斎院に選ばれたことを残念にも思うのですが、他に適当な人がいないというのです。独身のまま何年ものあいだ巫女として仕えさせるのはかわいそうだと思うのでしょう。斎院着任の儀式もさまざまあるのですが、賀茂神社の祭である葵祭も趣向をこらしていて見どころが多いのですね。三の宮の人柄ゆえでしょう、とありますが、派手好きなのかもしれません。賀茂神社の葵祭はいまも行われているので感じがわかると思いますが、新しい斎院が賀茂神社まで行くのを着飾った男たちが供奉する行列です。今日は御禊《ごけい》といって斎院が賀茂の川原で禊《みそぎ》する儀式の日で、ここに源氏も参加することになります。祭では、沿道に桟敷席がつくられ、庶民も見物に来ますし、最前列には貴族たちが車で乗りつけて見物します。この祭で六条御息所と葵の上の車争いが起こるのです。

一条の大路《おほぢ》、所なくむくつけきまで騒ぎたり。所々の御桟敷《さじき》、心々にし尽くしたるしつらひ、人の袖口さへいみじき見ものなり。

一条大路に桟敷席がつくられて見物の中心となったのですね。みな着飾ってやってきているので「人の袖口」さえ見ものだというのです。この袖口は先に説明した出し衣ですね。

大殿には、かやうの御歩きもをさをさし給はぬに、御心地さへ悩ましければ、思しかけざりけるを、若き人々、「いでや、おのがどち引き忍びて見はべらむこそ栄《はえ》なかるべけれ。おほよそ人だに、今日《けふ》の物見《ものみ》には、大将殿をこそは、あやしき山賤《やまがつ》さへ見たてまつらむとすなれ。遠き国々より妻子《めこ》を引き具《ぐ》しつつも参《ま》うで来《く》なるを、御覧ぜぬはいとあまりもはべるかな」と言ふを、大宮きこしめして

葵の上はどこかに見物に出かけたりなどはもともとしない人なのですが、ましてやいまは懐妊中なので出かけるつもりがない。けれども若い女房たちが誘うのです。「葵の上が一緒にいかないで、自分たちだけで見に行ってもおもしろくないですよ」と言っています。一介の女房として行くのではつまらない。あの光源氏の正妻にお仕えしている女房として行きたいというのですね。「今日の見物には、光源氏を見るために、貴賤を問わずみんな行くんですよ。遠い国から妻や子を連れて見物にやってくるなんて人もいますよ。それなのにご覧にならないなんてあんまりですわ」とこう葵の上をせっつくのです。それを聞いた葵の上の母、大宮が次のように言います。

「御心地もよろしき隙《ひま》なり。さぶらふ人々もさうざうしげなめり」とて、にはかにめぐらし仰せ給ひて見給ふ。

「気分もいい頃だし、女房たちもつまらなそうだから行ってきなさい」。こうして急に思い立ってでかけることになるのです。前々から行くことが決まっていれば、席はとってあったでしょう。けれどもあとから行くことを決めたので、「どけどけどけどけ源氏の奥様のお車だ」といった感じで、かなり乱暴に特等席をとることになったのです。それで車争いとなるのですね。

日たけ行きて、儀式もわざとならぬさまにて出でたまへり。隙《ひま》もなう立ちわたりたるに、よそほしう引き続きて立ちわづらふ。よき女房車多くて、雑々《ざふざふ》の人、なき隙《ひま》を思ひ定めて、皆さし退《の》けさする中に、網代《あじろ》のすこしなれたるが、下簾《したすだれ》のさまなどよしばめるに、いたう引き入りて、ほのかなる袖口、裳《も》の裾《すそ》、汗衫《かざみ》など、ものの色いときよらにて、ことさらにやつれたるけはひしるく見ゆる車二つあり。

日が高くなったころ葵の上の一行は出かけていきます。すでに大路には見物客がつめかけていて、一行の車は立ち往生しています。雑人といった身分の低い者がたむろしていない空間をめがけて立派な女房車などを退けさせて進みます。そのなかに網代車といって身分の低い者の乗る車だけれども、それはやつすためだというのが明らかなほど、出し衣が立派な車が二つあった。

「これは、さらにさやうにさし退《の》けなどすべき御車にもあらず」と口強《こは》くて手触れさせず。いづ方にも、若き者ども酔《ゑ》ひ過ぎ、立ち騒ぎたるほどのことは、えしたためあへず。おとなおとなしき御前《ごぜむ》の人びとは、「かくな」など言へど、えとどめあへず。

斎宮の御母御息所、もの思し乱るる慰めにもやと、忍びて出でたまへるなりけり。つれなしつくれど、おのづから見知りぬ。

網代車についている従者が「これはそんなふうに立ち退かせるべき車ではないぞ」と言い張って手を触れさせない。祭なので酒をのんでいますから、血気盛んな葵の上方の若い男たちが、酔った勢いで騒ぎたてます。大人たちは「そういうことはするもんじゃない」となだめようとしますが若者の乱暴を止めることができません。

その網代車の主がここで明かされます。斎宮の母、六条御息所の乗る車だったのです。源氏の心が離れていっているので日々悶々と思い乱れているけれども、せめて光源氏の晴れ姿を見ればなぐさめになるのではないかと思って、こっそり出かけてきたというのです。こっそりとやってきたつもりが、人々にも御息所の車だと知れてしまいました。そしてよりにもよって光源氏の正妻の車に追い払われている。正妻と自分の立場の違いを六条御息所ははっきりと見せつけられたのです。

「さばかりにては、さな言はせそ。大将殿をぞ、豪家《かうけ》には思ひきこゆらむ」など言ふを、その御方の人も混じれれば、いとほしと見ながら、用意せむもわづらはしければ、知らず顔をつくる。つひに御車ども立て続けつれば、人だまひの奥におしやられて物も見えず。

葵の上の従者が言います。「その程度の者にそんな口をきかせるな。光源氏のご威光をかさにきているのだろう」。お付きの従者たちには、左大臣家の者だけではなく、源氏の邸の者もいて、六条御息所との事情を知っている者もいます。いたたまれないと思いつつも、声をあげるのは厄介なので知らん顔をしています。結局、六条御息所の車は奥の方の何も見えないところに追いやられてしまいます。

心やましきをばさるものにて、かかるやつれをそれと知られぬるが、いみじうねたきこと限りなし。榻《しぢ》などもみな押し折られて、すずろなる車の筒《どう》にうちかけたれば、またなう人悪《わ》ろくくやしう、何に来《き》つらんと思ふにかひなし。

六条御息所の気持ちです。憤懣やるかたないのはもとより、自分だと知られないようにやつしていたのに知られてしまったことが無念このうえない。こんなふうに恥をかかされて、いったいどうしてここへ来てしまったのだろうと後悔するも後の祭りなのです。「人悪ろくくやしう」、みっともない、悔しいとたたみかけて後悔が語られるところに六条御息所の怒気が感じられますね。

ここに「榻《しぢ》」が折られているとあります。「榻」というのは、牛にひっかける轅《ながえ》の部分を停車中に立てかける小さな台です。「榻」がないと牛車はものすごい角度で前傾してしまいますので、貧乏くさい車の車輪の軸のところにひっかけさせてもらってようよう立っている状態です。『すぐわかる源氏物語の絵画』（東京美術、二〇〇九年）にもありますが、源氏絵の「葵」巻は車争いの場面がとられることが多いので様子がわかります。

こんな仕打ちを受けて、御息所は見物をやめて帰りたいと思うのですが、すでに車が込み合っていて動くこともできません。

もものも見で帰らんとし給へど、通り出でん隙《ひま》もなきに、「事《こと》なりぬ」と言へば、さすがにつらき人の御前渡《まへわた》りの待たるるも心弱しや。笹の隈《くま》にだにあらねばにや、つれなく過ぎ給ふにつけても、なかなか御心づくしなり。げに常よりも好みととのへたる車どもの、我も我もと乗りこぼれたる下簾《したすだれ》の隙間《すきま》どもも、さらぬ顔なれど、ほほ笑みつつしり目にとどめ給ふもあり。大殿のはしるければ、まめだちて渡り給ふ。御供の人々うちかしこまり、心ばへありつつ渡るを、おし消たれたるありさま、こよなう思さる。

そうこうしているうちに行列がやってきます。帰ろうと思っていた六条御息所も、それでもやっぱり源氏のお通りを見たいと思ってしまう、それを「心弱しや」と言っています。きっぱりと思いきれないのです。「笹の隈」は次の歌をふまえています。

笹の隈檜隈川《くまひのくまがわ》に駒《こま》とめてしばし水かへ影をだに見む

歌では川に馬をとめてしばし水にうつる影をみることをいっていますが、「笹の隈」でもないので、源氏の乗る馬は立ち止まることなく、つれなく通り過ぎていくというのです。六条御息所はやつし車で来ている上に奥のほうにいるので源氏に気づいてもらえないのですね。他の女たちはめいいっぱい派手に飾り立ててきていますから、源氏は微笑み、流し目を送ってきてくれたりするのです。左大臣家の車ははっきりとそれとわかるので、まじめな顔で丁重に扱います。従者たちもかしこまって源氏を見送っています。人目にもこれが正妻なのだとわかるのですね。この箇所は六条御息所の視点で描かれているので、最後に六条御息所の心に戻ってきます。葵の上に威勢を見せつけられ、源氏には気づいてもらえずに無視された自らのありようをみじめだと思うのです。

御息所の歌です。


影をのみみたらし河のつれなきに身のうきほどぞいとど知らるる

と、涙のこぼるるを、人の見るもはしたなけれど、目もあやなる御さまかたちのいとどしう出でばえを見ざらましかばと思さる。


水に映る影と源氏の姿というのが重ねられているのですね。源氏のつれなさに、我が身の不幸を思い知った、という歌です。そして涙をこぼします。こんなにもひどい目にあったのにもかかわらず、六条御息所はそれでも今日の源氏の晴れ姿を見なかったなら心残りであっただろうと思うのです。

この情念とそれゆえの悔しさ。車争いで葵の上の姿はまったくみえません。彼女がどう考えているのかも描かれません。ひたすら六条御息所の源氏への思いを描いていくのです。読者は六条御息所によりそって読み進めますから、憤懣やるかたない気持ちを容易に理解することができるのです。だからこそ彼女が生霊《いきりょう》となったことも、非現実的なことだとは思わずに読むことができたのでしょう。

次回はその生霊出現の場面を読んでいきましょう。

みんなのコメント⑪

●『源氏物語』には色々な恋愛が書かれているけれど、紫式部は色々なタイプの恋愛経験が豊富だったのかというのを疑問に思いました。

●『源氏物語』だけなのかもしれませんが心なしか生霊、死霊は女のことが多い気がして気になりました。

●歌をつかってコミュニケーションするというのは自分の知識のセンスと性格がわかってしまうような気がして一度にいろんなことが相手にばれてしまうので少しこわいと思いました。

●源氏がかわいいなぁと思う女性は皆なよなよ、ふんわりとした女性でタイプが似ている。今も昔も弱々しい女が男は好きなのだなあと思った。

●花宴は、源氏らの舞が華やかで視覚的にも一層美しい巻だと感じました。前回が面白おかしい巻だっただけに、物静かでロマンチックな雰囲気があります。おわりのところも。「あ、出逢えた」という女の嬉しいと思いながらも自分は違う人の妻になる身……という心苦しさも伝わってくるのがまた粋な演出です。葵の巻で女同士の立場争いが凄いなと思いました。一人の男に女はたくさんいるけれども、その女がどんな立場のものなのかによって随分公的な扱いも異なりますし、女たちもいくら好きな男の近くにいるとしても常に嫉妬の思いにかられ、なかなか心休まることもなく、まして六条御息所などは中途半端な状態にあるとも言えますし、さぞ憎しという心もつのるのだろうと思います。

● 平安時代の一妻多夫制というか、たくさんの男が女の家にくるのはとても楽しそうだなと思いました。今となってはありえない、信じられないようなことが多いのですが、平安時代は今のように私たちをしばるようなものがあまりないような気がするので、なれるなら平安時代の貴族のすごい美人な女性になってみたいです。

● 六条御息所の情念というのはすごいものがあると思うけれど、このキャラクターがいることで人の妖しさとか日本文学らしいところが出ていると思う。夕顔を殺し、葵の上や紫の上も苦しめるところまで、つまり生きている間も死んでからも恋敵を呪ってしまう女の哀しさは現代でも十分ありえておもしろいと思う。一方で六条御息所の娘の秋好は中宮にまでなるのでこの親子の幸せの落差は大きいなと少し切なくなります。人の人生は誰でも最後に帳尻があうというわけではやはりないのかもしれないと考えた。

● 花宴のところで光源氏がまた女の人と関係をもって、その女の人をさがしまわっていてよくやるなと思った。毎回、光源氏の方が女のことを愛しくてしょうがないといった感じがある気がする。その気持ちに比べるとやはり女のほうはつれて行かれて関係をもたされてという感じだから少し冷めているように思えた。

● そのうち源氏は刺されてもおかしくないと思った。

●車争いでの様子を読んでいると、六条御息所が葵の上を恨む気持ちがわかるように思う。分別のある女性であるため表立って葵の上を憎む様子は見せないだろうが、やはり心の奥ではそうではないだろう。葵の上と源氏の仲があまり良くないということも御息所は知っていたはずだが、それでも葵の上を恨んでしまったのは、この車争いの一件と葵の上が妊娠していたことが大きく影響しているだろう。自分のところにはなかなか源氏が訪れず愛人の地位にとどまっているのに葵の上のところには多少なりとも源氏が訪れ懐妊し彼女は正妻の地位にあるということはプライドの高い御息所からすればとても辛い話だったはずだ。殺人の正当化はできないが御息所の気持ちは理解できる。

●藤壺は源氏と関係してしまい、そのことは誰にも言えずに一人で抱え込んでいると思いますが、このようなことがあってもまだ源氏を「花」と詠み、美しいと感じていることに驚きました。源氏を責めるような気持ちが表れていないことに現代との差を感じました。

●光源氏が、舞、音曲、和歌、漢詩などに秀でて女の人にモテモテだったことはここまでの話の流れでよくよくわかった。才色兼備の男だった源氏だがここまでで仕事、政治をしている姿はほとんどでていなかった。政治でもできる男だったのだろうか。それとも親の七光で大将の地位につけてもらったものの閑職とか？　作者の紫式部が女で政治の世界がわからないとしても、その他の描写が詳しいので気になった。

第十二回　呪われる源氏の運命――「葵」巻その二～「賢木」巻

若紫と光源氏

前回、車争いのくだりを読みました。御禊の儀の翌日、翌々日は葵祭という祭になりますが、源氏の出番はもうないのです。車争いの話を源氏に報告する人がいて六条御息所を思いやって訪ねていきますが、斎宮に決まった娘が来ているので憚りがあるといって対面してもらえませんでした。二日目の祭の日には、源氏は二条院に戻って、若紫と一緒に見物に出かけます。

今日《けふ》は、二条院に離れおはして、祭見《まつりみ》に出《い》で給ふ。西の対に渡り給ひて、惟光に車のこと仰せたり。「女房、出で立つや」とのたまひて、姫君のいとうつくしげにつくろひたてておはするを、うち笑みて見たてまつり給ふ。「君は、いざたまへ。もろともに見むよ」とて、御髪《ぐし》の常よりもきよらに見ゆるをかき撫で給ひて、「久《ひさ》しう削《そ》ぎ給はざめるを、今日はよき日ならむかし」とて、暦《こよみ》の博士召して時間《ときと》はせなどし給ふほどに、「まづ、女房出でね」とて、童《わらは》の姿どものをかしげなるを御覧ず。いとらうたげなる髪どもの裾はなやかに削ぎわたして、浮紋《うきもむ》の表《うへ》の袴《はかま》にかかれるほど、けざやかに見ゆ。

二条院に戻った源氏は、若紫のいる西の対屋にやってきて、惟光に見物の車を用意するよう命じます。

若紫は「姫君」と呼ばれていますね。源氏はにっこりとほほ笑んで、「さぁ、いらっしゃい。私と一緒に見物しましょう」といってよく整えられた髪をなでます。その髪をずいぶん長いこと切っていないので、今日は切るのに良い日だろうかと暦の博士に問い合わせます。皆さんも経験あることだと思いますが、髪の毛は自然に伸ばしていると毛先がバラバラになってしまいます。定期的に毛先を切りそろえてきれいな髪を保つのです。暦の博士は、陰陽道にもとづいて毎年、暦をつくっていました。そこには、いまでも大安や友引の日を選んで結婚式を行ったりするように、何かをして良い日や悪い日が示されていたのです。この日は髪を切るのに良い日であったようで、童髪でいる子たちみんなの髪を切るのですね。きれいに揃えられた毛先があざやかです。

「君の御髪《ぐし》は、われ削《そ》がむ」とて、「うたて、所狭《せ》うもあるかな。いかに生《お》ひやらむとすらむ」と削ぎわづらひ給ふ。「いと長き人も、ひたい髪はすこしみじかうぞあめるを。むげにおくれたる筋のなきや、あまりなさけなからむ」とて削《そ》ぎはてて、「千尋《ちひろ》」と祝《いは》ひきこえ給ふを、少納言、あはれにかたじけなしと見たてまつる。

源氏は、若紫の毛は自分が切ろうといって、引き寄せます。「ずいぶんとたっぷりとしているね。将来どんなふうになるだろう」といって、切るのに手こずっています。ようやく切りおわって、「千尋」と祝いのことばをかけます。「千尋に髪が伸び広がりますように」という意味ですね。言ってはいけない忌《い》みことばの反対で、なにかが成就するように願う、ある種のおまじないのことばです。試験の時にKitKatチョコレートを食べて「きっと勝つ」というのに似ていますね。

「葵」巻では、葵の上と六条御息所の関係が中心となりますが、葵の上の死後、巻の最後で若紫との婚礼場面がありますので、こうして話題に出しているのですね。

見物にでかけると、かの源典侍が色っぽい歌を詠みかけてくるなどのエピソードもありますが、先を急ぎましょう。

六条御息所の懊悩

左大臣家では葵の上がまもなく出産という臨月に入ったところで、物の怪《もののけ》につかれていて、さまざまに加持祈祷をしています。出産時に物の怪がつくのは一般的な考え方で、産みの苦しみは物の怪にさいなまれているものだとみてなされていたのです。ですから無事に出産できるように加持祈祷の者たちが集められるのです。『紫式部日記』でも彰子の皇子出産場面には同じように物の怪のことが記されていて、僧都、陰陽師、修験道の験者などが呼び集められています。

ふつう物の怪は一体だけではなくて複数ついているものです。この一家によって政治的に失脚させられた人、亡くなった乳母、祖先に憑いて代々つたわっているものなどです。これら一体一体の霊を憑座《よりまし》にかりうつして、退治していくのです。ところが力のある験者にも従わない執念深き物の怪がある。二条院の若紫あるいは六条御息所のせいではないかとうわさする人もいます。この出産を喜ばしく思わない女たちが呪詛しているのではないかと疑われているのです。

桐壺院からも見舞いがあって、一人の出産に際して世の中が大騒ぎをしています。六条御息所の耳にも入ってきます。

世の中あまねく惜しみきこゆるを聞き給ふにも、御息所はただならずおぼさる。年ごろはいとかくしもあらざりし御いどみ心を、はかなかりし所の車あらそひに、人の御心の動きにけるを、かの殿には、さまでも思し寄らざりけり。

葵の上の出産に大騒ぎをするのを聞くにつけ、六条御息所の心は落ち着きません。今まで、人と張り合おうなどという気持ちはそれほどなかったのだが、あの車争いで恥をかかされてから、これほどまでに御息所の心が乱れているということを左大臣家のほうでは思いも寄らないでいるのでした。

御息所は思い乱れて心が静まらないので、よその邸へ移って祈祷を受けています。それを聞きつけた源氏が御息所をたずねて一夜を過ごします。源氏は、どうか気を静めて見守ってほしいというのですが、帰っていく源氏の後ろ姿を見送りながら、御息所は、正妻に子ができれば、源氏のこころざしも格別となって、やがて正妻一人のところへ落ちついてしまうのだろうと思うのです。

大殿には、御物の怪いたう起こりて、いみじうわづらひ給ふ。この御いきすだま、故父大臣《おとど》の御霊《らう》など言ふものありと聞き給ふにつけて、思しつづくれば、身ひとつのうき嘆きよりほかに、人をあしかれなど思ふ心もなけれど、物思ひにあくがるるなるたましひは、さもやあらむと思し知らるることもあり。

左大臣家では、物の怪が暴れています。この物の怪の正体を御息所の生霊だとか、御息所の亡くなった父親の霊なのだとかいううわさがあって、御息所の耳にも入ってきます。自分としては、我が運命のつたなさを嘆くことはあっても、人を蹴落としてやろうとは思わないのだけれども、思い返すに、物思いで魂がふっと身を離れていくようなことが、あるような気がする、と気づいています。魂があくがるというのは、身を離れて飛んで行ってしまうことですけれども、魂が身体を出入りするという発想があるからこそ、憑座《よりまし》にかりうつすという方法が生まれるのですね。現在でも、イタコの口寄せですとか、ミサキ降ろしなど憑依の巫女を信心する文化が残っています。沖縄はユタと呼ばれる巫女のいることで知られていますが、目取真俊『魂込め《まぶいぐみ》』は、まさにマブイ（魂）が抜け出てしまった人のお話です。ぜひ読んでみてください。

さて御息所が魂のあくがるるのに思い当たるふしがあるのは、ある夢を何度も見るからです。

年ごろよろづに思ひ残すことなく過ぐしつれど、かうしも砕《くだ》けぬを、はかなきことの折に、人の思ひ消ち、なきものにもてなすさまなりし御禊《みそぎ》の後、ひとふしに思し《おぼ》浮かれにし心静まりがたう思さるるけにや、すこしうちまどろみ給ふ夢には、かの姫君と思しき人の、いときよらにてある所に行きて、とかく引きまさぐり、うつつにも似ず、猛《たけ》くいかきひたぶる心出で来て、うちかなぐるなど見え給ふことたび重なりにけり。

ずっと物思いの限りをつくしてきたけれども、こうまで心を砕かれたのは、つまらない折に、人にないがしろにされ、さげすまされたあの御禊の日のことだった、とやはり車争いで受けた屈辱が何度も心に甦ってくるのです。悔しさでいきりたっていると、魂が浮いてきてしまってどうも鎮まらない。そのためだろうか、うたた寝にくり返し見る夢があるのです。「かの姫君」というは葵の上ですね。葵の上のそばに行って、彼女を引きずり回し、どうしようもない怒りがわいてきてなぶりたてている我が姿の夢です。

平安時代の人々にとっての夢は、私たちがふつうに考えるように経験した出来事がランダムに映像化されるものであったり、フロイトの考えるように抑圧したものが噴出するものなのではなくて、現実界とどこかつながっているような実在の世界と認識されていました。肉体は移動できませんが、魂が夢の回路をとおって異界へと行き来するイメージを持っていたのです。

恋の和歌に夢の通い路という考えがよくでてきます。たとえば小野小町の有名な歌。

うたた寝に恋しき人をみてしより夢てふものはたのめそめてき

うたた寝に恋しい人の姿をみてから、夢みることばかりを頼みとするようになったという歌です。恋する人を思うと魂が抜けだしていって相手の夢の世界に入り込んでいくと考えていたので、恋しい人に夢で逢えることを詠んだのです。そうした、現実界が異界と接続するような夢は、熟睡しているときではなく、うたた寝のときに見ることになっています。ですから、ここでも「うちまどろみし」と言っているのですね。「夕顔」巻で源氏が霊を見るのもまどろみの夢のなかでした。この夢は六条御息所の願望が映像化されたものなどではなくて、実際に夢を通路として御息所の魂は、左大臣家の邸に行っているということです。ただの夢ではすまない。そのように当時の読者は理解していたはずです。

生霊出現

さていよいよ生霊出現の場面です。

まださるべきほどにもあらずと皆人もたゆみ給へるに、にはかに御けしきありてなやみ給へば、いとどしき御祈り数を尽くしてせさせ給へれど、例の執念《しふね》き御物の怪ひとつ、さらに動かず。やむごとなき験者《げむざ》ども、めづらかなりともてなやむ。さすがにいみじう調《てう》ぜられて、心ぐるしげに泣きわびて、「すこしゆるべ給へや。大将に聞こゆべきことあり」とのたまふ。

まだ産まれるころではないと、人々が油断していると、急に産気づいて苦しみだしたので、さまざまな祈祷を重ねます。例によって執念深い物の怪が一つ、どうしても動かない。名高い験者たちも驚くほど強力です。それでもさんざんに物の怪は調伏されて、苦しそうに泣いて「少し祈祷をゆるめてください。大将に申し上げることがあるのです」と言います。物の怪のことばですが、それは葵の上に憑りついているわけですから、実際には葵の上の口から出たことばですね。

「さればよ。あるやうあらん」とて、近き御几帳のもとに入れたてまつりたり。むげに限りのさまにものし給ふを、聞こえ置かまほしきこともおはするにやとて、大臣《おとど》も宮もすこし退《しりぞ》き給へり。加持《かぢ》の僧ども声しづめて法華経を誦《よ》みたる、いみじう尊《たふと》し。

これを物の怪の声ととった人は、やはり大将に恨み言を言いたいのだ、と思うでしょう。しかし葵の上の希望だと思った両親は、いまにも亡くなってしまいそうな容態でいるから源氏に言い遺しておきたいことがあるのだろうと思っているのですね。周りの人をはらって、源氏と二人にさせます。

御几帳の帷子《かたびら》引き上げて見たてまつり給へば、いとをかしげにて、御腹《はら》はいみじう高《たか》うて臥し給へるさま、よそ人だに見たてまつらむに心乱れぬべし。まして惜しうかなしう思す、ことわりなり。白き御衣に、色あひいとはなやかにて、御髪のいと長《なが》うこちたきを引き結《ゆ》ひてうち添へたるも、かうてこそらうたげになまめきたる方《かた》添ひてをかしかりけれと見ゆ。御手をとらへて、「あないみじ。心憂きめを見せ給ふかな」とて、ものも聞こえ給はず泣き給へば、例はいとわづらはしう恥づかしげなる御まみを、いとたゆげに見上げてうちまもりきこえ給ふに、涙のこぼるるさまを見給ふは、いかがあはれの浅からむ。

源氏が葵上を見ています。今は妊婦ですのでお腹が張っているのですね。こんなときは赤の他人であっても心乱れるものだ。ましてや自分の子を身籠っているのだから、源氏がもったいなくも悲しくも思うのは当然です。葵上は長くてたっぷりした髪をまとめて結っています。源氏は今になって、かわいらしさになまめかしさが加わって、美しいと思うのです。手をとって「ずいぶんと悲しい思いをさせるのだね」といったきり泣いてしまってことばがつづきません。葵の上はじっと源氏をみつめ、つっと涙を流します。なんともいとおしい。

あまりいたう泣き給へば、心苦しき親たちの御ことを思し、またかく見給ふにつけて口惜しうおぼえ給ふにやと思して、「何ごともいとかうな思し入れそ。さりともけしうはおはせじ。いかなりともかならず逢ふ瀬《あせ》あなれば、対面《たいめむ》はありなむ。大臣《おとど》、宮なども、深き契りあるなかは、めぐりても絶えざなれば、あひ見るほどありなむと思せ」と慰め給ふに、「いで、あらずや。身の上のいと苦しきを、しばしやすめ給へと聞こえむとてなむ。かく参り来《こ》むともさらに思はぬを、もの思ふ人の魂《たましひ》はげにあくがるるものになむありける」となつかしげに言ひて、

嘆きわび空に乱るるわが魂《たま》を結びとどめよしたがへのつま

とのたまふ声、けはひ、その人にもあらず変はり給へり。いとあやしと思しめぐらすに、ただかの御息所なりけり。

葵の上がひどく泣くので、親のことや源氏のことを思って死に別れることを悲しんでいるのかと思って、源氏はなぐさめます。「そんなに深く思いつめないで。このまま治らないこともないだろう。たとえなにかあっても、必ず来世で逢えるよ」ということをくどくどと言うのですが、葵の上が、突如口を開きます。「いいえ、そうではなくて。あまり苦しいので、祈祷をゆるめてほしいと言いたかったのです。こうしてここへ来ようとは思っていなかったのに、ものを思う人の魂はほんとうに身を離れていってしまうものなのですね」と親しげに言うのです。「悲嘆にくれて空に乱れ飛ぶ私の魂を結びとどめてください」。

この声、様子は葵の上のものとは違っている。いったい誰の……と思いめぐらした源氏は、気づくのです。あの六条御息所なのだ、と。

あさましう、人のとかく言ふを、よからぬ者どもの言ひ出づることも聞きにくく思して のたまひ消つを、目に見す見す、世にはかかることこそはありけれと疎《うと》ましうなりぬ。あな心憂《こころう》と思されて、「かくのたまへど、誰《たれ》とこそ知らね。たしかにのたまへ」とのたまへば、ただそれなる御ありさまに、あさましとは世の常なり。人々近う参るもかたはらいたう思さる。

源氏の気持ちが述べられています。六条御息所の生霊が憑いているという噂がこれまでにもあったが、口の悪い者のたわごとだと思ってきたのに、目の前でそれを見てしまった。世の中にはこんなことがあるのだなと疎ましく思います。気味が悪いと思った源氏は「そのように言うけれど、私はあなたが誰だか分かりません。はっきり名のってください」と言います。それを聞いた葵の上の姿は御息所そのものなのです。名のれと言われれば、噂になるのを嫌う御息所ですから、自分の正体を隠したいと思うのでしょう。この問答によって源氏自身が生霊を退散させることになります。

すこし御声も静まり給へれば、隙《ひま》おはするにやとて、宮の御湯もて寄せ給へるに、かき起こされ給ひて、ほどなく生まれ給ひぬ。

当時は座り産でしたので、背中を起こされて、ほどなく子が産まれたのですね。生まれてからは産養《うぶやしない》などの儀式のために左大臣家は大騒ぎをします。

かの御息所は、かかる御ありさまを聞き給ひても、ただならず。かねてはいと危ふく聞こえしを、たひらかにもはた、とうち思しけり。あやしう、我にもあらぬ御心地を思しつづくるに、御衣《ぞ》なども ただ芥子《けし》の香《か》に染《し》み返りたるあやしさに、御泔《ゆする》参り、御衣《ぞ》着替へなどし給ひて、こころみたまへど、なほ同じやうにのみあれば、わが身ながらだに疎《うと》ましう思さるるに、まして人の言ひ思はむことなど、人にのたまふべきことならねば、心ひとつに思し嘆くに、いとど御心変はりもまさりゆく。

ここで左大臣家から六条御息所の邸に場が移ります。葵の上の出産の一報が御息所にも入ってきます。一時は命が危ないとまで言われていたのに、安産であったとはと心穏やかではない。不思議と正気を失いがちな我が心を思うと、ふと身から芥子の匂いが漂ってきます。香が「染み返りたる」とあるので、むんむんと匂っているのですね。「泔《ゆする》」というのは、大きな盥のようなものでそこに湯を入れて髪を洗います。匂いが着ているものだけでなく髪にもつくというのは、居酒屋に行ったあとなどにみなさんも経験があるのではないでしょうか。

髪を洗い着物を着替えているのに、なお同じように匂っているということは、魂から匂っているのでしょうか。ともあれ身にこれだけの匂いが染みついているということは、たしかに自分の魂は葵の上のもとへ行ったのだと、我が身がうとましい。誰にも言えずに一人思い悩んでいると、ふたたび心が正気を失っていくのです。

その直後、葵の上が再び物の怪におそわれて亡くなったことが語られますから、読者は当然、六条御息所がとり殺したと思うところです。

葵の上の死は、左大臣家にとっては源氏の里邸としての役目を終えたことを意味します。ただ、葵の上の産んだ子は母方に育ちますから、まったく関係が途絶えるわけではありません。それでも葵の上亡きいま度々通ってくる理由はもはやない。葵の上に仕えていて源氏と召人《めしゅうど》関係にあった女房にとっては、恋人に会えなくなる事態です。そのことについてもきちんと書かれています。

中納言の君といふは、年ごろ忍びおぼししかど、この御思ひのほどは、なかなかさやうなる筋《すぢ》にもかけ給はず。あはれなる御心かなと見たてまつる。

喪中のあいだ源氏は左大臣家にこもっています。中納言の君という女房は、年来の召人ですが、服喪中の源氏は女性関係を慎んでいます。お相手の女房は、それは女主人を大切に思っているのだと好ましく思っています。召人は女主人とライバル関係にあるわけではないのですね。女主人の死は、女房たちにとっては一大事ですから、当時の読者たちにも気になるところだったと思います。

正妻の死によって、二条院の若紫との関係も変化します。

左大臣家から二条院に戻った源氏は、さっそく西の対へ行きますが、これまで喪中だったことから、その日は自室で過ごすことにすると告げます。

「日ごろの物語りのどかに聞こえまほしけれど、忌《い》ま忌ましうおぼえはべれば、しばし異方《ことかた》にやすらひて参り来《こ》む。今はと絶《だ》えなく見たてまつるべければ、いとはしうさへや思されむ」と語らひきこえ給ふを、少納言はうれしと聞くものから、なほ危ふく思ひきこゆ。やむごとなき忍び所多うかかづらひ給へれば、またわづらはしきや立ち代《か》はり給はむと思ふぞ、憎き心なるや。

御方に渡りたまひて、中将の君といふに、御足《あし》など参りすさびて、大殿籠《おほとのご》もりぬ。

「久しぶりでゆっくりお話したいことがあるけれども、忌むべきだと思うので、あちらに休んでからまた来ましょう。これからは途絶えなくこちらにくることになるから、うんざりされることでしょう」というのを聞いて、乳母の少納言は、うれしく思います。この姫君が正妻になったということなのですね。それでもあちらこちらに忍んで通う女たちが多くいるのだから、また厄介なこともあるだろうとも思っている。その考えを語り手が「憎き心なるや」と評しています。

源氏は自室に戻っても一人で寝るわけではありません。中将の君という女房が呼ばれて共寝するのです。中将の君は源氏付きの女房で召人関係にある人です。御足参りというのは、足をマッサージしてもらうことですが、寝所に親しい女房をマッサージのために呼び出すのはその女房と性的関係をもつときの常套表現です。

さて、若紫との新枕《にいまくら》つまりはじめての性関係の直前に語られたことを確認しておきましょう。

いとつれづれにながめがちなれど、何となき御歩《あり》きもものうく思しなられて、思しも立たれず。姫君の何事もあらまほしうととのひはてて、いとめでたうのみ見え給ふを、似げなからぬほどにはた見なし給へれば、けしきばみたることなど、折々聞こえこころみ給へど、見も知り給はぬけしきなり。

源氏は葵の上の死後、ぼんやり過ごしていて、通い所へいくのも気が進まない。二条院にいる姫君が申し分なく、妻としてととのっていて、じつに見事であるにつけ、もう不似合な年齢ではないとみられるので、時折ほのめかしてみるのだけれどわかっていない様子です。

「ととのひはてて」というのは、初潮があったことを示しているでしょう。もう妻としておかしくない年齢になったということですから、やはり源氏がロリコンだという言い方は当たっていないのです。

つれづれなるままに、ただこなたにて碁《ご》打ち、偏《へん》つぎなどしつつ日を暮らし給ふに、心ばへのらうらうじく愛敬《あいぎやう》づき、はかなき戯れごとのなかにも、うつくしき筋をし出で給へば、思し放《はな》ちたる年月こそ、ただざる方《かた》のらうたさのみはありつれ、忍びがたくなりて、心苦しけれど、いかがありけむ、人のけぢめ見たてまつりわくべき御仲にもあらぬに、男君はとく起き給ひて、女君はさらに起き給はぬ朝《あした》あり。

源氏と若紫は西の対で、碁や偏つぎなどのゲームをして過ごしています。「偏つぎ」というのは、漢字の部首を解体してくっつけ合うという組み合わせゲームのようなものです。いつものように遊んでいるわけですが、しばらくみないうちにすっかり女らしくなっていて、ただかわいらしいだけの人ではなくなっていたのです。「いかがありけむ」は例によって男女の関係があったことを突然告げる常套表現ですね。男君が早起きをして、女君がいつまでも起きてこない朝があった。ここで二人が「男君」「女君」と呼ばれていることにも男女の関係があったことがほのめかされています。

女君は一日すねていて、源氏があれこれことばをかけても応じようとしません。源氏は幼い態度をかわいらしいと思っています。この関係が正式な結婚となることが続く場面でわかります。

その夜《よ》さり、亥《ゐ》の子餅《こもちひ》参らせたり。かかる御思ひのほどなれば、ことごとしきさまにはあらで、こなたばかりに、をかしげなる檜破籠《ひわりご》などばかりを、色々にて参れるを見給ひて、君、南の方《かた》に出で給ひて、惟光を召して、「この餅《もちひ》、かう数々に所狭《せ》きさまにはあらで、明日《あす》の暮れに参らせよ。今日《けふ》は忌《い》ま忌ましき日なりけり」とうちほほ笑みてのたまふ御けしきを、心とき者にて、ふと思ひ寄りぬ。惟光、たしかにも承《うけたまは》らで、「げに、愛敬の初めは日選りして聞こし召すべきことにこそ。さても子《ね》の子《こ》はいくつか仕《つか》うまつらすべうはべらむ」とまめだちて申せば、「三つが一つかにてもあらむかし」とのたまふに、心得果てて立ちぬ。もの馴れのさまや、と君は思す。人にも言はで、手づからといふばかり、里にてぞ作りゐたりける。

その晩、亥の子餅が届けられます。十月の最初の亥の日に餅をたべて万病を払い子孫繁栄を願う習俗がありました。源氏は喪中ですので、祝いの餅は避けて、女君だけに出させます。惟光を呼んで「この餅をこんなにいろいろたくさんではなくて、明日の暮れ方にもってきておくれ」と頼みます。微笑みながら言う様子から、惟光は結婚の儀式に使われる餅の用意を命じているのだとさとります。翌日は子の日になるので「子の子《ねこ》」餅はいくつぐらいにしますかと冗談をいいかけています。阿吽の呼吸で、翌日には、誰にも知らせず実家でつくらせた餅が届きます。

当時の結婚儀礼として、男が女のもとに三夜連続して通い、三日目の晩に二人で餅を食べていました。この餅を「三日夜《みかよ》の餅」と言って結婚成立のお祝いの餅としたのです。

少納言は三日夜の餅が届くとこれでようやく結婚が成立したのだと喜びます。仲も睦まじいようで、源氏も内裏や院のもとへ参っていても早く妻と会いたくてそわそわするほどだと語られています。これからは妻ですから、若紫ではなく紫の上と呼ぶほうがふさわしいでしょう。

そのように描かれる一方で、かの朧月夜との関係にもふれられています。

今后は、御匣殿《みぐしげどの》なほこの大将にのみ心つけたまへるを、「げに、はた、かくやむごとなかりつる方も失せ給ひぬめるを、さてもあらむに、などか口惜しからむ」など大臣《おとど》のたまふに、いと憎しと思ひきこえ給ひて

今后は弘徽殿女御です。御匣殿《みぐしげどの》は朧月夜を指しています。朧月夜がまだ源氏に執着しているので、父である右大臣は、正妻の葵の上も亡くなったことだし、源氏の妻となっても悪くないだろうと言うのですが、弘徽殿女御はとんでもないことだと思っています。こうして朧月夜との関係が続いていることが、

源氏の須磨蟄居の直接の原因となるのです。

この後、源氏は、いつまでも二条院の女君を世間に知られないままにしておくのはよくないと思って、父兵部卿宮にも知らせて裳着の儀を行って、お披露目しようと考えます。そういえばまだ紫の上は裳着をしていなかったのですね。

桐壺院の遺言

大急ぎで次の「賢木」巻にいきましょう。「賢木」巻は、源氏が伊勢に下向する御息所に別れの挨拶をする場面からはじまります。伊勢に下る前に、野宮にこもって禊をします。野宮は現在も京都の観光スポットの一つになっている小さな神社ですが、源氏物語ゆかりのお守りが売られていたりします。「黒木の鳥居」と出てきますが、鳥居は木の皮をはいで赤く塗られているか、白木のものが一般的ですが、野宮では木の皮がついたままの鳥居なので黒木なのですね。いまでも野宮神社の鳥居は黒木の鳥居です。

野宮の別れの次に語られるのが、桐壺院の死です。すでに重く病みついた院の見舞いに天皇が訪れ、院が次のように遺言を残します。


弱き御心地にも、東宮の御ことをかへすがへす聞こえさせ給ひて、次には大将の御こと、「はべりつる世に変はらず、大小のことを隔《へだ》てず、何ごとも御後見《うしろみ》と思《おぼ》せ。齢《よはひ》のほどよりは、世《よ》をまつりごたむにも、をさをさ憚《はばか》りあるまじうなむ見給ふる。かならず世の中保つべき相《さう》ある人なり。さるによりて、わづらはしさに親王《みこ》にもなさず、ただ人にておほやけの御後見をせさせむと思ひ給へしなり。その心違へさせ給ふな」と、あはれなる御遺言《ゆいごむ》ども多かりけれど、女のまねぶべきことにしあらねば、この片《かた》はしだにかたはらいたし。

藤壺との子である東宮のことをくれぐれも頼み、次には源氏のことを言うのでした。桐壺帝在位中に変わらず、何事につけても後見役とせよ、とのことです。ここで院がいう「かならず世の中保つべき相ある人なり」というのは「桐壺」巻で高麗の相人に言われた予言ですね。だからこそ面倒がおこらぬように親王の位におかずに臣下としたのだというのです。親王であれば謀反の疑いがかけられたりしますから。臣下として公の後見にしようと考えた私の思いを違えるなということです。摂関政治下では実質的権力は臣下の摂政・関白にあるのですから、天皇となるよりも得策だとも言えますし、当時の読者には、光源氏が摂関家に似ていることが好まれたのでしょう。

ここに語り手の一言が付け加えられています。他にも遺言はさまざまにあったのだけれども、女の伝えるべきことでもないので、この一端をここに漏らすのも気がとがめるというのです。天皇の遺言は公《おおやけ》ごとで、女の伝えるべきことではないというのは、物語にリアリティを演出する方法ですね。実際には、この登場人物たちはすべて架空の存在で、書いた人の頭の中で創造されたことなのですが、いかにも女性が漏れ聞いたという書きぶりをすることで、本当にそんな女房がいたのではないかと思わせるのです。

桐壺院が亡くなると、朧月夜の話題となります。

御匣殿《みくしげどの》は、二月に尚侍《ないしのかみ》になり給ひぬ。院の御思ひにやがて尼になり給へるかはりなりけり。やむごとなくもてなし、人がらもいとよくおはすれば、あまた参り集《あつ》まり給ふ中にもすぐれて時めき給ふ。后は、里がちにおはしまいて、参り給ふときの御局には梅壺をしたれば、弘徽殿には、尚侍の君住み給ふ。登花殿《とうかでん》の埋《む》もれたりつるに、晴れ晴れしうなりて、女房なども数知らずつどひ参りて、いまめかしうはなやぎ給へど、御心の中は、思ひのほかなりしことどもを忘れがたく嘆《なげ》き給ふ。いと忍びて通はし給ふことは、なほ同じさまなるべし。ものの聞こえもあらばいかならむと思しながら、例の御癖《くせ》なれば今《いま》しも御心ざしまさるべかめり。

朧月夜は、尚侍《ないしのかみ》の役職に就きました。というのも、桐壺院在位中に尚侍であった人が院の死を慎んで尼となって宮中を離れたからでした。このように親しく仕えている女房が主人の死とともに出家する例は多くありました。尼となって引退し主人の菩提を弔うのです。さて、朧月夜は、人柄もよいので、入内した数ある女たちのなかでも特別の寵愛を受けていました。その寵愛の度合いは局の位置に如実にあらわれます。弘徽殿を姉から譲られてその奥の登花殿から天皇の寝所により近い部屋へと移ったのです。第二回に示した内裏図で確認してみて下さい。

天皇の寵愛も深く、多くの女房が仕えて派手やかなのですが、尚侍は源氏のことが忘れられず、いまもこっそりと逢瀬を重ねています。人に知られたらとんでもないことになるとはわかっているものの、源氏は「例の御癖」で、こんな関係のほうが盛り上がるのですね。

いまや紫の上のことは源氏の正妻として世の人の知るところとなっています。兵部卿宮の正妻は、自分の娘たちがなかなかよい結婚に目があったようで以後自由に交流しています。父兵部卿宮にもお披露めぐまれないのに、継子が源氏のようなきらきらしい人と結婚したのでねたんでいます。この継母の反応を恐れて少納言は兵部卿宮に引き取られることをよしとしていなかったのですが、まるで典型的な継子物語のような様相を呈しています。しかし紫の上の幸いは桐壺院亡き今となっては順風満帆とはいえない状態です。しだいに雲行きがあやしくなっていきます。

帝は、院の御遺言違へずあはれに思したれど、若うおはしますうちにも、御心なよびたる方《かた》に過ぎて、強《つよ》きところおはしまさぬなるべし、母后、祖父大臣《おほぢおとど》とりどりし給ふことはえそむかせ給はず、世のまつりごと御心にかなはぬやうなり。

今の帝は桐壺院の遺言のとおりにしたいと思っているのですが、若いうえに心のやさしい人で、強く出られないのです。それで母弘徽殿女御と右大臣の言いなりになって、思う通りのまつりごとができずにいます。このことを下敷きにして、朧月夜との関係によって源氏は追い込まれていきます。

わづらはしさのみまされど、尚侍《かむ》の君は、人知れぬ御心し通へば、わりなくてとおぼつかなくはあらず。五壇《ごだん》の御修法《みすほふ》の初めにて、慎しみおはします隙《ひま》をうかがひて、例の夢のやうに聞こえ給ふ。かの昔おぼえたる細殿の局に、中納言の君、紛らはして入れたてまつる。人目もしげきころなれば、常よりも端近《はしぢか》なる、そら恐ろしうおぼゆ。

朧月夜は尚侍《ないしのかみ》になってから尚侍《かん》の君《きみ》と呼ばれています。五壇の御修法を宮中で行っていて、天皇は女君たちと供寝をせずに謹慎しています。天皇に呼び出されることがない、そのすきを狙って尚侍の君は源氏と密会します。弘徽殿に局を移していますから、桜の花見の晩に出逢った、あの細殿に、事情をよく知った中納言の君という女房が引き入れるのですね。宮中で、帝の妻格の人と密会するのですから、かなり危険な逢瀬です。しかも天皇の寝所に近い局です。

こんな大胆なことをしている勢いで、源氏は藤壺のもとへも押し入るのです。

いかなる折にかありけん、あさましうて近づき参り給へり。心深くたばかり給ひけんことを知る人なかりければ、夢のやうにぞありける。

「いかなる折にかありけん」「夢のやうにぞありける」で関係があったことがわかります。源氏は藤壺相手に思いのたけを訴え続けますが、藤壺は拒絶し、次第に具合いが悪くなっていきます。事情を知っている命婦や弁といった女房たちがあわてていると、心配した人々が次々にかけつけてきます。

御悩みに驚きて、人々近《ちか》う参りてしげうまがへば、我にもあらで塗籠《ぬりごめ》に押し入れられておはす。御衣《ぞ》ども隠し持たる人の心地どもいとむつかし。

人々がやってきたので、源氏は塗籠に押し込まれてしまいます。今でいう押し入れのようなところです。藤壺と源氏とのあいだに関係があったことは、「御衣ども隠し持たる人」がいることから明らかですね。源氏の脱ぎ散らかした着物も一緒に隠したのです。

この一件のあと、藤壺は出家を決意します。源氏とのことが世に知れて東宮の地位があやうくなることを案じたのです。出家の前に藤壺は東宮に会いにいきます。

「御覧ぜで久《ひさ》しからむほどに、かたちの異《こと》ざまにて、うたてげに変はりてはべらば、いかが思さるべき」と聞こえ給へば、御顔うちまもり給ひて、「式部がやうにや。いかでかさはなり給はん」と笑《ゑ》みてのたまふ。言ふかひなくあはれにて、「それは、老いてはべればみにくきぞ。さはあらで、髪はそれよりも短くて、黒き衣《きぬ》などを着て、夜居《よゐ》の僧のやうになりはべらむとすれば、見たてまつらむこともいとど久しかるべきぞ」とて泣き給へば、まめだちて、「久しうおはせぬは恋しきものを」とて、涙の落つれば、恥づかしと思して、さすがに背《そむ》き給へる、御髪《ぐし》はゆらゆらときよらにて、まみのなつかしげににほひ給へるさま、おとなび給ふままに、ただかの御顔を脱ぎすべ給へり。御歯のすこし朽《く》ちて、口のうち黒《くろ》みて、笑み給へるかをりうつくしきは、女にて見たてまつらまほしうきよらなり。

藤壺は、「これからしばらくお会いしないうちに、姿が変わって嫌なふうになっていたら、どう思いますか」と東宮に尋ねます。幼い東宮はじっと母宮の顔をみつめて、「式部みたいになるの。どうしてそんなふうになるものですか」と笑って答えます。式部というのは年老いた女房なのでしょうね。藤壺は「それは年老いて醜くなったものですよ。そうではなくて髪はもっと短くなって黒い衣を着て夜居の僧のようになって、なかなかお会いできなくなるということですよ」と泣くのです。母宮が泣きだしてただならぬものを感じたのでしょう。東宮は「長いこと会えなくなったらさみしい」と涙を落とすのですが、泣くのは恥ずかしことだと思ってさっと顔を背けるのです。まだ元服前の童髪で、ゆらゆらと揺れる長い髪が美しい。成長するままに、源氏の顔を脱ぎすべしたようにそっくりになっていきます。出家は源氏の執心から逃れるためにするのですが、その決意を源氏にそっくりの子に告げるというあやにくな運命が同時にここには描かれています。ちょうど乳歯が生え変わるころなのでしょう。前歯が抜けて、口の中が黒くみえるのが、女が化粧して歯黒めしたようです。笑顔の美しさは、女にしてみたいほどきれいです。「女にしてみたい」というのは、美しい男性をほめる常套表現ですね。歯がかけていることについて、各注は虫歯で欠けていると解説していますが、ちょうど東宮は五、六歳で乳歯の生え変わりと考えるのが自然だと私は思います。みなさんも子どものころに前歯が抜けて鉄漿《おはぐろ》顔のようになった経験がありますよね。あんな感じだと思うのです。

こののち藤壺は桐壺一周忌の供養のための法華八講を主催し、その最後の日に髪をおろし出家してしまいます。

朧月夜との密通発覚

源氏は何かに憑かれたように禁じられた恋につき進んでいきます。尚侍《かん》の君が「わらは病」にかかって里に長いことさがっていた頃、源氏と尚侍の君は互いに「聞こえかはし給ひて、わりなきさまにて夜《よ》な夜な対面《たいめ》し給ふ」とあります。この二人は本当に相思相愛の仲といいますか、尚侍の君もかなり大胆な人で、隙あらば源氏と逢おうとするのです。里邸は右大臣家ですから、ちょうど弘徽殿女御も里下がりしているころで、見つかれば大変なことになる。「かかることしもまさる御癖《くせ》なれば」とあって、源氏は、こういう危ない橋を渡るような恋こそ思いが募る「癖」があります。たび重なる逢瀬に気づいている人は他にもいたのですが、厄介ごとになるのをさけて告げ口する人はなかったのでした。ところがある日、右大臣にうっかり見つかってしまうのです。

大臣《おとど》はた思ひかけ給はぬに、雨にはかにおどろおどろしう降りて、神いたう鳴り騒ぐ暁《あかつき》に、殿の君達、宮司《みやづかさ》など立ち騒ぎて、こなたかなたの人目しげく、女房どももおぢまどひて近うつどひ参るに、いとわりなく、出《い》で給はん方《かた》なくて、明《あ》けはてぬ。御帳《みちやう》のめぐりにも人々しげく並《な》みゐたれば、いと胸つぶらはしく思さる。心知りの人ふたりばかり、心をまどはす。

源氏が右大臣家で朧月夜と密会している晩に、突然の雷雨となって、人々が邸内を右往左往かけまわっています。当時は雷が落ちて火事になることも多くありましたし、気をつけねばならないことがあれこれあるのでしょう。二人の寝所近くにも人が多く集まっていて、源氏は抜け出す機会を逸したのでした。ふつうなら、夜明け前に出ていくところですが、すっかり夜が明けてしまっても、まだそこにとどまっているしかなかったのです。事情をしる女房二人はどうしたものかと途方に暮れています。

神鳴りやみ、雨すこしをやみぬるほどに、大臣《おとど》渡り給ひて、まづ宮の御方におはしけるを、村雨《むらさめ》の紛《まぎ》れにてえ知り給はぬに、軽《かろ》らかにふと這《は》ひ入《い》り給ひて、御簾《みす》引き上げ給ふままに、「いかにぞ、いとうたてありつる夜のさまに、思ひやりきこえながら、参り来《こ》でなむ。中将、宮の亮《すけ》などさぶらひつや」などのたまふけはひの舌疾《したど》にあはつけきを、大将は、ものの紛れにも、左大臣《ひだりのおとど》の御ありさま、ふと思し比べられて、たとしへなうぞほほ笑まれ給ふ。げに入りはててものたまへかしな。

嵐がおさまって、父右大臣がやってきて、いきなり尚侍の君の居室に現れたのでした。雨音にまぎれて、尚侍の君のほうは父がやってきたことに気づいていなかったのです。右大臣は上品さに欠ける人で、源氏は思わず左大臣と比べて笑っていますが、無遠慮に御簾をあげて「いかがだったか。たいへんな夜で心配してはいたのだがこちらに来られなかった。中将、宮の亮などがこちらに仕えていましたか」など早口にまくしたてるのですね。これに対して語り手も、ほんとうに部屋に入ってきてからものを言えばよいものをととがめているのが面白いですね。

尚侍《かむ》の君、いとわびしう思されて、やをらゐざり出で給ふに、面《おも》のいたう赤みたるを、なほなやましう思さるるにやと見給ひて、「など御けしきの例《れい》ならぬ。物《もの》の怪《け》などのむつかしきを、修法延《の》べさすべかりけり」とのたまふに、薄《うす》ふたあゐなる帯の御衣《ぞ》にまつはれて引《ひ》き出でられたるを、見つけ給ひて、あやしとおぼすに、また畳紙《たたうがみ》の手習などしたる、御几帳のもとに落ちたり。これはいかなるものぞと御心おどろかれて、「かれは誰《たれ》がぞ。けしきことなるもののさまかな。たまへ。それ取りて誰《た》がぞと見はべらむ」とのたまふにぞ、うち見かへりて、われも見つけ給へる、紛《まぎ》らはすべき方《かた》もなければ、いかがはいらへきこえ給はむ。

尚侍の君は、父のほうへといざり出てくるのですが、そのときに自分の身に源氏の男物の帯をからませて出てきてしまったのです。几帳のそばには男手で書かれた畳紙が落ちている。右大臣が帯をさして「それは誰のものです。見慣れないものだな。こちらによこしなさい。誰のかみてやろう」というので、はじめて尚侍の君はそこに帯があることに気づいたのでした。

われにもあらでおはするを、子ながらも恥づかしと思すらむかしと、さばかりの人は思し憚《はばか》るべきぞかし。されどいときふに、のどめたるところおはせぬ大臣《おとど》の、思しもまはさずなりて、畳紙を取り給ふままに、几帳より見入れ給へるに、いといたうなよびて、つつましからず添ひ臥したる男もあり。今ぞやをら顔ひき隠して、とかう紛《まぎ》らはす。あさましうめざましう心やましけれど、ひたおもてにはいかでかあらはし給はむ。目もくるる心地すれば、この畳紙取りて、寝殿に渡《わた》り給ひぬ。

こうした場合は、親子でも遠慮をするもので、あとでこっそり女房を呼び出すだとかして真相をさぐるものですが、右大臣は冷静なところがない人なので、畳紙を拾って、几帳の向うを覗くのです。すると、たいそう色っぽい男が臆面もなく臥しています。源氏はすっかり見られてしまってから、ひょいと顔を隠してみせます。さすがの右大臣も源氏を目の前にしてあれこれ言えずに、その畳紙をもって弘徽殿女御に言いつけにいくのです。

大臣《おとど》は、思ひのままに、籠《こ》めたるところおはせぬ本性《ほんじやう》に、いとど老《お》いの御ひがみさへ添ひ給ふに、これは何事にかはとどこほり給はん、ゆくゆくと宮にも愁へきこえ給ふ。

右大臣は、思ったままを口にするひとで、胸におさめておくことはできない。その上年を取った老いの僻みまで加わって、弘徽殿女御にみてきたままを訴えるのです。弘徽殿女御は、幼いときから我が息子が光源氏よりいつも下にみられてきた恨みをあれこれ述べ立てて、怒り心頭となっています。その沸騰ぶりをみて、右大臣は我に返ったのでしょう。ともあれ、このことは人には言わないでおこうと提案します。右大臣は、「天皇にもこのことを言わないでおくがいい。こんな罪を犯しても天皇が見捨てないと高をくくって甘えているのだろう。内々に尚侍の君をしかっておくから、それでも言うことをきかないようなら、その罪はわたしが引き受けよう」と言うのですが、弘徽殿女御の機嫌はなおりません。それどころか、「このついでに、さるべきことどもかまへ出でむによきたよりなり、とおぼしめぐらすべし」とあって、源氏失脚の画策がはじまるのです。

この巻は、表向きは尚侍の君と源氏の密通が発覚する筋立てですが、その裏に、藤壺との密通が描かれていて、それらが二重うつしになって展開していることが重要です。のちに、源氏が明石にたどりつき、明石の君と関係するのですが、明石の君の母親は次のように言って反対しました。

「あなかたはや。京の人の語るを聞けば、やむごとなき御妻《め》どもいと多く持ち給ひて、そのあまり、忍び忍び帝の御妻《め》さへあやまち給ひて、かくも騒がれ給ふなる人は、まさにかくあやしき山がつを心とどめ給ひてむや」

京のうわさでは、源氏は「帝の御妻さへあやまちたまひて」騒がれた人だというのにとんでもないと母は言います。この「帝の御妻」に通じるというのは、表層的意味としては、「帝」は朱雀帝で「御妻」は尚侍の君をさしますが、物語の深層としては、桐壺院の御妻である藤壺のこともさしていることになるわけです。登場人物が、一義的に述べたことばが、読者には二重に響く。しかも読者だけが、東宮が源氏の子だと知っているのです。こうした語り手と読者の共犯関係が『源氏物語』の読みをスリリングなものにしているのです。

さて、この後、ごく短い「花散里」巻があります。弘徽殿女御と敵対する源氏は宮中での居場所をなくしています。そこで往時をしのぼうと父院に入内した女君の里邸を訪ねていきます。その途中で、かつて関係した女の家をみつけて、歌を詠みかけますが、知らないふりをされてしまいます。源氏の政界での立場を敏感に察知して、源氏から離れていく人たちも多くあったのです。そんななか須磨へ下っていくことになるのです。

「須磨」「明石」の巻もたいへん面白くて、父桐壺院の霊が出てくるあたりは、シェイクスピアの『ハムレット』の一場面のようですし、その霊が須磨から都へとかけのぼり、源氏の窮地を救ってくれる展開も劇的です。おそろしくなった朱雀帝が源氏を都に戻す決断をした後は、『源氏物語』の第二幕の幕開けとなります。源氏の密通によってなした東宮が天皇に即位し、後見としての源氏は栄耀栄華をのぼりつめていくものの、のちに娶った女三の宮が柏木と密通し不義の子を抱かされるなど、まだまだ長く話は続きます。

これで講義はおしまいとなりますが、須磨までで読みさすことを「須磨がえり」と言って、ここらへんが『源氏物語』の難所関所になっていると言われています。つまりここまでは楽しく読めるけれども、先まで読めない人が多い。けれども、『源氏物語』の面白さに目覚めた人は、ぜひ根気よく続きを読んで光源氏の一生を、そして不義の子である薫の物語を見届けてください。

みんなのコメント⑫

●光源氏の人柄は、本当にどうしようもないし、チャラすぎるとも思うけど、だんだん情がわいてきて、「好きなら仕方ない」のかなーって気もしてきた。

●母の面影を藤壺の宮に求めて源氏は藤壺を慕い続けたが、その愛のせいで藤壺に出家を決意させるほど苦しめてしまうというのは源氏にとって辛かっただろうと思う。一見、単なる不倫にみえるが、のちに源氏が予言どおりの地位になるためにこの出来事は大きな意味をもっていて、改めて『源氏物語』の深さがわかった。

●ひととおり授業の中で源氏の話を聞き、一番印象に残ったのは藤壺の腹黒さです。桐壺亡きあとの帝の愛を独り占めし、またその息子である源氏もとりこにし、子どもをつくり、桐壺帝との子どもでもないにもかかわらず皇子の位を賜り、帝位にもつきました。とても感情移入できたものではありませんでした。

●明石の君の母親がまともな女性でよかったです。そりゃあ、誰かれかまわず手を出す源氏と娘を結婚させるなんて嫌ですよね……。

● 改めて源氏は恋多き男だなあと思った。紫の上をかわいがる場面があったかと思えば、その後で朧月夜とまた愛を育むシーンもあり、一人に絞るのが一般的な現代の感覚からすると浮気者のいいかげんな男のように思えてしまうが、一人一人の女性を大切にしているのが文章から伝わってくるので、単なる遊び人というわけでもないようだ。しかしあまりにも多くの女性と関係を持ち、その中には他の男性と関係を持っている女性もいるので、病気にかかってしまうのではと心配になった。

● 六条御息所について今までは嫉妬に狂った鬼のような女性だと思っていた。しかしきちんと六条御息所の心を読むと御息所は葵の上を呪いたかったわけではないことがわかる。切なくて、悲しい気持ちが女性としてよく共感でき、六条御息所の存在がぐっと近くなった気がする。

● 六条御息所との出逢いは作中でこれとは明記されていないのだが、源氏の人生を大きく変えてしまうくらい影響力があり、また強い愛情がある。朧月夜もまた、源氏の運命を変えている。男尊女卑とはいうが、実は男の人生は女が握っているのではないかと思うような回だった。

● 源氏が紫の上を幼い頃から囲って成熟すると正妻に迎えるところを見ると、幼女趣味のように捉えられがちだが源氏の一途な変わらぬ愛情を感じられる。同時に多くの女性と交際するこの時代の恋愛は考えられないが、偽りではない愛情表現の描写は肯定できる。

● 『源氏物語』は源氏の恋模様を中心に描かれているが、この作品の重要なキーワードとして「死」が挙げられると思う。物語の始めからいきなり実母が他界し、その後も源氏と関わりを持った夕顔や葵の上も亡くなっている。恋と死の共通点として両者とも儚いものだと言える。現代よりも平均寿命が短かったせいで、この時代の人々は儚いものを求めたのだろうか。

あとがき

本書は、二〇一四年前期に津田塾大学で行われた『源氏物語』講義を収録したものです。絵巻や映像作品を見たりもしましたが、そこは省略して、一部をまとめるなどしてあります。学生たちには、本書の企画を予め説明したうえで、授業の最後にコメントシートを配り、毎回、自由に感想を書いてもらいました。これを読むのが楽しみで、授業のときも、また本書をつくる過程でも思わずふきだしたり、感心したりと、みんなと一緒につくっている感覚を持つことができました。

本講義の受講生たちは日本文学を専門としているわけではありません。国際関係学科、英文学科、数学科、情報科学科に属している学生たちで、古典文学の授業は四年間でこれ一つしかありません。他に近現代文学の講義があって、それが日本文学について触れる機会のすべてです。ですから、古典文学については、中学、高校での知識までしかない学生を対象としています。それでもただ話を聞くだけではなく、現代語訳で読み進めてもらったり、興味がわいたことについて自分で調べてもらい、最後に提出されたレポートは、これもまた面白いものになっていました。レイプ論争のある空蝉の女君がでてくるあたりをさまざまな現代語訳や英訳と比較検討したものもありましたし、日本の夢表象について調べたもの、図書館で探し出してきた先行研究にふれているものなど興味深いものがありました。

国際社会に目が向いている学生たちも、いつか必ず日本のことをもっと知りたい、有名な『源氏物語』ぐらい読んでおきたいと思うときがきます。私自身がそうでした。アメリカ文学を専攻していて、大学一年の夏休みにはじめてアメリカに遊びに行ったときに、突然自分が日本の代表であり、日本の紹介者である立場に置かれたのです。それまではどちらかというと海外小説ばかりを読んできましたが、それ以来、日本文学を積極的に読むようになり、日本文学研究の道に進むことになりました。

もともと文学を読むことは、私にとって無上の喜びであって、最高の快楽です。いま、読むことが仕事になっていますが、それでもやはり読んでいるあいだは仕事だということを忘れてしまうほど愉しいのです。その愉しさのなかで多くのことを学びました。世界を知るための、あるいは社会や人を理解するためのすべてを文学作品は教えてくれたように思います。数値化されたリポートやドキュメンタリーなどの情報を知識として知る行為とは別の、深いところで人としてわかりあえるような地点に文学作品はあるのだと思っています。ですから、どんな専攻の学生にも、文学を読む習慣をつけてほしいし、世界文学の一角にある『源氏物語』もぜひ読んでほしいと思います。

これまでに何度か授業で『源氏物語』を取り上げてきましたが、半期の講義ではどうしても「須磨」巻に行き着かずに時間切れとなってしまいます。テキストとして使った新日本古典文学大系（岩波書店）の『源氏物語』は全五巻ですから、たった五分の一しか読めていないのです。この後に光源氏が年を重ねていく姿、後半生にいたって源氏自身が密通によってできた他の男の子を腕に抱き、おおいなるしっぺ返しを受けるところもぜひ見届けてください。光源氏なきあと、その密通によってできた子、薫が己の出自に迷い、ついに真実を知る展開もスリリングです。世界が魅了される長大な物語をこの機会に読破してください。

本書が実現したのは、音声データを根気よく文字起こししてくださった編集の菱沼達也さんのおかげです。最後に毎回意気込んで授業に参加し、コラボ企画にのってくださった学生たちに感謝します。どうもありがとう。楽しかったね。

二〇一五年一二月二一日

木村朗子

著者　木村朗子（きむら・さえこ）

1968年生まれ。津田塾大学学芸学部国際関係学科教授。専門は言語態分析、日本古典文学、日本文化研究、女性学。著書に『恋する物語のホモセクシュアリティ』、『震災後文学論』、『その後の震災後文学論』（以上、青土社）、『乳房はだれのものか』（新曜社）、『女たちの平安宮廷』（講談社選書メチエ）。

女子大で『源氏物語』を読む

古典を自由に読む方法

2016年2月10日　第1刷発行
2020年5月29日　第2刷発行

著者——木村朗子

発行人——清水一人
発行所——青土社
〒101-0051　東京都千代田区神田神保町1-29　市瀬ビル
［電話］03-3291-9831（編集）　03-3294-7829（営業）
［振替］00190-7-192955

印刷所——ディグ（本文）
方英社（カバー・表紙・扉）
製本——小泉製本

装幀——水戸部功

ISBN978-4-7917-6891-2　C0095